SAKOUROU-KITAN
ⓒ 1996, 1999~2002 by ASADA Jiro

All rights reserved.
Original Japanese edition published by TOKUMA SHOTEN PUBLISHING CO., LTD. Tokyo.
published in the Republic of Korea by MUNHAKDONGNE PUBLISHING Corp.
under the license granted by TOKUMA SHOTEN PUBLISHING CO., LTD.
through THE SAKAI AGENCY and BOOKPOST AGENCY.

이 책의 한국어판 저작권은 북포스트 에이전시를 통해
도쿠마쇼텐과 독점계약한 (주)문학동네에 있습니다.
저작권법에 의해 한국 내에서 보호를 받는 저작물이므로
무단 전재와 무단 복제를 금합니다.

이 도서의 국립중앙도서관 출판시도서목록(CIP)은
e-CIP 홈페이지(http://www.nl.go.kr/cip.php)에서 이용하실 수 있습니다.
(CIP제어번호: CIP2006001703)

사로루기담

아사다 지로 소설

양억관 옮김

문학동네

차
례

대장장이 7

실전화 77

엑스트라 신베에 115

백 년의 정원 175

비 오는 밤의 자객 229

옮긴이의 말 307

대장장이

국보 '도지키리(童子切)'와 '다이한냐(大般若)'를 함께 전시하고 있다는 친구의 말에 국립박물관으로 향한 것은 벚꽃도 거의 다 떨어진 4월의 어느 오후였다.

삼십 분 후에 폐관입니다, 하고 매표소 직원이 말했다. 지나는 길에 들렀던 간다의 헌책방에서 시간을 너무 오래 끈 것이다.

수학여행을 온 학생들이 모여 있는 분수대 곁을 지나 고풍스러운 양식의 정면 현관을 통해 안으로 들어서자 안은 선창처럼 어두컴컴했다.

아르데코 식 조명이 오후의 공원을 지나온 나의 눈을 찔렀다.

매점 앞에는 다기와 염직물을 보러 온 듯한 부녀자들뿐이었다.

폐관시간을 알리고 다니는 경비원의 발소리가 대리석 홀에 울려퍼졌다.

　나의 목적은 두 자루의 도검을 보는 것이었다. 관람 순서를 무시하고 곧장 왼쪽 전시실로 가 북쪽 구석에 있는 도검실로 향했다.

　인기척이라고는 없는 도검실에는 마치 나만을 위한 것인 양, 두 자루의 명물이 전시되어 있었다.

　아무도 없는 장소에서 홀로 국보와 마주하다니, 이 얼마나 사치스러운 일인가. 나는 흰색 비단 받침대에 놓여 있는 도지키리와 다이한냐를 넋을 잃고 바라보았다.

　도지키리 야스쓰나(童子切安綱)는 헤이안 시대 미나모토노 요리미쓰가 오에 산의 도깨비 슈텐도지(酒顚童子)를 베었다는 전설의 도(刀)이다. 미나모토 가문의 가보로서 가마쿠라 막부에서 아시카가 쇼군(將軍) 가로 넘어갔다가 도요토미 히데요시, 도쿠가와 이에야스를 거쳐 그의 자손인 마쓰다이라 타다나오에게 전해진 후 마쓰다이라 가의 가보로 전해내려왔다.

　또 한 자루, 다이한냐 나가미쓰(大般若長光)는 역시 헤이안 시대 비젠오사후네(備前長船) 파의 두령 사에몬노죠 나가미쓰(左衛門尉長光)의 걸작으로 세상에 널리 알려져 있다. 무로마치 시대에 드물게도 동전 육백 관이라는 높은 값이 매겨졌다 하여 대반야경(大般若經) 육백 권에 빗대 이런 우아한 이름이 붙은 것이다. 아시카가 쇼군 가에서 중신 미요시 나가요시에게 하사되어 이후 오다 노부나가의 손을 거쳐 도쿠가와 이에야스에게, 다시 오쿠다이라 노부마사에게 하사되어 그후 오시 번(藩)에서 전해내려왔다. 후에 도쿠다이라 가문에서 팔려고 내놓은 것을 이토 미요지 백작이 사들였고, 백작이 세상을 떠난 후에는 구 제국박물관에 소장되었다.

두 자루 모두 그 이름에 어울리는 뛰어난 예술성과 확실한 유래를 지니고 있는 국보 중의 국보이다.

도검 매매의 세계에서 손을 씻은 지도 벌써 칠 년이 넘었다. 직업으로 삼고 있을 때는 이런 문화재를 감상하러 박물관을 찾는 일은 없었다.

천년의 빛 앞에서 삼십 분이란 시간은 역시 너무 짧았다. 오는 길에 다른 곳에 들른 것을 후회하면서 자리를 뜨려는 순간, 뒤편 진열장에 전시된 또 한 자루의 대도(大刀)가 눈에 들어왔다.

도지키리의 고색창연함이나 다이한냐의 호쾌한 모습과는 또다른, 섬세하고 단아한 느낌을 주는 칼이었다. 칼 아래쪽 끝부분에는 용의 모습이 정교하게 새겨져 있었다.

그것은 분명 구스노키 마사시게*의 패도로 알려진 고류 가게미쓰(小龍景光)임이 분명했다.

대도를 짧게 가공한 것으로, 날의 중심이 낮고 매끄러운 표면은 충분히 단련되어 있으며 가늘게 뻗은 인문**은 오사후네 가게미쓰(長船景光) 특유의 것이었다.

---

* 楠木正成. 1294~1336. 일본 가마쿠라 시대 말기의 무장.
** 刃文. 일본도의 도신(刀身)에 나타나는 무늬. 시대와 유파에 따라 모양이 다르다.

처음으로 접한 고류 가게미쓰의 기품 있는 아름다움에 나는 넋을 잃고 말았다.

폐관시간은 이미 지났지만 경비원이 재촉할 때까지 버티리라 마음먹었다. 그것은 평생 이 자리에 못 박혀 있어도 질리지 않을 정도로 깊고 무게 있는 빛이었다.

그때, 옆에서 누가 내 이름을 불렀다. 마치 고류 가게미쓰가 부른 것 같은 착각에 빠져 고개를 돌려보니, 옛날에 알고 지내던 감정가가 서 있었다.

"정말 오랜만입니다. '화조당'을 그만두신 후로 처음이죠?"

오히나다 겐기치는 붙임성 있는 웃음을 띠며 내게로 다가왔다. 하오리*에서 풍기는 향냄새가 옛 기억을 되살렸다.

나는 조금 빠른 어조로, 지금은 업계에서 손을 씻고 글을 쓰며 살고 있다고 설명했다. 이야기를 하는 중에 오히나다의 하오리에 그려져 있는 이인룡(二引龍) 문양을 발견했다.

"대를 이으신 모양이지요?"

내가 묻자 오히나다는 조금 익살스럽게 하오리의 소매를 활짝 펼쳐 보이며 말했다.

"예, 어쩌다 보니 삼십사대 도쿠아미(德阿彌)가 되었습니다. 호는 단산(談山). 도쿠아미 단산입니다."

---

* 일본의 전통적인 짧은 겉옷.

오히나다는 들고 있던 주머니에서 명함을 꺼내 내밀었다.

"오늘은 황족이 행차하시는 바람에 이런 불편한 차림을 하게 되었지요."

군더더기 없이 단정한 말투는 옛날과 조금도 다르지 않았다. 폐관을 알리러 들어온 경비원이 오히나다의 모습을 보고 경례를 했다.

"이분은 제가 안내하지요."

오히나다가 경비원을 향해 말했다.

보기에도 우아한 전통지로 만든 명함에는 아무런 직함 없이 '도쿠아미 단산'이라는 이름과 '겐기치(賢吉)'라는 본명만이 적혀 있었다. 나는 "비슷해 보이지만 전혀 다른 명함입니다" 하고, 마찬가지로 직함 없이 필명과 본명만 적혀 있는 명함을 내밀었다.

슬프게도 내 이름 앞에는 수식할 것이 하나도 없지만, 오히나다는 너무 많아서 다 써넣을 수 없는 것이다. 도검보존협회명의원, 문화재관리위원, 궁내청위촉기술관 같은 공적인 직함만 해도 셀 수 없을 정도이고, '도쿠아미 종가 삼십사대'라는 명칭도 명함에 넣기에는 너무 무겁다.

"어떠십니까? 저 고류를 보신 소감이."

오히나다는 어깨를 나와 나란히 하며 물었다.

"예, 실물은 처음 봤는데…… 어떻게 표현해야 할지 모르겠습니다."

"원래는 예정에 없었다가 황족이 행차하신다는 전갈을 받고 급히 전시한 것입니다. 황실과 연관이 있어서요."

"어떤 연관이?"

"메이지* 천황께서 이 칼을 군도로 패용하고 계셨지요. 구스노키 마사시게는 죽어서도 청일 전쟁과 러일 전쟁 때까지 조정을 수호한 것입니다."

"그렇다면 황실 소장인가요?"

"아, 아닙니다. 2차대전 후에 궁내청에서 하사하여 국보로 지정되었습니다. 황실 재산이 어떻게 처리될지 모르는 시기였던 만큼, 국보로 지정해두는 쪽이 안전하다는 생각에서였을 겁니다."

예전에는 술집에서 속을 털어놓고 대화를 나누곤 했다. 그러나 도쿠아미 가의 당주가 된 지금은 옛날이야기를 할 만한 상대가 아니다.

"그러고 보니 선생님과 고야마가 만든 모조품 고류를 보러 간 적이 있었지요?"

문득 오히나다가 그리운 듯한 말투로 말했다.

"아, 그랬지요. 아주 오래 전 일이군요."

그와 나는 도검보존협회의 정기 관도회(觀刀會)에서 만나 우연히 도쿄의 한 백화점에서 열린 고미술전을 보러 간 적이 있었다. 물론 진품 고류 가게미쓰는 없었지만, 에도 시대의 명공 고야마 무네

＊明治. 일본의 연호. 1868년~1912년.

쓰구(固山宗次)의 모조품이 전시되어 있었다.

"그것도 정말 대단했지만, 이렇게 진짜 고류를 보니 역시 엄청나게 차이가 나는군요."

내 말에 고개를 끄덕이면서 오히나다는 고류를 향해 허리를 굽혔다.

"그렇죠, 저도 저기 있는 다이한냐나 도지키리보다 이쪽을 더 높이 평가합니다. 기술적인 면에서도, 예술적인 면에서도요."

"정말 아름답습니다. 가게미쓰는 진정 명인이군요."

오히나다는 만족스런 표정으로 고개를 끄덕였다.

"그렇습니다. 그야말로 고금 최고의 칼입니다. 하지만, 공개적으로 떠들 이야기는 아니지만 이 고류의 내력에는 조금 불명확한 점이 있다고 합니다. 그것 때문에 최고의 평가는 받지 못하고 있죠."

"내력이요?"

"예, 메이지 초기에 헌상되기 전에는 야마다 아사에몬이 소장하고 있었다고 합니다."

"야마다 아사에몬, 그 망나니 아사에몬 말입니까?"

"그렇습니다. 사형수 목이나 치던 사람이 이런 보도를 가지고 있었다는 것부터 어울리지가 않지요? 그 이전 내력도 불명확합니다. 가게미쓰에게 이 칼을 주문했다는 구스노키 마사시게 역시 일개 호족에 지나지 않았습니다. 미나토가와 전투에서 다카우지의 손으로 넘어갔다는 설도 없고요. 무로마치 시대의 압형집(押型集)이나 『교호 명물첩(享保名物牒)』 같은 문서에도 아무런 기록이 없습니다. 그런데 갑자기 마부 말기의 망나니 아사에몬의 소장품으로 세상에 나타나 메이지 천황의 패도로 변신하고, 궁내청에서 하사하여 국보가 되어버렸습니다. 오늘날의 국보 가운데 이만큼 내력이 불명확한 것도 없을 겁니다."

오히나다는 이야기를 하면서 고개를 돌려, 도지키리 야스쓰나와 다이한냐 나가미쓰를 차가운 눈길로 바라보았다.

"하긴 그런 것들이 무슨 상관이겠습니까. 고류 가게미쓰의 완성도는 어떤 장인도 감히 흉내낼 수 없을 텐데요. 내력 따위야 이차적인 문제고 이보다 더 훌륭한 국보는 없습니다."

우리는 잠시 말없이 고류를 지켜보다가 누가 먼저랄 것 없이 함께 그 자리를 떴다.

무구실(武具室)과 금공실(金工室)을 돌아 천천히 걸어가면서, 옛날에 알고 지내던 수집가의 소식이나 우리의 손을 거쳐간 도검의 행방에 관해 대화를 나누었다.

폐관시간은 훨씬 지나 있었다. 본관을 한 바퀴 돌고 현관 홀로 돌아오자 입구의 큰 문이 닫혀 있었다.

"단산 선생께서 나가십니다" 하고 경비원이 말했다. 경례를 받으면서 다른 출입구로 나오자 우에노 공원이 내려다보이는 주차장에 봄기운이 역력했다.

"혹시 괜찮으시다면," 하고 오히나다는 주머니 속에서 연보라색 안경을 꺼내 가느다란 콧날에 얹었다.

"잠시 시간을 내주셨으면 합니다. 선생님께 꼭 들려드리고 싶은 이야기가 있어서요."

"제게요?"

검은색 고급 승용차가 미끄러져왔다. 차체에는 작게 아시카가 쇼군 가의 것과 같은 이인룡 문양이 빛나고 있었다. 꼭, 이라는 말이 나를 망설이게 했다.

"글쎄, 무슨 일이신지……"

"사실은 좀 묘한 일인데요, 지금부터 어떤 재미있는 모임에 가려고 합니다. 귀중한 체험담을 주고받는 모임인데, 오늘은 제가 이야기를 할 차례입니다."

"잠깐만요. 잘 아시겠지만, 전 이야기 같은 건 잘 못해서……"

"아닙니다. 그냥 제 이야기를 들어주시기만 하면 됩니다. 마음에 담아두었던 이야기를 하는데, 그 이야기의 묘미를 알아주실 분이 없으면 섭섭하지 않겠습니까."

"도검에 관련된 이야기란 말씀이신가요?"

"그런 셈입니다."

나는 순순히 차에 올랐다. 차는 벚꽃의 꽃술이 흩어진 길을 달리기 시작했다.

"어쩐지 햐쿠모노가타리* 같은 느낌이군요."

연보라색 안경 너머로 눈을 크게 뜨면서 오히나다는 빙긋 웃었다.

"적절한 표현이십니다. 그러나 이 모임에서 나누는 이야기는 단순한 괴담이 아닙니다. 세상에서 나름대로 최고의 경지에 오른 사람들이란 한결같이 고독합니다. 누구든 남에게 절대로 말할 수 없는 비밀을 가슴에 품고 있기 마련이지요. 그런 마음의 독을 토해내는 모임이라고 할 수 있을 겁니다."

나는 오늘 하루 일어난 일들을 되새겨보았다. 커피와 토스트. 개와의 산책. 고속전철. 꽃가루 알레르기로 고생하는 편집자의 얼굴. 헌책방. 무뚝뚝한 택시 기사. 공원 아래 무리지어 있던 외국인들. 벚나무 숲. 그리고 박물관.

차는 배처럼 천천히 흔들리면서 노을이 지는 거리를 달리고 있었다. 나는 내 몸이 일상에서 조금씩 벗어나 어딘지 모를 머나먼 미지의 땅으로 끌려들어가는 듯한 느낌에 사로잡혔다.

"저는 이미 도검과 연을 끊은 몸입니다."

저항하듯이 내가 말하자, 오히나다는 시트에 몸을 깊숙이 묻으면서 입술만 움직여 말했다.

"그래서 모신 것입니다. 이야기가 통하고, 게다가 마음까지 잘 맞는 분을 우연히 만나 이런 자리에 모시게 되다니, 이것도 인연이 아니겠습니까."

---

* 百物語. 한밤중에 사람 수만큼 촛불을 켜놓고 돌아가며 괴담을 이야기하면서, 이야기가 끝날 때마다 촛불을 하나씩 끄는 놀이. 마지막 촛불이 꺼져 캄캄해지면 귀신이 나타난다고 전해진다.

영문도 모른 채 오히나다의 안내를 받아 도착한 곳은 아오야마 묘지 근처에 있는 고급 빌딩 맨 위층이었다.

대체 언제 이런 구석진 곳에 고층건물이 들어섰나 하고 고개를 갸웃하는 사이에 엘리베이터는 지하주차장에서 이십층 높이까지 단숨에 올라갔다.

우리는 그림도 꽃도 장식되어 있지 않은 어두운 홀에 들어섰다.

눈앞에 어두운 색의 여닫이문이 나타났다. '사고루(沙高樓)'라고 씌어 있는 편액을 올려다보며 나는 물었다.

"사고루?"

"모래로 쌓은 높은 누각. 높은 자리는 무르고 위험하다는 뜻이겠지요."

문을 열자 연미복에 나비넥타이를 맨 집사가 우리를 맞았다.

빨간색 양탄자가 깔린 긴 복도를 지나 우리가 도착한 곳은 도시의 야경이 한눈에 내려다보이는 넓은 라운지였다.

중앙에는 흑단 원탁이 놓여 있고, 방 여기저기에 앤티크 소파와 안락의자들이 무질서하게 놓여 있었다.

샹들리에가 희미하게 불을 밝히고 있고, 원탁 위의 은촛대에는 커다란 초가, 벽난로 안에는 불길이 타오르고 있었다.

창 밖의 야경만 아니라면 숲속에 자리잡은 별장의 거실 같은 분위기였다.

자초지종을 묻기도 전에 한 명 한 명 사람들이 나타나 제각기 편안한 의자에 자리를 잡고 앉았다. 베란다에서도 먼저 도착한 듯한 사람들이 들어와 앉았다. 뒤를 돌아보니 그곳은 수은등을 밝힌 널찍한 공중정원이었다.

희미한 조명 탓인지 사람들 얼굴은 몹시 초췌해 보였지만, 모두 품위 있는 신사숙녀임을 확인하고 나는 마음을 놓았다.

웨이터가 잔을 들고 왔다.

손님들은 서로 전혀 인사를 나누지 않았다. 나도 따로 소개되지 않았다. 그것이 이 모임의 예의인 것 같았다. 잘 관찰해보니 몇몇은 나처럼 기존 회원을 따라와 처음으로 참석한 듯 불안한 표정으로 묵묵히 앉아 있었다.

"이제 다 모이셨나요?"

벽난로 앞의 안락의자에 앉은 백발의 노인이 좌중을 훑어보며 말했다.

"하시구치 선생께서 세상을 떠나셨어요. 지난달만 해도 그렇게 건강해 보이셨는데 말이죠."

주름진 천으로 만든 긴 하오리를 입은 초로의 부인이 목덜미를 쓰다듬며 말했다. 처음 부고를 접한 몇몇 사람들이 놀란 듯이 소리를 냈다.

"하시구치 선생이라면, 그 문화공로자 말인가요?"

나는 신문에서 본 부고를 떠올리며 물어보았다. 오히나다는 고개를 끄덕였다.

"그렇습니다. 이곳 회원이셨지요. 지난달에 참 재미있는 이야기를 해주셨는데 애석하게도……"

웨이터의 손에서 샴페인 잔을 받아들고 건너편 소파에 몸을 묻은 한 신사가 말했다.

"정말 재미있는 이야기였지. 의과대학 표본실에 상투를 튼 머리들이 가지런히 진열되어 있다니…… 메이지 시대의 어떤 박사는 몸 전체가 고스란히 포르말린에 담겨 있다고 했지요?"

빨간 드레스를 입은 아름다운 여자가 뒤에서 신사의 어깨에 손을 올리며 말했다.

"혹시 하시구치 선생도 표본이 된 게 아닐까요?"

희미한 조명 아래 여기저기서 웃음을 참는 소리가 들렸다.

벽난로 앞에 앉은 노인이 쉿, 하고 손가락을 입에 댔다.

"그럼 슬슬 회장님을 모셔볼까요."

실내는 비 갠 후의 맑은 아침 공기처럼 기분 좋은 촉촉함을 유지하고 있었다. 창은 야경 위로 활짝 열려 있었다. 묘지의 어둠 너머로 롯폰기의 화려한 불빛들이 보였다. 고속도로가 정밀화처럼 뻗어 있고, 그 너머를 강변의 조명이 가로지르고 있었다.

"회장님은 동화총업의 회장이기도 합니다."

오히나다가 귓속말로 알려주었다.

"그 유명한 부동산 왕 말입니까?"

"네, 전 세계에 수백 채의 빌딩을 소유하고 있답니다. 좀 특이한 분이시지요."

모임의 주최자가 유명한 거부라는 사실에 나는 한층 안심했다.

그러나 이윽고 벽난로 곁의 벨벳 커튼을 밀치고 나타난 인물을 보고, 나는 눈을 동그랗게 뜨고 말았다.

보라색 새틴 드레스의 소맷자락을 늘어뜨리고 화려한 보석으로 잔뜩 치장한 거구의 부인이었다. 그러나 원탁의 상좌에 앉아 촛불 빛을 정면으로 받고 있는 그 얼굴은 틀림없는 남자의 골격이었다.

여장을 한 회장은 검은 레이스 베일을 걷어올리고 실내를 둘러보았다.

부채처럼 넓고 큰 눈썹을 한 회장이 원탁 주위와 의자나 소파에 앉은 손님의 얼굴을 하나하나 살펴보았다. 나를 비롯해 처음 보는 사람들에게는 가볍게 고개를 숙여 인사를 했다.

매끈한 입술을 샴페인으로 적신 다음, 여장 회장은 마치 무대에 오른 배우처럼 낭랑한 목소리로 말했다.

"사고루에 오신 것을 환영합니다. 오늘밤도 자신의 명예를 위해, 또한 하나뿐인 목숨을 위해, 그리고 세계의 평화와 질서를 위해 절대로 발설할 수 없었던 귀중한 체험을 마음껏 이야기해주시기 바랍니다. 미리 말씀드리겠습니다만, 이야기를 하시는 분은 절대로 과장이나 미화를 해서는 안 됩니다. 이야기를 들으신 분은 꿈에서라도 발설해서는 안 됩니다. 있는 그대로를 말씀하시고, 바위처럼 입을 굳게 다물어야 합니다. 이것이 바로 이 모임의 규칙입니다."

다시 한번 천천히 손님의 얼굴을 하나하나 응시하던 회장의 눈길이 이윽고 오히나다 앞에서 멈추었다.

주머니를 옆에 내려놓고 천천히 연보라색 안경을 벗은 오히나다가 가느다란 손가락으로 옷깃을 여몄다.

제 이름은 도쿠아미 겐기치, 호는 단산, 도검 감정을 업으로 하고 있습니다.

도쿠아미 가는, 초대 미쓰야마(光山)가 아시카가 쇼군 가로부터 '어요물총일(御腰物惣一)'의 칭호를 하사받으면서 도검 감정의 원조로 인정받은 이래, 대대손손 역사에 남을 만한 여러 예술가와 지식인을 배출해왔습니다. 이름을 들어보신 분도 많으실 줄 압니다.

저에 이르러 삼십사대, 육백 년에 걸쳐 예(藝)를 이어온 가문입니다.

도검 감정이라고 하면 현대에는 문화재 보전의 측면에서 그 존재 이유를 찾을 수 있겠지만, 옛날에는 사회적으로 아주 중요한 직업이었습니다.

무가정권이 탄생한 이후부터 막부 말기에 이르기까지, 도검은 오랜 세월 동안 권력의 상징이자 최고의 보물이었고, 정치적 거래를 목적으로 한 선물, 하사품, 또는 헌상품에서 빼놓을 수 없는 존재였습니다.

따라서 도검의 가치를 결정하고 그 진위를 판정하는 우리 일가의 업은 오랜 세월 일종의 권위로서 계승되어왔습니다.

자화자찬이 될지도 모르겠습니다만, 있는 그대로 말하는 것이 이 모임의 규칙이니만큼 이야기를 시작하기 전에 우선 제 개인적인 배경을 숨김 없이 말씀드리기로 하겠습니다.

제가 선대의 문을 두드린 것은 대학에서 야금공학과에 적을 두고 있을 때였습니다. 다른 분들에 비해 꽤 늦게 입문한 편이었지요.

일본도는 경연(硬軟) 두 종류의 철을 혼합해 만들기 때문에 세계에서 그 예를 찾아볼 수 없을 만큼 예리하고 강한 검이라는 사실은 여러분도 잘 알고 계실 것입니다. 저는 대학에서 합금을 연구하면서 일본도의 예술성과 실용성에 깊이 빠져들게 되었습니다.

가마쿠라 시 오기가야쓰에 있는 도쿠아미 종가는 지금도 도검 감정의 간판을 내걸고 있지만, 일종의 문화보호사업으로 도검의 보전도 맡고 있습니다. 연마나 감정 외에 문화재 지정과 손질, 전시 지도 같은 것들을 하지요. '어요물총일'이라는 이름은 그런 형태로 오늘날까지 제 역할을 하고 있는 것입니다.

원래 '아미'라는 이름은 아시카가 쇼군 가가 예술 진흥을 위해 지정한 전문 집단을 가리키는 말로, 노가쿠*의 제아미(世阿彌), 회화의 노아미(能阿彌), 정원의 젠아미(善阿彌)처럼 도쿠아미 가는

---

* 能樂. 일본 고유의 가면극.

도검에 관한 프로젝트였던 것입니다.

아마 여러분은 도쿠아미라고 하면 저보다 처남의 이름을 먼저 떠올리시겠지요.

그렇습니다. 세계적으로 유명한 조각가 도쿠아미 시게하루는 제 아내의 오빠로, 본래 도쿠아미 삼십사대를 이어야 했던 분입니다.

원래 도쿠아미 가는 옛날부터 고명한 화가나 도예가, 다도의 명인을 많이 배출했는데, 문화사적으로 이름을 남기고 있는 것은 오히려 그분들입니다.

처남도 그런 전통을 이어받아 일찍이 조각의 길로 나아가 가업에서 멀어지고 말았습니다. 지금 와서는 그런 위대한 예술가에게 가업에 대해서 이러쿵저러쿵 참견할 사람은 없겠지만, 젊은 시절에는 장인어른과 처남 사이에 진로를 두고 심한 갈등이 있었다고 합니다.

텔레비전이나 잡지를 통해 알고 계시겠지만, 처남은 무척이나 자유분방한 예술가입니다. 근엄한 장인과는 마치 물과 기름처럼 사상도 예술관도 완전히 달랐지요.

그러한 연유로 처남은 도쿠아미 종가의 바로 코앞인 즈시에 아틀리에가 있었음에도 불구하고 장인어른이 살아 계신 동안에는 한 번도 생가를 방문하지 않았습니다. 하지만 제게는 그 유명한 브론즈상인 〈성동녀상聖童女像〉을 결혼 선물로 주셨습니다. 어린 시절의 여동생을 모델로 한 초기의 대표작이지요.

도쿠아미 시게하루의 조각이라고 하면 대부분 전위적인 오브제를 떠올리곤 하지만, 초기 작품들은 〈성동녀상〉에서 볼 수 있는 것처럼 숨이 막힐 듯한 사실성을 지니고 있습니다.

때로 갑작스런 기행으로 세간을 떠들썩하게 하는 조각가 시게하루가 실은 탁월한 기교와 숭고한 예술관을 가진 천재라는 것은 누구보다도 제가 가장 잘 알고 있습니다.

처남은 예술대학을 졸업하자마자 아버지와 결별하고 파리로 건너가 조각가의 길을 걷기 시작했습니다. '강철의 마술사' 라 불리는 도쿠아미 시게하루의 몸에 일본도의 감정과 연마를 업으로 삼아 오랜 세월 강철을 응시해온 일족의 피가 흐르고 있다는 사실을 지금 대부분의 사람들은 모르고 있습니다.

그런 가운데, 선대는 다른 제자들을 모두 제치고 저를 특히 엄격하게 교육하셔서 후계자로 길러주셨습니다.

저는 이십대 후반에 '오히나다 감정' 이라는 과분한 평가를 받게 되었고, 전문서적을 몇 권 출판하는 사이 감정서 한 장에도 상당한 가격이 붙게 되었습니다. 제가 종가에 데릴사위로 들어간 것 역시 딱히 누가 권한 것도, 그렇다고 스스로 원했던 것도 아닙니다. 그냥 자연스럽게 암묵적인 합의가 이루어졌다고나 할까요.

도쿠아미 가에는 가마쿠라 오기가야쓰의 종가 외에도, 대대로 도쿠가와 쇼군 가의 공무를 도맡았던 아자부의 이치노하시(一の橋)가, 천황의 소장품과 대신들의 공무를 맡고 있던 교토의 니시노도

인(西洞院) 가, 에도 중기에 분파되어 이른바 에도 신도(新刀)의 감정으로 이름을 날린 오사카의 다니마치(谷町) 가, 이렇게 세 분가가 있습니다.

도검계에서는 옛날부터 이들 도쿠아미 분가가 발행하는 감정서를 '첨상(添狀)'이라 하여, '이치노하시 첨상' '다니마치 첨상' 식의 이름을 붙여 귀중하게 여겼습니다.

물론 가마쿠라 종가의 감정은 더욱 귀중한 것이었는데, 이를 '오리가미(折紙)'라 하였습니다. 오늘날 하나의 관용어로 쓰이고 있는 '오리가미가 붙은'*이라는 말의 어원도 거기서 비롯된 것입니다.

그런 비유가 생길 만큼 오리가미의 발행은 엄격했습니다. 일 년에 네 번, 즉 2월, 5월, 8월, 11월 초하루에 세 분가의 당주가 종가에 모여, 의뢰받은 도검에 대한 합의감정을 하게 됩니다. 이 최고감정회의를 '총견(惣見)'이라 합니다.

총견 당일에는 종가 이하 네 명의 당주가 하치만 궁의 신사에서 기도를 드리고, 겐지 가문의 시조인 하치만타로 요시이에 공, 아시카가 다카우지 공, 도쿠가와 이에야스 공에게 "어도총일, 도쿠아미 아무개가 몇년 몇월의 총견을 지금부터 시작합니다. 바라옵건대 겐지의 신령께서 굽어살펴주시옵소서" 하고 축사를 올린 다음, 목욕재계하고 종가 깊숙이 있는 방으로 들어갑니다.

---

* 품질이나 가치를 보증할 수 있는 물건이라는 뜻.

그 방은 평소에는 아무도 들어갈 수 없는 성역으로, '총견방'이라고 합니다. 네 명의 당주 전원이 다카에보시(高烏帽子)라는 모자를 쓰고, 전통적인 흰 대장장이 복장을 입고, 동서남북을 나타내는 흑, 백, 적, 청의 띠를 어깨에 두릅니다.

감정 결과 가령 마사무네로 인정되면 종가가 직필로 '고로 뉴도 마사무네 정진야 도쿠아미 총견(五郞入道正宗 正眞也 德阿彌惣見)'이라 쓰고, 그 종이를 삼각으로 접어서 도검에 붙입니다. 이것이 세간에서 말하는 '오리가미'라는 것입니다.

오늘날에는 이 총견의 자리까지 올라오는 도검은 일 년에 하나 있을까 말까 할 정도이고, 대부분은 감정할 도검이 없는 상태에서 의식만 치르고 끝냅니다.

즉, 도쿠아미 가에 감정을 의뢰하는 도검의 대부분은 대단한 명검이 아닌 이상 세 분가의 당주나 종가, 또는 종가의 대리인에 의해 '첨상'으로 처리되는 것입니다.

묘하게도 옛날부터 내려오는 관습에 따라 '첨상'의 문장은 '어도배찰사후처 고로 뉴도 마사무네 어견수치후 도쿠아미 니시노도인(御刀拜察仕候處 五郞入刀正宗 御見受致候 德阿彌西洞院) 아무개'라고만 쓸 뿐, 절대로 단정은 하지 않습니다. '정진야(正眞也)'라고 표현하는 종가 오리가미의 권위와 달리 한 걸음 물러서는 자세를 보이는 것입니다.

이러한 도쿠아미 가의 관습에 대해 일일이 설명하자면 끝이 없겠지만, 종가의 대리인 역할뿐 아니라 데릴사위로 들어가 삼십사대 도쿠아미 가를 계승한 제 어깨가 얼마나 무거웠는지 조금이나마 이해하셨으리라 생각합니다.

장인어른은 마흔이 넘어 얻은 외동딸을 각별히 사랑하셨습니다. 저는 그 애정의 후광을 입어, 가문에서 어떤 반대도 없이 도쿠아미의 양자가 되었던 것입니다. 제가 오늘 들려드릴 이야기는 그 장인어른이 세상을 떠나기 전, 그러니까 제가 삼십사대 도쿠아미가 되어 종가를 이어받기 한 해 전의 일입니다.

거기까지 말이 끝나자 한 사람이 화장실에 가기 위해 일어섰고, 그 사이 웨이터가 자리를 돌며 술을 따랐다.

오히나다는 이야기를 시작하자 오히려 긴장이 풀린 듯했다. 멍하니 창 밖의 야경을 바라보는 표정은 내가 알던 과거의 오히나다 겐키치를 떠올리게 했다.

다른 미술품에 비해 도검에 취미를 갖는 것은 보편적이지 않다. 좁고 깊은 세계인 것이다. 아마추어 상대로는 이야기하는 쪽이나 듣는 쪽이나 어렵기는 마찬가지다. 오히나다는 이야기를 하면서 잠깐씩 내 쪽으로 시선을 던지곤 했다.

"자, 계속하시지요."

회장이 요염한 가성으로 재촉하자 오히나다는 가볍게 목례를 하고 다시 조용한 목소리로 이야기를 시작했다.

그해에는 8월까지 계속 총견에 올라온 도검이 없어 아까 말했던 것처럼 형식적인 의식만 치렀습니다.

그리고 11월 초하루의 총견에 교토의 니시노도인 가가 한 자루의 도를 지참하고 왔습니다.

한 해에 네 번만 문이 열리는 총견방에 복장을 갖춘 네 명의 당주가 앉을 때까지 감정의 대상이 되는 도는 절대 공개되지 않습니다. 즉 그 도를 들고 온 분가의 당주 이외에는 아무도 도를 보지 못한 상태입니다. 이것 역시 수백년간 내려오는 관습으로, 선입관을 가지고 도를 마주해서는 안 된다는 합리적인 이유 때문입니다.

종가의 대리인인 제가 상좌에 앉고, 세 명의 분가 당주가 둘러앉습니다. 저, 이치노하시, 니시노도인, 다니마치 순으로 감정할 도를 돌려봅니다. 한 바퀴 돌면 각자 자기 앞에 놓인 종이에 자신이 생각하는 도공의 이름을 적습니다. 물론 네 장의 종이가 모일 때까지 누구도 입을 열어서는 안 됩니다. 여기서 전원이 일치하면 오리가미가 붙게 되는데, 이견이 나오면 그 이유를 설명하고 토론을 벌입니다.

전문가들끼리도 의견이 갈릴 수 있느냐고 좀 이상하게 생각하는 분도 계시겠지만, 그런 경우도 꽤 많습니다.

잘 아시는 바처럼 도에는 재명품(在銘品)과 무명(無銘)이 있습니다. 그렇다고 해서 재명품이 가치가 있고 무명은 싸구려냐 하면 반드시 그렇지만도 않습니다.

　우선 재명품에도 가짜가 있습니다. 특히 고테쓰(虎徹)나 쓰다 스케히로(津田助廣) 등의 작품은 십중팔구 가짜라고 해도 과장이 아닙니다. 그리고 잘 만들어진 가짜 가운데는 오랜 세월 진품으로 인정받아온 것도 있습니다. 그것을 우리 선조께서 진품으로 인정한 경우도 있는데, 이제 와서 저희의 감정으로 가짜라 규정하기도 참으로 어렵습니다. 그런 도를 마주하면 전문가들 사이에서도 의견이 갈리는 경우가 왕왕 있습니다.

　무명의 명도란 고도(古刀), 즉 무로마치 시대 이전에 제작된 것이 대부분입니다. 이들 중 다수는 '오스리아게(大磨上) 무명'이라고 해서, 낡고 상한 손잡이 부분을 잘라내고 갈아서 새로 가공하는 바람에 아래쪽에 새겨져 있던 제작자의 이름이 없어지고 만 것입니다. 시대의 변천과 더불어 휘두르는 용도의 대도가 찌르는 용도의 도로 바뀌었습니다. 가마쿠라, 남북조 시대의 긴 대도들은 거의가 짧게 가공되어버려 무명이 되고 만 것입니다.

　이러한 무명의 고도에 대해서도 때때로 의견이 갈립니다. 예를 들면, 고로 마사무네(五郎正宗)로 보이긴 하는데 어딘지 모르게 부족한 것 같으면 히코시로 사다무네(彦四郎貞宗)라는 의견이 나옵니다. 또 마고로쿠 가네모토(孫六兼元)는 대대로 삼나무 세 그루 모양의 인문이 특징인데, 가장 뛰어난 장인은 이대 가네모토이므로 명품으로 보이면 모두 이대의 작품으로 인정하고, 오래되었지만 완성도가 좀 떨어지면 초대 마고로쿠, 비교적 오래되지 않은 것은 후대의 가네모토의 작품으로 규정합니다. 이러한 경우에도 감정가의 의견이 갈리는 것은 말할 것도 없습니다.

즉 도검의 감정이란 가짜를 가려내는 싸움이며, 야금 기술의 정도를 구별해내는 일입니다.

그날 총견에서는 지금은 고인이 되신 이치노하시 가의 당주가 가장 연장자이셨습니다. 제 장인어른과 동문수학하신 분으로, 도검 연마의 기량으로 중요무형문화재로 지정되기도 한 이 분야의 권위자시죠.

니시노도인 가의 당주는 예순 정도로 조금 뚱뚱하신 분인데, 천부적인 심미안을 가진 감정가입니다.

다니마치 가의 당주는 마흔 중반의 예술가 분위기를 풍기는 분으로, 미술평론가와 도예가로서도 일가를 이룬 분입니다. 깊은 지식을 기초로 한 감정에는 이론적인 설득력이 있습니다.

어느 분이나 도쿠아미의 이름에 부끄럽지 않은 뛰어난 감정가들이십니다.

먼저 감정 의뢰를 받은 니시노도인의 손에서 종가 대리인인 제게 도가 넘어왔습니다. 호박색 칼집에 든 멋진 대도였습니다. 평소 밝은 성격의 니시노도인이 왠지 그날만큼은 매우 침울하고 안색도 창백해 보였습니다.

일 촌 정도 도신을 빼냈을 때, 저는 얼굴에 차가운 기운을 느꼈습니다. 맞은편에 앉아 있는 니시노도인은 긴장한 얼굴로 나의 손을 바라보고 있었습니다. 도신을 칼집에서 완전히 빼내 전체를 보는 순간, 저는 니시노도인이 왜 그리 긴장하고 있었는지를 알 수 있었습니다.

'고(鄕)다……'

저는 확신을 가지고 마음속으로 외쳤습니다.

옆에 세워져 있는 촛불에 도신을 비추어보았습니다. 폭, 길이, 무게, 칼끝, 모든 것이 완벽했습니다. 칼날은 정교하게 다듬어져 있으며, 그 위에 밝고 선명한 니에*가 아름답게 그려져 있었습니다. 전체적으로 안정된 우아한 품격과 질량감, 예리한 느낌까지, 그야말로 남북조 시대의 명품임이 분명했습니다. 그리고 그 시기의 아이슈(相州) 야금의 공통적 특징인 투박함과 조악함도 전혀 찾아볼 수 없었습니다. 나긋하게 뻗은 칼날에는 중간에서 끝으로 갈수록 조금씩 넓어지는 고노 요시히로(鄕義弘)의 특징이 잘 나타나 있었습니다.

이마까지 들어올린 다음 칼자루를 벗겨냈습니다. 멋진 고대의 녹이 나타났습니다. 거의 현존하지 않는 고노 요시히로의 다른 작품과 마찬가지로 오스리아게 무명이었습니다.

옆에 있는 이치노하시에게 도를 넘겨준 다음 저는 조금의 망설임

---

* 沸. 일본도의 칼날에 은모래를 뿌린 것같이 빛나는 잔무늬.

도 없이 종이에 '고(江)'라고 적었습니다. '에도(江戶)'의 '江' 자를 써서 '고'라고 읽는 것은 고노 요시히로의 별칭인데, 오래된 도검서나 압형집 같은 데도 반드시 그렇게 씌어 있습니다.

이치노하시의 근엄한 표정은 도를 손에 들자 한층 더 엄숙해졌습니다. 등을 곧추세우고 턱을 아래로 당겨 가만히 도신을 응시하며, 마치 멀리 있는 풍경을 바라보는 듯한 표정으로 눈썹 하나 까딱하지 않았습니다. 잠시 그런 자세로 있다가 도를 머리 위로 들어올려 돌려보았습니다.

니시노도인은 더이상 볼 필요도 없다는 듯, 도를 들고 머리를 숙여 예를 표한 뒤 바로 옆에 앉은 다니마치에게 건네주었습니다.

다니마치는 그다운 몸짓으로 여러 각도에서 꼼꼼히 도를 살펴보았습니다. 그러다 문득 총견의 규칙을 어기고 탄식을 뱉어내고 말았습니다.

"정말 놀라운 일입니다, 이건……"

그러나 아무도 다니마치의 무례를 질책하지 않았습니다.

고노 요시히로는 열 손가락 안에 꼽히는 명공 중의 명공입니다. 일설에 의하면 삼십대 중반에 요절했다고 하는데, 오늘날까지 남아 있는 도검은 매우 적어서 옛날부터 '고와 귀신은 본 적이 없다'는 말이 있을 정도입니다. 민담에서도 빼놓을 수 없는 인물로 어느 하나 확실한 것이 없어 여러 가지 설이 분분한 전설적인 인물입니다.

그런 희귀한 도이기에, 설령 그의 작품으로 여겨지는 도를 만났다 해도 보통은 요시히로의 아들인 후와 다메쓰구(不破爲繼)의 이름을 대는 것이 정석입니다. 그러나 그 도에는 어디를 보나 다메쓰구의 이름으로는 감당할 수 없는 무엇인가가 있었습니다.

물론 현존하는 고노 요시히로의 작품이 전혀 없는 건 아닙니다.

『교호 명물첩』에 의하면, '오사카의 진(陣)'*과 '메이레키(明曆) 대화재'**로 애석하게 소실되어버린 열한 자루와 당시까지 현존하던 열한 자루가 있었습니다. 그리고 그 열한 자루는 모두 국보나 중요 문화재로 지정되어 오늘날까지 전해내려오고 있습니다. 이것은 삼백 년 동안 소유자의 개인적인 사정이나 부침과 관계 없이 소중한 보물로 간직되어왔음을 말해주는 증거라 하겠습니다.

또한 오사카와 에도에서 천수각과 함께 불타버린 도가 열한 자루라는 것만 보아도 도요토미 가와 도쿠가와 가가 얼마나 고노 요시히로에 집착했는지를 잘 알 수 있습니다.

저는 국보로 지정된 명물 '이나바고(稻葉江)' '도미타고(富田江)'를 비롯해 현존하는 모든 고노 요시히로를 직접 보았습니다. 기억에 남은 그 모습에 견주어보고, 그 도를 '열두번째의 고'라고 단정했습니다.

또한 종가 당주와 세 분가의 당주에게만 전해오는 도쿠아미 가의 구전오의(口傳奧義) 가운데, "고로 마사무네로 보이면서 담금질이

---

* 1614년 겨울 도쿠가와 이에야스가 오사카 성을 공격했다가 실패한 사건.
** 1657년 지금의 도쿄인 에도 대부분을 불태운 대화재.

잘 되어 강하고 표면이 매끄럽고 아름다운 것은 고의 작품으로 보아야 한다"라는 비전(秘傳)이 있었기에, 그 점에서도 전원의 의견이 일치하였습니다.

고로 마사무네는 고노 요시히로의 스승이면서 오랜 세월 무가사회의 권위적 상징으로 여겨졌기 때문에, 도쿠아미 가에서는 은밀히 구전을 남겨 그 감정법을 전수하였던 것입니다.

그 도는 그야말로, 마사무네와 비슷하면서도 더욱 강하고 아름다운 고노 요시히로 그 자체였습니다.

우리 네 명은 순백의 비단보 위에 놓인 도신을 응시한 채 잠시 말 없이 앉아 있었습니다.

문득 니시노도인이 퉁퉁한 얼굴을 들어올리며 이렇게 말했습니다.

"가이고(甲斐江)가 아닌가 합니다만……"

우리는 서로의 얼굴을 마주 보았습니다.

가이고란 다케다 신겐*의 패도였다는, 초대 고노 요시히로의 걸작입니다. 아니 정확히 말하자면, 옛날에 그런 도가 있었다는 말만이 전해지고 있습니다.

"하지만 가이고는 메이레키 대화재 당시 소실되었지 않습니까?"

이치노하시가 눈꺼풀을 덮을 정도로 길고 흰 눈썹을 꿈틀거리며

---

* 武田信玄. 일본 전국시대의 유명한 무장.

말했습니다.

"그것이…… 내가 조사한 바에 의하면 교호 명물첩에 기록되어 있는 가이고의 길이와 일치합니다. 정확히 이 척 일 촌 삼 부예요."

어이없다는 표정의 다니마치가 곁눈질로 노려보았습니다.

"길이가 똑같다고 그것이 가이고라고 할 수는 없죠."

그러자 니시노도인은 실망한 듯한 표정으로 다니마치의 눈길을 되받으면서 품속에서 두 장의 봉투를 꺼냈습니다.

"이것이 오에이(応永) 시대의 도쿠아미 압형집, 이것은 게이초(慶長) 압형집의 복사물인데, 당시의 가이고의 압형이 실려 있습니다. 봐주시죠."

압형집이란 그 시대의 당주가 감정한 도검의 형상과 인문을 정밀하게 묘사하고 슴베의 압형을 뜬, 일종의 명품 카탈로그입니다.

우리는 압형과 실물을 비교해보고는 숨을 삼켰습니다.

오에이 압형은 삼대 도쿠아미 로쿠산(祿山)이 무로마치 쇼군 가의 명을 받아 편찬한 것, 게이초 압형은 무기압수령을 내릴 때 도요토미 히데요시가 십사대 당주에게 명한 것으로 모두 권위 있는 문헌입니다.

두 압형집에 실려 있는 가이고에 대한 내용은 눈앞에 놓인 도와 그대로 일치하는 것이었습니다.

"틀림없어. 이건 가이고다……"

다니마치가 안경을 벗고 무슨 악몽이라도 꾼 사람처럼 눈을 깜빡

거리면서 그렇게 중얼거렸습니다.

칼날의 끝에서 삼분의 일에 이르는 부분에 큰 홈집이 있었습니다. 미술품으로서는 치명상이라 할 수 있을 정도의 상처였는데, 그것은 무로마치 초기의 오에이 압형에서는 보이지 않았지만 모모야마(桃山) 시대의 게이초 압형집에는 선명하게 그려져 있었습니다. 그리고 첨서에는 "다케다 신겐 공 가와시마 전투 출진시 우에스기 겐신 공이 본진으로 돌격하여 신겐 공을 칠 때 생긴 상처"라고 씌어 있었습니다.

도검의 감정이라기보다 거의 문화재의 대발견이라고 해야 할 정도였습니다. 의뢰인은 교토의 도검상이었는데, 그 관록 있는 상인도 반신반의하는 심정으로 니시노도인 가에 감정을 의뢰한 모양이었습니다.

그러나 정작 오리가미를 쓰는 단계에 이르러서 우리들의 의견은 엇갈렸습니다.

니시노도인은 '명물 가이고'라는 오리가미를 붙여야 한다고 주장했고, 다니마치도 이 역사적 발견을 널리 세상에 알려야 한다고 말했습니다.

한편 이치노하시는 가이고의 소실을 기록한 『교호 명물첩』의 권위를 부정하는 데에 난색을 표명하고, 날을 잡아 재고하는 게 좋겠다고 했습니다.

저는 잠시 생각한 후에 이치노하시의 의견에 동의했습니다. 물론

도의 작품성에는 의심의 여지가 없었습니다. 그러나 망설이는 사이에 문득 장인어른의 말씀이 생각났던 것입니다.

"여기 있어야 하는 물건이 없어지는 것도 큰일이지만, 여기 없어야 하는 물건이 나타나는 것도 큰일이다."

결국 저와 이치노하시의 신중론이 채택되어, 결론은 2월의 총견으로 넘어가게 되었습니다.

원래 우리 일은 급하게 서두를 이유가 없습니다. 조상 대대로 육백 년에 걸쳐 이어져온 것을 앞으로도 천 년이고 이천 년이고 이어나가야 하는 일입니다. 게다가 이른바 비장품이라 불리는 전설의 도검이 어느 날 갑자기 나타나는 일이 거의 사라진 시대이기에, 서두르지 말고 천천히 검토, 아니 감상해보자는 마음도 있었습니다.

니시노도인과 다니마치가 돌아간 후, 이치노하시 노인이 산다화를 보고 싶다기에 따라나섰습니다. 겨울을 맞이한 뒷산과 대나무 숲 사이에 마치 주홍색 물감을 뿌린 듯 산다화 담이 둘러쳐져 있었습니다.

지팡이에 몸을 지탱하고서 이치노하시는 말했습니다.

"이것은 다이쇼* 시대에 선대가 심은 것들입니다. 제 종가를 비롯해 다니마치와 니시노도인의 선대 모두 폐병으로 돌아가셨지요. 종가의 아이들이 숲에 들어가 노는 것을 보고 대나무 가지에 눈을

---

* 大正. 일본의 연호. 1912년~1926년.

찔리지 않을까 염려하여 이 담을 만들었답니다."
 우리들은 담을 따라 난 오솔길을 걸어갔습니다. 이치노하시는 가끔씩 멈춰 서서 대나무 숲 사이로 언뜻언뜻 보이는 저택의 지붕을 바라보았습니다.
 "종가 일이 바쁘지 않으실 때 날을 잡아서 그 도를 다시 한번 보여주시지 않겠습니까?"
 "글쎄요, 물건이 물건인지라……"
 제가 그렇게 대답하자 이치노하시는 한숨을 내쉬면서 걸음을 옮겼다.
 "혹시 그 도를 의심하시는지요?"
 "아닙니다. 칼날이 조금 새것 같아서요. 나도 늙은 모양입니다. 요즘 들어서는 추위도 더위도 잘 느끼지 못해요."
 "저는 좋은 물건이라 생각했습니다만."
 "정말 좋은 물건이지요. 그렇기 때문에 나도 고노 요시히로라 생각했던 것입니다. 그러나 그 정도의 명품이라면 우리가 감당하기는 버겁지 않을까요, 겐기치 님?"
 수수께끼 같은 말을 남기고, 이치노하시는 산다화가 핀 오솔길을 내려갔습니다.

 "너무 전문적인 이야기라 죄송합니다."
 오히나다는 잠시 이야기를 멈추고 상기된 얼굴로 여장 회장을 바라보았다.

회장은 베일 아래로 웃음을 지어 보였다.

"아닙니다. 정말 흥미로운 이야기입니다. 이곳에는 미술품에 조예가 깊으신 분도 많이 계시니까요. 신경쓰지 마시고 말씀하십시오."

"그럼" 하고 오히나다는 잔을 들고 목을 축인 다음 이야기를 이었다.

"정말 말씀드리기 곤란한 일입니다만, 그로부터 며칠 후 저는 은밀히 대학 연구실을 찾아가 알고 지내던 교수에게 문제의 도를 보여주고 방사성탄소에 의한 연대측정을 의뢰했습니다. 이치노하시의 말이 마음에 걸렸고, 말을 듣고 보니 어딘지 모르게 재료로 쓰인 철이 그리 오래되지 않은 듯한 느낌이 들었습니다. 설마 하면서도, 진품으로 판명되면 분명 국보로 지정될 만한 명도였으므로 만일을 위해 그렇게 한 것이죠. 물론 이 세계에서는 과학의 힘을 빌리는 것을 금기시하고 있습니다. 그러나 무형문화재 이치노하시마저 우리가 감당하기 힘들다고 한 도가 아닙니까. 의구심을 떨쳐내기 위해서는 그것 말고 다른 방법이 없었습니다. 그리고 그 결과는……"

사람들이 일제히 고개를 들어올렸다. 오히나다는 천천히 올려다보며 말했다.

"역시 이치노하시의 염려대로 현대의 명공이 만든 가짜였습니다."

실내가 웅성거렸다. 체격이 좋은 양복 차림의 신사가 자리에서 일어섰다.

"도쿠아미 선생, 그렇다면 도검 감정의 최고 전문가들이 모두 속았다는 말이 아닙니까. 아, 실례했습니다. 사실 저는 도검 수집이 유일한 취미라 여태 몇억에 달하는 돈을 쏟아부어왔습니다. 그런 제 입장에서는 가만있을 수가 없군요."

"정말 부끄러울 따름입니다."

오히나다는 그 도의 모습을 떠올리는 듯 눈을 감았다.

"그렇지만 정말 대단한 도였습니다. 방금 제가 가짜라고 말하긴 했지만, 사실은 그렇지 않습니다. 명이 없으므로 정확히 말하자면 고의 모조품, 현대 도공의 손으로 만들어진 모조 가이고라 해야 할 것입니다. 그것에 속은 저희가 잘못입니다."

"그렇지만 선생, 그 정도 물건이라면 매매과정에서도 고노 요시히로의 진품으로 통용되지 않았을까요? 그렇다면 엄청난 액수의 돈이 움직였다는 말인데……"

그렇게 말하는 신사를 바라보며 오히나다는 고개를 끄덕였다.

"아마도 그럴 겁니다. 도쿠아미의 총견이 속을 정도이니 일반 도검상이나 애호가들은 말할 나위도 없었겠지요. 그러나 전 이렇게 생각합니다. 설령 수억의 대가를 치렀다 해도 아깝지 않다고요. 왜냐하면, 그 도는 진품 고와 똑같은 가치를 지니고 있기 때문입니다."

신사는 입을 다물었다. 웅성임이 멈추고 조용해지기를 기다렸다가 오히나다는 이야기를 계속했다.

그즈음 제 장인이신 삼십삼대 도쿠아미 호산(鳳山)은 일 년 전에 뇌졸중으로 쓰러져 그 이후로 계속 반신불수상태셨습니다.

장인은 감정가로서 희대의 감식안을 가지고 있었을 뿐만 아니라 문화재 보호에 일생을 바친 독지가이기도 하였습니다. 전쟁 후의 혼란기에는 분골쇄신하여 미술품의 해외 유출을 막았고, 1945년 문화재보호법 제정과 더불어 새로운 국보 선정에도 크게 기여했습니다.

대학에서 검사 결과를 전해듣고 당황한 저는 며칠 동안 고민한 끝에 어느 날 밤 은밀히 장인의 방을 찾았습니다.

장인은 저의 유일한 스승이시며, 이런 오만한 표현을 허락해주신다면, 제 역량이 미치지 못하는 유일한 감정가이시기도 합니다.

방은 저택 깊숙이, 대나무 숲 정원 뒤편에 있었습니다. 저는 사람들을 물리고 의식도 뚜렷하지 않은 장인의 머리맡에 앉았습니다.

사건의 전말을 숨김없이 고하자 장인은 반쯤 눈을 뜬 채 고개를 끄덕였습니다.

이윽고 이불 속에서 야윈 오른손을 내밀었습니다.

저는 모조 가이고의 칼집을 벗기고, 장인의 손을 잡고 함께 칼자루를 쥐었습니다.

순간, 누워 있는 장인의 눈이 무서울 정도로 치켜올라갔습니다. 마치 완전히 의식을 되찾은 사람처럼 도신을 노려보더니 칼자루 쪽을 향해 턱 끝을 약간 흔들어 보였습니다.

"슴베를 열어 보일까요?"

장인은 고개를 끄덕였습니다. 흑단으로 된 못을 빼내고 자루를 벗겨내자 아무래도 그 시대의 것으로 볼 수밖에 없는 녹이 슨 슴베가 드러났습니다.

메마른 입술을 달싹이고 눈을 깜빡거리며 슴베를 들여다보는 장인의 표정에서는 도검을 접하는 위대한 감정가의 기백이 느껴졌습니다.

이윽고 장인은 이제 됐다는 듯 턱에서 힘을 빼고 눈을 감았습니다.

머리맡을 더듬는 손을 보고 저는 연필과 종이를 내밀었습니다.

'세이소우치'

장인은 마지막 힘을 짜내는 듯한 기세로 이런 글자를 쓰고는 연필을 떨어뜨리더니 힘이 다한 듯 코를 골기 시작했습니다.

저는 잠시 멍하니 앉아 장인이 써주신, '세이소우치'라고밖에 읽을 수 없는 수수께끼의 글자를 바라보았습니다. 그러나 그런 이름을 가진 도공의 이름도, 지명도 떠오르지 않았습니다.

장인이 혼신의 힘을 다해 제게 전하려 한 '세이소우치'란 대체 무엇이었을까요?

다음 2월의 총견 자리에서 저는 우선 종가의 대리인으로서 현대 과학에 의존한 잘못을 사과하고, 대학에서 알아낸 연대측정 결과를 공개했습니다.

너무나 큰 충격에 일동은 할말을 잃은 채 제 행동을 추궁하려고도 하지 않았습니다.

육백 년이라는 역사와 관록을 자랑하는 도쿠아미 총견이 한 자루의 복제품에 속고 만 것입니다. 저희에게 있어 그 사태는 굴욕이라는 간단한 단어로는 도저히 표현할 수 없는 것이었습니다.

후대의 명인이 복제한 것이라면 또 몰라도, 현대의 도공이 만든 작품이라는 감정 결과는 도저히 믿을 수 없었습니다. 너무나 좁은 오늘날의 도검계 어디에 그런 명인이 숨어 있었단 말입니까.

에도 시대의 명공이었던 난키 시게쿠니, 이노우에 신카이, 나가소네 고테쓰, 노다 시게요시 등도 고노 요시히로의 도를 복제한 적이 있었지만, 모두 진품의 완성도에는 크게 미치지 못했습니다.

그 도에 교묘하게 녹까지 슬게 해 시대를 속이려 한 현대의 작품이란 것은, 에도 시대의 명공을 뛰어넘는, 아니 고노 요시히로에 버금가는 대장장이가 지금도 이 세상 어딘가에 존재하고 있다는 뜻이 아닐까요?

그날의 총견 자리에는 오사카의 다니마치 가가 새로운 한 자루의 도를 지참하고 왔습니다.

요 몇 년간 두 번 연속으로 감정도가 총견에 올라온 예는 없었습니다. 우리는 마음을 가라앉히기 위해 일단 휴식을 취하면서 삼십 분 동안 가벼운 잡담을 나눈 다음, 마음을 가다듬고 총견방으로 들어섰습니다.

그런데 자리를 뜬 줄로만 알았던 다니마치가 총견방에 혼자 앉아 자신이 가져온 오늘의 감정도를 뚫어져라 바라보고 있는 것이었습니다.

정해진 순서를 무시한 다니마치의 행동에 우리는 이상하다고 생각하면서 자리에 앉았습니다.

다니마치는 모자까지 옆에 벗어놓고, 두꺼운 안경을 쓴 채 긴 머리가 마구 헝클어진 모습으로 마치 젊은 수련생 같은 집중력으로 한 자루의 단도를 바라보고 있었습니다.

이윽고 다니마치는 단도를 중앙의 비단 위에 올려놓았습니다.

순백의 비단 위에 몸을 누인 팔 촌이 조금 넘는 길이의 단도에는 '요시미쓰(吉光)' 라는 글자가 새겨져 있었습니다.

폭이 좁고 우아하면서도 중후한 품격이 느껴졌습니다. 칼날 밑부분에 팥알을 네다섯 개 흩뿌린 듯한 잔무늬와, 칼날 끝에 한층 더 거친 니에가 들어 있는 모습은 분명 가마쿠라 시대의 명공 도시로 요시미쓰(藤四郎吉光)의 단도가 틀림없었습니다.

"오, 도시로인가요?"

이상할 정도로 흥분되어 보이는 다니마치를 진정시킬 양으로 저는 웃으면서 말을 붙였습니다. 그러나 다니마치는 야단을 맞은 어린아이처럼 어깨를 움츠리고 단도를 내려다보면서 눈도 깜빡이지 않는 것이었습니다.

감정도가 칼집이 벗겨져 맨몸을 드러내고 있는 것 자체가 이미 총견의 관습을 무시한 것이었지만, 저는 괘념치 않고 "한번 보겠습니다" 하고 손을 뻗었습니다.

그 순간, 다니마치는 몸을 부르르 떨면서 제 손을 가로막듯이 말했습니다.

"이것은, 야겐입니다. 명물, 야겐 도시로(藥研藤四郎)……"

제 손은 그 자리에서 얼어붙고 말았습니다.

이번에는 오사카의 진 당시 천수각과 함께 불타버렸던, 도요토미 히데요시가 애지중지하던 단도가 모습을 드러낸 것이 아닙니까.

"아무래도 날을 잡아 다시 감정하는 것이 좋을 것 같습니다."

이치노하시가 나를 돌아보며 말했습니다.

언뜻 보기에 그 단도가 도시로 요시미쓰의 작품임에는 의심의 여지가 없었지만, 그렇다 해서 무조건 진품으로 판단하는 것은 다니마치가 침착함을 잃었기 때문이라는 생각이 들었습니다. 실제로 다니마치의 표정은 마치 목에 칼끝이 닿기라도 한 사람처럼 긴박해 보였던 것입니다.

"그 가이고가 머리에서 떠나질 않아서 말입니다."

니시노도인이 웃으면서 말했습니다.

저와 이치노하시도 심상치 않은 분위기를 떨쳐내려고 억지웃음을 지었습니다. 그러나 다음 순간, 저희들의 웃음소리는 허공에 얼어붙고 말았습니다.

다니마치가 예를 표하듯이 가만히 비단 위의 단도를 뒤집은 것입니다. 그 뒷면에는 선명한 금상감(金象嵌)으로 '호타이코* 소지 야겐 도시로 도쿠아미(豊太閤所持 藥硏藤四郎 德阿)'라고 새겨져 있고, 도쿠아미 이십삼대 당주의 것으로 보이는 화압**이 찍혀 있었습니다.

이치노하시가 아, 하고 비명 같은 탄식을 질렀습니다.

"이건…… 겐산(兼山)의 화압이군요……"

제가 그렇게 말하자 다니마치는 새파랗게 질린 얼굴을 들어올리며 고개를 끄덕였습니다.

이십삼대 겐산은 도쿠아미 가를 부흥시킨 선대로, 그의 오리가미는 역대 오리가미 가운데서도 가장 존중되고 신뢰받고 있습니다.

우리가 신처럼 모시는 조상의 감정이 단도의 이면에 선명하게 금상감으로 새겨져 있었던 것입니다.

현세에 있어서는 안 될 물건이 눈앞에 나타난 것입니다. 우리는 너무 두려운 나머지 아무도 그 단도를 집으려 하지 않았습니다.

"그것도 가짜였습니까?"

벽난로 앞에 앉은 노인이 파이프 끝을 관자놀이에 갖다대면서 조용히 물었다.

"그렇습니다. 아마 가이고와 같은 장인이 만든……"

---

* 도요토미 히데요시의 경칭.
** 花押. 도장 대신 쓰던 일정한 자형(字形).

오히나다는 멈추지 않고 이야기를 계속했다.

"명물 야겐 도시로에 대해서는 오늘날까지 전해지는 국보 히라노 도시로(平野藤四郞)와 같은 물건이라는 설과 오사카로 낙성했을 당시 소실된 다른 물건이라는 설이 있습니다. 전국시대의 어느 무장이 낙성 당시 이 단도로 할복을 하려고 했는데, 아무리 힘을 줘도 배에 들어가지를 않았다고 합니다. 이런 쓸모없는 칼 같으니, 하고 집어던졌더니 곁에 있던 약연*을 꿰뚫어버리는 것이었습니다. 다시 말해, 그 칼은 주인의 목숨을 구하기 위해 살을 파고들지 않았다는 것입니다. 그 이후로 그 단도는 '야겐(藥硏) 도시로'라 불리게 되었고, 아시카가 쇼군 가의 수호도가 되어 마쓰나가 단조 히사히데가 쇼군 요시테루를 모살할 때 손에 넣었고, 이후 화친의 표시로 쇼군 가에서 오다 노부나가에게로, 그리고 도요토미 히데요시의 손으로 넘어갔다고 합니다."

오히나다가 잠시 숨을 돌리는 사이 사람들은 웅성거리기 시작했다.

"그것이 가짜라는 것도 대학에 의뢰해서 알게 된 것인가요?"

여장 회장이 물었다.

"아닙니다. 한밤중까지 치밀하게 조사해서 내린 결론입니다."

"가짜임을 판명할 수 있었다는 말입니까?"

---

* 藥硏. 약을 가는 데 쓰이는 돌이나 쇠로 만든 기구.

"그렇습니다. 우리 모두 도시로의 작품에 대해서는 잘 알고 있으니까요. 이번에는 순서에 입각하여 찬찬히 살펴보았습니다. 여러 가지 자료를 뒤지고 끄집어내면서, 마치 수련생 시절로 돌아간 것처럼 소동을 벌였지요."

"단도라서 알기 쉬웠던 건가요?"

"아닙니다. 도시로의 단도는 약연을 꿰뚫었다는 그 전설 때문에도 시대의 많은 영주들이 소유하고 있었습니다. 물론 그렇게 많은 수의 요시미쓰가 있었던 것이 아니므로, 그 가운데에도 가짜가 있었습니다. 그러니까 우리는 이 도시로 요시미쓰에 관련된 꽤 많은 수의 가짜를 감정해왔고, 때문에 노하우도 충분히 가지고 있었던 것입니다. 그런 만큼 앞에서 얘기한 고노 요시히로의 경우보다 경험이 풍부하다 할 수 있습니다. 게다가……"

오히나다는 일단 말을 끊고 오너 쪽을 돌아보았다.

"고 사건 이후라서 일단 의심하지 않을 수 없었습니다. 고서에 나와 있는 야겐 도시로와 똑같은 팔 촌 삼 부의 길이. 금상감으로 새겨져 있는 겐산의 감정. 이건 너무 잘 맞아떨어지는 이야기가 아니겠습니까? 자료에 기술된 내용을 그대로 흉내낸 가짜라고 의심할 만한 일이지요."

노인이 파이프를 흔들면서 말했다.

"그건 그렇겠소이다. 너무 힘을 준 게죠. 지나친 것은 모자람만 못하다. 사족을 달아버린 셈이로군요."

"아, 그건 아닙니다" 하고 오히나다는 부정했다.

"오히려 그 반대인 것 같습니다. 수수께끼의 도공이 도쿠아미의 권위에 도전하기 위해 일부러 그런 수법을 구사한 것이 아닐까요. 어떠냐, 이런 가짜도 만들 수 있어, 하고 과시하는 듯한 느낌이 들었습니다."

한밤중까지 이어진 총견이 끝날 때쯤 이치노하시가 이런 말을 했습니다.

"요 두 번의 총견에 올라온 물건에 대해서는 절대로 발설해서는 안 됩니다. 그 출처를 찾으려고 해서도 안 됩니다. 알겠지요?"

아무도 이의를 제기하지 않았습니다. 그래, 악몽을 꾼 거야, 하고 저는 스스로를 달랬습니다. 진품을 능가하는 가짜는 절대로 있어서는 안 되는 것입니다.

니시노도인과 다니마치가 물러간 후에도 이치노하시는 조용히 앉아 단도를 응시하고 있었습니다.

"종가를 찾아뵈어야겠습니다. 같이 가시지요."

이치노하시는 예복을 벗고 뭔가 결심한 듯 자리에서 일어섰습니다.

"지금 가실 생각이십니까?"

그날 함께 하치만 궁을 참배하기 전에 장인을 만났기 때문에 이치노하시도 장인의 병세를 잘 알고 있었습니다.

망설이는 저를 향해 그는 "종가의 대리인도 같이 가셔야 합니다" 하고는 단도를 들고 총견방을 나서는 것이었습니다.

도쿠아미 저택은 막부 말기에 세워진 서원 건물입니다. 회랑 오른편에는 미닫이문과 덧문으로 막혀 있는 작은 방들이 늘어서 있고, 왼편은 창이, 그 너머로는 넓은 정원이 이어져 있습니다.

이치노하시는 산자락에 걸린 달빛을 받으며 서늘한 회랑을 앞서 걸어갔습니다. 정원이 뒷산 대나무 숲과 이어지는 경계쯤에서 복도 끝의 소나무 문이 보입니다. 그 너머가 장인어른의 침실입니다.

산의 울음소리인지 바닷물이 빠지는 소리인지 모를 나지막한 울림이 오기가야쓰의 밤하늘을 둘러싸고 있었습니다.

"불은 켜지 않아도 됩니다" 하고 이치노하시는 말했습니다. 서원에서 흘러들어오는 달빛으로 침실은 생각보다 밝았습니다.

머리맡에 앉은 이치노하시는 장인의 얼굴을 한참이나 들여다보다가 "요짱!" 하고 불렀습니다.

장인은 무거운 눈꺼풀을 들어올리고 고개를 살짝 끄덕였습니다.

"밤중에 미안하지만, 골치 아픈 일이 생겼네."

칼을 싼 보자기를 풀면서 이치노하시가 중얼거렸습니다. 그리고 단도를 무릎 위에 올리더니 늙은 눈으로 저를 바라보았습니다.

"나도 이런 나이에 설마 이런 물건을 보게 될 줄은 상상도 못 했네만, 이렇게 된 이상 겐기치에게 사실을 알려줘야 할 것 같아서 말이야."

초점이 맞지 않는 눈으로 이치노하시를 멀뚱히 바라보면서 장인은 마른 입술을 바르르 떨었습니다. 이치노하시는 모자를 벗고 장인의 입가에 귀를 갖다댔습니다.

"겐기치? 겐기치는 여기 있네. 아니야, 요짱이 걱정할 일은 하나도 없어. 뛰어난 감식안을 가졌으니까. 세이소(精三) 같은 놈에게 속을 수야 없지."

이치노하시는 그렇게 말하고 장인의 발치에 앉아 있던 제게 가까이 오라고 손짓을 했습니다.

이치노하시는 분명히 '세이소 같은 놈'이라고 말했습니다. 그런 이름은 그때까지 들어본 적이 없었습니다. 그러나 '세이소 같은 놈에게 속을 수야 없지'라는 말투는 그 세이소라는 인물과 제가 어떤 식으로든 연관이 있음을 나타내는 말로 들렸습니다.

제가 어깨끈을 풀고 옆에 앉기를 기다렸다가, 이치노하시는 천천히 단도의 집을 벗기고, 칼자루를 벗겨냈습니다. 그리고 소매에 그 도신을 올려 장인의 가슴 위에 올려놓았습니다.

장인의 힘없는 눈이 갑자기 가이고의 모조품을 보았을 때처럼 번쩍 생기를 되찾는 것을 저는 똑똑히 볼 수 있었습니다.

"세이소야, 이 솜씨는."

이치노하시가 그렇게 말하자, 장인은 마치 협박이라도 당한 사람처럼 몇 번이나 고개를 끄덕였습니다.

저는 그때 비로소 뭔가가 퍼뜩 떠올랐습니다.

장인이 내게 전하려 했던 '세이소우치'는 세이소라는 도공이 만든 도검이라는 의미였던 것입니다.
　장인은 작은 신음 소리를 내며 겨우 움직일 수 있는 오른손으로 나를 가리켰습니다.
　"아, 알았네. 겐기치에게 말해주도록 하지."
　단도를 거두어들이면서 이치노하시가 그렇게 말하자 장인은 있는 힘을 다해 크게 고개를 끄덕였습니다.

　오히나다의 이야기가 이어질수록 방 안의 불빛은 점점 어두워져 갔다.
　"저는 그날 밤, 도쿠아미 가의 큰 비밀을 알게 되었습니다."
　그 말투에는 마치 독을 뿜어내는 듯한 분노가 섞여 있었다.
　여장 회장이 신호를 보내자 웨이터가 자리를 돌며 잔에 술을 따랐다. 그 짧은 휴식시간은 오히나다의 마음을 진정시키려는 배려였음에 분명했다.
　"그 세이소라는 수수께끼의 인물이 가짜 명품을 만드는 명인이었다는 말이로군요."
　도검 수집가라는 신사가 남의 일이 아니라는 듯이 말했다.
　"실은 말입니다, 선생. 얼마 전에 그 유명한 기요마로(淸麿)를 한 자루 구입했습니다. 삼천팔백만 엔도 비싸지 않다고 생각했는데……"

가격을 말하자 사람들 사이에서 탄성이 새어나왔다. 기요마로는 막부 말기의 명공이다. 작품에 따라서는 결코 비싼 가격이 아니다.
"도검이란 게 그렇게 비싼가요?"
　빨간 드레스를 입은 여자가 눈을 동그랗게 뜨고 물었다.
"예술작품이니까요. 지금 선생의 이야기에 나온 고노 요시히로나 도시로 요시미쓰의 작품이 실제로 매매된다면 어떤 가격이 나올지 상상도 할 수 없죠. 아마 고흐나 세잔의 작품과 비슷하지 않을까요."
　지당한 말이었다. 문화재급의 명도는 은밀히 매매되므로 어느 정도의 가격으로 거래되는지는 아무도 모른다. 서양의 명화처럼 수백억, 수천억 정도의 돈이 움직였다고 해도 이상할 게 없다.
　오히나다는 매매에 관한 이야기에는 입을 다물었다. 아마 그런 은밀한 거래를 중개하는 것도 그의 일 중 하나일 것이다.
　이야기가 더이상 나아가면 오히나다가 곤란해질 것 같아 나는 원래의 화제로 관심을 되돌렸다.
"그 세이소라는 사람은 대체 어떤 인물이었습니까?"
　평정을 되찾은 오히나다는 잔을 기울이면서 대답했다.
"그 사람은 원래 도쿠아미 가의 일문으로……"
　사람들 사이에서 놀란 비명이 들려왔다.
"일문이라기보다, 어쩌면 도쿠아미 종가를 계승할 수도 있었던 사람이었습니다."

오히나다는 웨이터의 손에서 새 잔을 받아들고, 한 사람 한 사람의 얼굴을 찬찬히 살피면서 말을 이었다.

"이치노하시의 말에 따르면 도쿠아미의 선선대 슬하에는 사남일녀가 있었다고 하는데, 폐결핵 내력이 있는 집안이라 그 가운데 아들 셋은 요절해버렸습니다. 하나 남은 아들이 바로 저의 장인이신데, 그도 스무 살이 넘어서 발병하고 말았습니다. 그래서 선선대는 제자 중 한 명을 딸과 결혼시켜 뒤를 잇게 할 생각이었습니다."

"그 제자가 세이소라는 사람이었던 거군요."

여장의 주인이 끼어들었다.

"그렇습니다. 세이소는 홋카이도에서 가난한 대장장이의 자식으로 태어나, 처음에는 제자가 아닌 일꾼으로 도쿠아미 가에 들어왔습니다. 그러다 뛰어난 손재주가 선선대의 눈에 들어 동년배인 장인이나 이치노하시와 함께 수련을 하게 되었지요. 그즈음의 도쿠아미 가는 군국시대라는 배경도 있고 해서 도검의 감정뿐 아니라 제작에도 손을 대고 있었습니다. 세이소의 재능은 감정에서나 제작에서나 다른 제자들과는 상대가 되지 않을 정도로 뛰어났다고 합니다. 이윽고 선선대는 그 기량을 높이 평가하여 외동딸을 그에게 주었습니다. 그런데, 사위가 된 이후로 세이소는 본성을 드러내기 시작했습니다. ……이건 이치노하시의 표현입니다만."

오히나다는 거기서 입을 다물었다. 종가의 데릴사위라는 세이소의 처지가 자신과 다를 바가 없기 때문에 말을 가려서 할 필요를 느긴 것 같았다.

"선생의 인격은 여러분도 잘 알고 계시니, 있는 그대로를 말씀하시면 됩니다."

회장의 재촉에 오히나다는 마음을 가다듬은 듯이 다시 이야기를 시작했다.

"세이소는 종가를 오가는 군인들과 어울리면서 술을 배웠고, 취하기만 하면 안하무인으로 굴기 시작했습니다. 삽이나 괭이를 만드는 보잘것없는 동네 대장장이의 기질이 그대로 드러나기 시작했다고 이치노하시는 말했습니다. 그즈음, 장인은 당시의 최신 의술로 한쪽 폐를 제거하고 쾌유되기 시작했습니다. 그것을 계기로 종가는 세이소를 쫓아내고 말았습니다."

"파문당했다는 말입니까?"

신사가 팔짱을 낀 채 물었다.

"그런 말은 듣지 못했지만, 아마 그랬겠죠. 이치노하시가 말하길 군인이 사례금을 주면 제멋대로 첨상을 써주었다고 하는데, 진상은 과연 어떠했을지⋯⋯ 아, 딱히 제가 세이소 편을 드는 것은 아닙니다. 진실로 도를 볼 줄 아는 사람은 결코 그런 행동을 하지 않는다고 저는 믿기 때문입니다. 세이소는 쫓기듯 오기가야쓰를 떠났습니다. 그의 아내, 즉 선선대의 딸도 같이 떠났다고 합니다. 그리고 그 행방은 안개 속으로 사라졌습니다."

이야기를 하면서 오히나다는 문득 슬픈 표정을 지었다. 북받치는 감정을 억제하려는 듯, 팔을 무릎에 얹고 두 손을 문질렀다.
 "저는 이치노하시의 이야기를 듣는 중에, 그것이 모두 도쿠아미 가의 변명일지도 모른다는 생각이 들었습니다. 물론 제가 태어나기도 훨씬 전의 이야기니 함부로 단정할 수는 없겠지요. 그러나 이것만은 자신있게 말할 수 있습니다. 설령 복제품이라 하더라도 그 가이고나 야겐 도시로를 만들어낼 수 있는 명공이라면 절대 나쁜 성품을 타고났을 리 없다, 술에 절어 타락할 리 없습니다. 도검은 그것을 바라보는 자에게 많은 것들을 말해줍니다. 세이소가 만든 도를 가만히 들여다보는 사이에 저는 왠지 얼굴도 모르는 세이소라는 사람을 이해할 수 있을 것 같은 기분이 들었습니다. 말로는 표현하기 힘들지만…… 그 쇠붙이는 따스했습니다. 고의 모조품도 도시로의 모조품도, 진품과 유일한 차이점이라면 그 쇠붙이가 띠고 있는 온기였습니다. 도쿠아미 가에서는 결코 느낄 수 없는 신비로운 온기가 깃들어 있었습니다. 이치노하시나 장인이 세이소의 작품임을 눈치챈 것도, 아마 제가 느낀 그런 이미지를 기억 속에 간직하고 있었기 때문일 것입니다."
 오히나다의 이야기는 이어졌다.

 장인이 세상을 떠난 것은 그로부터 며칠 뒤의 일이었습니다.
 그와 동시에 저는 삼십사대 종가를 계승하고, 정식으로 도검총일 도쿠아미 단산이란 이름을 받았습니다.

가문이 가문이니만큼, 당주의 이름에는 공적으로나 사적으로나 다양한 직함이 붙게 마련입니다. 헤아릴 수도 없이 수많은 직함을 그대로 물려받게 되었으니 정신이 무척 어수선했던 게 당연하지요.

그런 동안에도 두 자루의 도검과 세이소라는 대장장이를 잊지 않았지만, 곰곰이 생각해볼 여유는 없었습니다.

제가 겨우 안정을 되찾은 것은 막 여름에 접어들 무렵이었습니다. 나라와 교토의 국립박물관을 인사차 방문하고 니시노도인 가에 들렀더니, 니시노도인이 같이 노(能)를 보러 가자고 하는 것이었습니다.

그 노는 여러분도 잘 아시는 〈고카지 小鍛冶〉라는 노로, '대장장이'란 뜻의 그 제목은 우리에게는 참으로 흥미로운 것이 아닐 수 없습니다.

저 옛날 헤이안 시대, 천황으로부터 급히 대도를 만들라는 칙명을 받은 산조 무네치카(三条宗近)가 동자의 모습으로 나타난 후시미이나리(伏見稲荷) 신의 도움으로 하룻밤 만에 신검 '고기쓰네마루(小狐丸)'를 만들어낸다는 이야기입니다.

산조 무네치카는 헤이안 말기에 실재했던 명공으로, 그의 작품들은 오늘날 전해지는 도검 가운데 가장 희소한, 이른바 고전 중의 고전입니다. 국보 미카즈키 무네치카(三日月宗近)로 대표되는 그 작품들은 폭이 좁고 긴 우아한 대도들로, 무가사회의 도공들 솜씨로는 도저히 따라갈 수 없는 기품을 지니고 있습니다. 그는 자신의 작품을 자칭 '산조 고카지 무네치카(三条小鍛冶宗近)'라 하여, 오늘날에도 '고카지'라고 하면 원래의 뜻뿐만 아니라 무네치카의 작품들을 가리키는 말이기도 합니다.

그 의미에 대해서는 여러 가지 해석이 있지만, '시정의 대장장이' 또는 '동네 대장장이'라는 뜻이니, 명공 무네치카다운 멋진 이름이었지요. 아호(雅号)라는 개념이 아직 나타나기 전이었으니 어쩌면 일종의 상표 같은 것이었을지도 모릅니다.

저는 처음 〈고카지〉를 보고 큰 감명을 받았습니다. 가느다란 하얀 종이를 늘어뜨리고 금줄을 친 단으로만 이루어진 간소한 무대에, 후시미이나리의 화신이 나타나 노래와 함께 망치질을 하는 장면에 이르러서는 가슴이 터질 것 같은 감동을 받았습니다. 이윽고 무네치카는 완성된 도의 앞면에 '고카지 무네치카(小鍛冶宗近)'라는 명을 새기고, 이어서 후시미이나리의 화신이 뒷면에 '고기쓰네(小狐)'라고 새깁니다.

오늘날 몇 자루만 남아 있는 무네치카의 도검에는 '산조(三条)', 또는 '무네치카(宗近)'라는 두 글자가 새겨져 있을 뿐, '고카지 무네치카'라는 명은 존재하지 않습니다. 무네치카의 우아한 대도의 슴베에 저 멋진 명이 새겨져 있는 모습을 저는 멍하니 상상해보곤 했습니다.

그날 밤은 나와 니시노도인 둘 다 별다른 예정이 없어 노가 끝난 다음 요릿집에 들러 마음 편히 식사를 즐겼습니다.

가와라초의 골목 안쪽에 위치한 계절별 가정요리 전문점이었는데, 술과 안주가 무척 맛있었지요.

시간 가는 것도 모르고 술잔을 주고받는 사이에 밤이 깊어지자, 주인은 발을 내리고 주방장은 칼을 갈기 시작했습니다.

술에 취한 니시노도인을 주인에게 부탁하고 계산을 하려는데, 문득 주방장이 갈고 있는 식칼이 눈에 들어왔습니다.

취기 탓인가 생각하면서 고개를 흔들고 다시 한번 보아도, 역시 그 칼은 식칼이라기엔 너무도 아름다운 빛을 지니고 있었습니다.

저는 실례를 무릅쓰고 그 칼을 좀 보여달라고 했습니다. 주방장은 칼자루를 제게 내밀었습니다. 길이가 팔 촌 오 부 정도 되는 멋진 식칼이었습니다. 저는 그 칼날을 뚫어져라 바라보았습니다.

깊은 연못을 연상시키는 은은한 표면. 밝은 니에가 흩어진 인중(刃中)에는 날카로운 선이 그려져 있습니다. 마치 아와타구치(粟田口)의 명품 단도를 떠올리게 하는 식칼이었습니다.

뒤집어보니 칼등 쪽에 꿈틀대는 용무늬가 멋들어지게 새겨져 있었습니다. 그리고 그 아래쪽에서 '세이소 단지(精三鍛之)' 라는 유려한 명을 발견했습니다.

"다 봤습니까?" 하고 주방장이 무뚝뚝하게 물었습니다.

"이걸 어디서 구하셨죠?"

"니시키고지에 있는 다카요시라는 사람한테서요. 가봤자 소용없을 겁니다. 가게에 진열해둔 것도 아니고. 저도 주문한 지 삼 년 만에 손에 넣었으니까요."

"이걸 만든 대장장이는 교토 사람인가요?"

"글쎄요, 잘 모르겠지만…… 하여튼 세이소우치는 우리 같은 주방장이라면 누구나 갖고 싶어하는 물건이지요."

멍하니 서 있는 제 가슴에 '고카지' 라는 말이 떠올랐습니다.

주방장은 다 간 식칼을 새하얀 비단보에 싸서 오동나무 통에 갈무리하고는 제 눈을 똑바로 쳐다보고, 또 마구 취해버린 니시노 인을 노려보며 이렇게 말했습니다.

"국보는 아니지만, 주방장의 칼은 보고 즐기기 위한 것이 아닙니다. 이것만은 꼭 알아두십쇼, 선생."

그 다음날은 거리 전체가 기름종이에 싸인 듯 무더운 날씨였습니다.

길눈이 어두운 저는 니시키고지의 철물점 주인이 그려준 지도만을 들고 일단 신몬젠초 방면으로 걸어갔습니다.

매미 울음소리가 멀어지자 기온바야시*가 들려왔습니다. 곤친기친, 곤친기친, 하는 소리가 거리에 늘어선 이층집 어딘가에서 흘러나오고 있었습니다.

바람 한 점 없고, 개 짖는 소리도, 자전거 소리도, 오가는 사람들

---

* 교토의 기온 마쓰리에서 피리·징·북 따위로 하는 연주.

의 웅성거림도 마치 음질 나쁜 녹음기 소리처럼 눅눅하게 들려왔습니다. 그런 공기 속에서 곤친기친, 곤친기친, 하는 소리만이 마치 하늘에서 떨어져내리는 것처럼 아무리 걸어가도 멀어지지도 가까워지지도 않았습니다.

 길거리에는 사람들이 뿌려놓은 물 위로 아지랑이가 모락모락 피어오르고 있었습니다.

 한 사람이 겨우 빠져나갈 수 있을 듯한 골목 앞에 몇 개의 이정표가 걸려 있었습니다. 대체 이 골목의 구조는 어떻게 되어 있는 건지 고개를 갸웃거리던 저는 마침내 한 골목의 입구에서 '히라타 세이소(平田精三)·치요'라고 씌어 있는 조잡한 문패를 발견했습니다.

 골목 안쪽에서부터 서늘한 바람이 불어오고 있었습니다. 그 기분 좋은 바람은 깊은 우물 바닥에 가라앉아 망설이고 있는 제 마음을 끌어내주었습니다.

 대체 무슨 목적으로 이곳을 찾은 것인지, 무엇을 하려는 것인지도 모르는 채 저는 물에 젖은 골목길의 돌계단을 올라갔습니다.

 막다른 곳에 이르렀는가 싶더니 골목은 다시 오른쪽으로 굽어지고 또 왼쪽으로 미로처럼 굽어들었습니다.

 골목길 양쪽으로 늘어선 오래된 민가들은 모두 아주 자그마한 공장이나 장인의 작업실인 듯, 여기저기에서 규칙적인 기계 소리와 도구들을 움직이는 소리가 들려왔습니다. 어두운 창 안쪽에서 장인들의 우울한 눈길이 저를 지켜보고 있는 것 같았습니다.

골목 끝은 시커먼 담으로 막혀 있고, 작은 나무문 앞에 석탄이 쌓여 있었습니다. 집 마당에서 불어오는 바람을 타고 석탄 타는 냄새가 전해져왔습니다.

낡아빠진 문턱을 넘어 안으로 들어갔습니다. 정사각형의 하늘 아래, 이끼가 잔뜩 낀 그 마당에는 엄숙할 정도로 청정한 공기가 맴돌고 있었습니다.

마당 안쪽에 오래된 집이 있고, 출입구 옆으로 살창이 나 있었습니다. 저는 창으로 다가가서 숨을 죽이고 집 안을 엿보았습니다.

밝은 햇살 아래를 지나온 눈이 서서히 실내의 어둠에 익숙해져 갔습니다.

낮은 천장에서 늘어뜨린 순백의 가느다란 종이. 누르께한 검정색으로 빛나는 벽에 둘러쳐진 금줄. 그리고 빨갛게 타오르는 석탄화로 앞에 엷은 황색 대장장이 옷에 다카에보시를 쓴 노인이 오른손에 작은 망치를 들고 가만히 앉아 있었습니다. 마치 칙명을 받은 무네치카가 거기에 앉아 있는 듯했습니다.

노인은 등까지 오는 긴 백발을 모자 뒤에서 질끈 동여매고 있었습니다. 뭔가 넋을 잃고 바라보고 있는 듯, 호흡에 맞추어 어깨를 조금씩 움직이고 있을 뿐이었습니다.

"누구냐?"

노인이 가느다란 목을 움직이며 몸을 옆으로 돌렸습니다. 어두컴컴한 벽에 날카로운 매부리코의 그림자가 또렷이 비쳤습니다.

"니시키코지의 다카요시라는 분에게 소개를 받고 왔습니다."

저는 이름은 밝히지 않고 말했습니다.

"잘못 찾아왔구만. 이제 일은 하지 않는다고 말했을 텐데……"

노인은 창 너머로 제 얼굴을 흘끗 쳐다보고는 괴이할 정도로 커다란 눈을 질끈 감더니 말했습니다.

"장인으로는 보이지 않는군. 장사꾼인가?"

식칼이 아니라 도검을 구하러 왔느냐고 묻는 것 같아 저는 가슴이 덜컹했습니다.

"일단 들어오시게. 사람들 눈에 띄기 전에."

저는 노인의 말대로 문을 열고 안으로 들어갔습니다. 화로에서 피어오른 연기가 살창 사이로 새어들어오는 빛 속에서 꼼짝도 하지 않고 허공에 줄무늬를 그리고 있었습니다.

"가마쿠라에서 왔습니다."

무슨 말부터 할까 망설이다가 마침내 그렇게 입을 열었습니다.

"뭐야, 도쿠아미의 심부름꾼인가?"

"심부름꾼은 아닙니다."

노인은 작은 망치를 곁에 내려놓고 몸을 돌려 저를 쳐다보았습니다. 화로의 불이 노인의 어깨와 무릎의 윤곽을 뚜렷이 그려내고 있었습니다. 인형처럼 자그만 몸 위에, 새하얀 턱수염이 난 자그만 얼굴이 드러났습니다. 뒷모습이 크게 보인 것은 거친 마로 만든 옷 때문이었을 것입니다.

"심부름꾼이 아니라고?"

"제가 도쿠아미입니다."

우리 사이에는 금줄이 쳐진 물통이, 그 옆에는 커다란 망치가 아무렇게나 놓여 있었습니다. 노인은 가만히 저를 노려보더니 갑자기 몸을 뒤로 젖히며 웃었습니다.

"이거 놀랍군. 자네가 단산이란 말인가. 평판이 자자한 감정가라 하기에 제법 관록 있는 얼굴일 줄 알았더니…… 어리구만. 몇 살인가?"

"서른다섯입니다."

노인은 무릎을 치면서 다시 웃었습니다.

"과연, 소문대로 솔직한 놈이로군."

마치 저라는 물건을 감정이라도 하듯, 노인은 고개를 갸우뚱거리면서 눈을 가늘게 떴습니다.

"그런데 어쩐 일인가. 도쿠아미의 당주가 나에게 무슨 볼일이라도 있는가?"

저는 노인의 눈을 똑바로 쳐다보며 말했습니다.

"야겐 도시로를 보았습니다. 가이고도요."

노인은 웃음을 지우고 신비로울 만큼 크고 맑은 눈으로 저를 뚫어져라 쳐다보았습니다.

"드디어 알아차린 모양이군."

노인의 그 말이 제 머릿속에서 맴돌기 시작했습니다.

"드디어라니, 무슨 뜻인지요?"

"드디어가 드디어지. 호산은 도를 보는 눈이 없었어. 내가 만든 도를 전혀 밝혀내지 못했으니까. 마사쓰네(正恒), 도모나리(友成), 이치몬지(一文字), 나가미쓰(長光), 가게미쓰(景光), 마사무네(正宗), 사모지(左文字), 고테쓰(虎徹), 신카이(眞改), 스케히로(助廣)…… 죄다 오리가미를 붙여주더군."

저는 너무 놀란 나머지 비틀거리며 벽에 몸을 기댔습니다.

"자네는 잘도 밝혀냈군. 좋은 눈을 가졌어."

"아닙니다. 밝혀낸 것은 장인어르신이십니다. 장인께서 '세이소우치'라고 하셨습니다."

"흥, 한쪽 발을 관 속에 집어넣고 나서야 비로소 눈이 뜨인 모양이로군. 그래, 그럴 수도 있겠지."

노인은 잠시 기억을 더듬는 듯 살창 너머로 눈길을 던졌습니다. 그러고 나서 뒤를 돌아보더니 마루 귀틀에 놓여 있던 도를 집어들었습니다.

칼날이 곧고 폭이 넓은 호방한 형상에 화려한 인문이 보였습니다. 표면은 멀리서도 알 수 있을 정도로 검푸르게 맑았습니다.

"기요마로……입니까?"

제가 그렇게 말하자 노인은 갈고리 모양의 날카로운 눈썹을 치켜올렸습니다.

"역시 보는 눈이 있군. 맞아. 하지만 이건 진품이야."

노인은 잠시 기요마로를 응시하다가 천천히 칼끝을 불빛에 비추었습니다. 칼등을 눈높이까지 올리고 도신의 표면을 비추어보면서 이렇게 중얼거렸습니다.

"순 엉터리로군, 기요마로는. 요쓰야 마사무네(四谷正宗)가 보면 혀를 차겠어……"

그 다음 순간, 세이소는 비웃음을 지으며 시선을 돌리더니, 천천히 도를 들어올리고는 철판 위에다 내리치는 것이었습니다. 저는 너무 놀라 소리를 지르고 말았습니다.

"이, 이게 무슨 짓입니까!"

"뭐긴 뭐야. 엉터리니까 부숴버리는 거지."

칼날로 철판 위를 마구 긁더니 세이소는 기요마로를 벽에다 집어던졌습니다.

"표정이 왜 그래? 이런 물건이라면 내가 몇 자루라도 만들어주지."

"제정신이십니까?"

세이소는 망치를 들어올리더니 힘껏 철판을 내리쳤습니다. 그러고 나서 후우 하고 큰 한숨을 쉬고는, 온몸에서 힘을 빼고 굳은살이 박인 손가락 끝으로 무릎 앞에 놓인 화로를 만지면서 이렇게 중얼거렸습니다.

"마누라가 죽었어. 오십 년이나 여자의 몸으로 나와 마주 보고 망치질을 한 마누라였는데……"

"……"

저는 무슨 말을 해야 좋을지 몰라 물통 곁에 세워진 큰 망치만 멍하니 바라보았습니다.

"그러고 보니 자네하고는 남이 아니겠군."

"예, 제 아내의 고모님 되십니다."

어두컴컴한 대장간 안에는 검게 그은, 정신이 아득해질 정도의 시간이 쌓여가고 있었습니다.

"그래서 이제는 일을 하지 않아. 마누라도 죽고, 호산도 죽어가고, 자네는 잘 알지도 못하는 사이니. 여기서 접어야겠어."

세이소가 그렇게 말하고 슬픈 눈을 들어올리는 순간, 무슨 생각이었는지 저 자신도 믿을 수 없는 이상한 말을 하고 말았습니다.

"한 자루만 더 만들지 않겠습니까?"

문 사이로 불어오는 바람이 종이를 흔들어 소리를 냈습니다.

"도쿠아미가 나에게 도를 만들어달라는 말인가?"

"예."

"자네는 자신이 누구인지 알고나 있는가?"

"예, 잘 알고 있습니다."

제 마음을 읽으려는 듯 세이소는 입을 꾹 다물었습니다.

"그래, 뭘 만들어달라는 겐가?"

"고기쓰네마루를 만들어주십시오."

세이소는 눈을 동그랗게 뜨고, 입가에는 묘한 미소를 머금었습니다.

"어이, 도련님, 나보고 무네치카를 만들란 말인가?"

"대금은 지불하겠습니다. 원하시는 대로요."

"도쿠아미의 썩어빠진 돈 따위는 필요없네."

"못 만드시는 겁니까?"

"천하에 내가 만들지 못할 도가 어디 있겠어? 나는 천재야. 마음만 먹으면 구사나기노 쓰루기*도 만들 수 있어."

"맞메질은 제가 하겠습니다."

세이소는 서늘한 눈길로 제 얼굴을 응시하더니, 갑자기 방 안이 떠나갈 듯 큰 소리로 웃기 시작했습니다.

"제가 하면 안 됩니까?"

"성의는 가상하지만 도쿠아미 단산의 솜씨로는 어림없어. 이 세이소가 무네치카가 되어 고기쓰네마루를 만드는 데 맞메질을 할 만한 사람이라면……"

바람이 불어와 종이가 마구 흔들렸습니다. 그리고 문득 세이소의 시선을 따라 방구석 쪽으로 눈길을 돌린 순간, 저는 분명 엷은 남색의 대장장이 옷을 입고 빨간 두건에 금관을 쓴 후시미이나리의 화신을 보았습니다.

"자네, 〈고카지〉를 알고 있지? 고기쓰네마루의 맞은편에서 함께 메질을 하려면 후시미이나리의 가호를 받아야 해. 알겠는가, 도쿠

---

* 草薙劍. 일본의 신화에 나오는 검.

아미."

　여기저기서 한숨 소리가 터져나왔다.
　동자의 모습으로 변한 후시미이나리가 정말로 그곳에 있었다고 오히나다는 말했다.
　"꼭 여우에 홀린 듯한 기분이군."
　원탁에 둘러앉은 남자가 농담조로 말했지만 아무도 웃지 않았다. 진실만을 말해야 한다는 것, 들은 이야기는 절대로 발설하지 않는다는 것, 그리고 어떤 의심도 해서는 안 된다는 것이 이 모임의 규칙인 것이다.
　"그럴지도 모릅니다. 그러나 그때 제가 본 것은 분명히 〈고카지〉의 무대에서 보았던 그 동자였습니다. 후시미이나리의 화신이 방 구석에 이런 모습으로 앉아 있었습니다."
　오히나다는 동자의 모습을 흉내내어 등을 쭉 펴고 주먹을 무릎에 올려놓았다.
　"이야기는 이것으로 끝입니다."
　침묵을 깨면서 오히나다는 그렇게 말했다. 불만스러운 웅성거림이 여기저기서 터져나왔다.
　천천히 실내를 돌아본 후에 내 얼굴에서 시선을 멈추더니 오히나다는 쿡 하고 웃었다. 마치 그 다음 이야기를 생각해보라는 듯한 투였다.

"그것으로 끝입니까?"

사람들의 불만을 대변하여 여장 회장이 말했다.

"예, 끝입니다."

"여러분이 잠을 이루지 못하게 되면 큰일인데요. 잠 못 이루는 밤을 위해 이런 모임을 갖고 있는 것이니 말입니다."

"아, 그렇군요. 그렇다면 후일담을 조금 들려드리겠습니다. 그로부터 육 개월 후, 고기쓰네마루가 완성되었습니다. 약속한 날 찾아가자, 깨끗하게 정리된 방 한복판에 근사한 도가 놓여 있었습니다. 그것은 쇼도쿠 태자의 어검이었다는 사천왕사의 헤이시쇼린(丙子椒林) 검을 방불케 하는 고대의 검이었습니다. 앞면에는 '고카지 무네치카', 뒷면에는 '고기쓰네'라는 명이 있었습니다."

"아, 그렇다면 노의 내용과 똑같은……"

"그렇습니다. 저는 그런 칼날을 그때까지 본 적이 없었습니다. 아니, 앞으로도 볼 수 없을 것입니다. 그러나……"

오히나다는 만족스럽게 고개를 끄덕이더니 단호하게 말했다.

"그러나 그것은 무네치카가 아니었습니다. 고카지 무네치카의 우아한 명과 함께 아름다운 글자로 이런 첨명이 있었습니다."

 德阿応需 平田精三 以余鐵 鍛之 畢生之作也
  (도쿠아미의 청에 따라 히라타 세이소가 남은 쇠붙이를 담금질해 만든 필생의 작품이로다.)

그 주위만 녹이 벗겨져 있었습니다. 저는 그 도신을 끌어안고 그 자리에 한참 동안 앉아 있었습니다. 그 이후로는 아무도 세이소의 행방을 모릅니다. ……이야기는 이것으로 끝입니다."

오히나다는 다시 입을 열지 않았다.

회장의 신호와 함께 원탁 위에 식사가 나왔다.

마치 일막이 끝나기라도 한 듯, 실내에는 밝은 조명이 켜지고 이야기 꽃이 피어났다. 사람들은 자리에서 일어나 오르되부르와 초밥을 먹기 시작했다.

오히나다는 접시 두 개에 음식을 담아 나를 베란다로 이끌었다.

빛의 소용돌이가 아래로 내려다보이는 공중정원으로 나가 우리는 긴 나무의자에 앉았다.

"제 얘기가 무슨 뜻인지 아셨죠?"

캐비아를 입 안에 가득 넣은 오히나다가 말했다.

"글쎄요, 알 것 같기도 하고, 모를 것 같기도 하고……"

"아마 아셨을 겁니다. 선생께서 몰라주신다면 곤란합니다."

"도 이야기는 물론 이해했습니다. 하지만……"

나는 줄곧 뇌리에서 떠나지 않던 생각을 물었다.

"대체 고기쓰네마루의 맞메질은 누가 맡은 겁니까?"

오히나다는 손을 뚝 멈추더니 나를 바라보았다.

"예, 아마 그런 의문을 가지는 사람은 선생뿐일 겁니다. 도검은 누군가 맞메질을 해줄 사람이 없으면 만들 수 없으니까요. 다시 말해, 다른 분들은 이야기의 반밖에 알아듣지 못한 셈이지요. 세이소라는 천재 대장장이 얘기밖에요. 자, 그렇다면 동자의 정체는 과연 무엇이었을까요?"

나는 참치 초밥을 하나 입에 넣은 다음 말했다.

"이건 어떨까요? 오십 년 전, 세이소가 가마쿠라에서 쫓겨날 때 도쿠아미 가에는 남자아이 하나가 남아 있었습니다. 도쿠아미의 피를 이어받은 자손이죠. 할아버지와 외삼촌의 손에 의해 부모를 잃은 어린아이는 도쿠아미를 저주하면서 성장했습니다. 이윽고 도쿠아미도 아이의 몸속에 흐르고 있는 세이소의 피를 의식하고, 그것을 두려워하게 되었겠지요. 그래서 외부인인 당신을 데릴사위로 삼아 가문을 잇게 했습니다. 당신이 세이소를 처음 만났을 때 그가 중얼거린 말처럼, 당신은 소문대로 솔직한 사람이니까 말입니다. 전통을 이어가는 자는 범용해야 합니다. 그러나 천재와 손을 맞추어 메질을 할 대장장이는 절대로 범용해서는 안 되는 것입니다. 역시 천재의 피를 이어받은 자, 이를테면 '강철의 마술사'라 불릴 정도의 천재여야 합니다. 그냥 이야기라면 이런 게 가장 재미있을 것 같은데요."

"아, 그래요. 그게 가장 재미있겠습니다."

오히나다는 만족스러운 듯 산뜻한 미소를 머금었.

의자에서 일어서자 도쿠아미 단산은 이인룡의 하오리 소매로 마치 야경을 감싸듯 크게 기지개를 켰다.

"다행입니다. 이제 범인(凡人)들도 잠 못 이루는 일은 없겠지요. 자, 슬슬 들어가볼까요. 다음 이야기가 시작될 겁니다."

실전화

"다들 모이셨습니까?"

사람들이 각기 자리를 잡고 앉자 여장 회장은 넓은 실내를 둘러보았다.

나는 오히나다와 나란히 벽난로 가까이에 앉아 손을 뻗어 불을 쬐고 있었다. 휴식시간에 공중정원에서 와인을 마시는 사이에 몸이 싸늘하게 식어버린 것이다.

"어떻습니까? 도중에 돌아가시고 싶진 않겠지요? 바쁘면서도 또한 따분하게 살아가는 우리 같은 사람들에게는 참으로 멋진 도락이라 할 것입니다."

듣고 보니 절묘한 표현이었다. 손님들의 얼굴을 살펴보니, 예외 없이 시간이 남아도는 노인이 아니라 '바쁘면서도 따분하게 살아가는' 사람들임이 분명했다.

각 분야에서 최고의 위치에 오른 사람들이 사고루라는 이 고층 빌딩의 펜트하우스에 모여 가슴속에 품고 있던 비밀을 하나씩 털어놓는다. 나를 이런 흥미로운 모임에 초대해준 오히나다에게 감사할 따름이었다.

"그런데 이건 대체 어떤 모임이지요? 나이도 직업도 다 제각각인 것 같은데요."

"글쎄요, 사실은 저도 잘 모릅니다."

"모른다고요?"

"어느 날 갑자기 초대장이 날아왔습니다. 파티의 내용은 이해할 수 없었지만 왠지 흥미가 생기더군요. 아까 마담이 말하지 않았습니까? '자신의 명예를 위해, 또한 하나뿐인 목숨을 위해, 그리고 세계의 평화와 질서를 위해 절대로 발설할 수 없었던 귀중한 체험을 마음껏 이야기해주시기 바랍니다.' 초대장에는 그 말밖에 쓰여 있지 않았습니다."

이 자리에 모인 십여 명 손님들의 공통점은 한결같이 품위 있고 예의 바르다는 것이었다. 갑작스러운 초대를 받은 것은 결코 우연만은 아닐 것이다. 널리 이름을 떨치고 현재 그럴듯한 직위에 있는 사람들. 미리 엄선한 사람들을 불러모아 함부로 발설할 수 없는 비밀을 주고받는 것이 이 이상한 모임의 목적인 것 같았다.

"현실은 소설보다 기이합니다. 또는 이렇게 말할 수도 있겠지요.

'임금님 귀는 당나귀 귀'라고요."

오히나다는 눈을 가늘게 뜨고 난롯불을 바라보면서 그렇게 말하고는 피식 웃었다.

이윽고 여장 회장이 무대에 오른 연극배우처럼 낭랑한 목소리로 말했다.

"미리 말씀드리겠습니다만, 이야기를 하시는 분은 절대로 과장이나 미화를 해서는 안 됩니다. 이야기를 들으신 분은 꿈에서라도 발설해서는 안 됩니다. 있는 그대로를 말씀하시고, 바위처럼 입을 굳게 다물어야 합니다. 이것이 바로 이 모임의 규칙입니다. 그럼, 시마 선생, 부탁드립니다."

사람들의 시선이 원탁의 윗자리로 쏠렸다. 은촛대의 불빛이 테 없는 둥근 안경을 낀 품위 있어 보이는 남자의 얼굴을 비췄다. 남자는 신경질적으로 보이는 가느다란 손가락을 턱 밑에서 깍지 끼고 알아듣기 힘들 만큼 작은 목소리로 이야기를 시작했다.

저는 얼마 전 세상을 떠난 하시구치 선생님의 소개로 오늘 처음 이 모임에 참가했습니다.

하시구치 선생님은 제 은사이십니다. 이 자리에 함께 계시면 얼마나 좋겠습니까만, 애석하게도 갑작스런 병으로 세상을 떠나셔서 저 혼자 참석하게 되었습니다.

아, 병명이요?

심근경색입니다. 한밤중에 집에서 쓰러지셔서 마침 제가 근무하는 대학병원으로 급히 실려왔습니다만, 이미 심장박동은 정지해 있고, 동공반응도 없었습니다.

외람된 말씀이지만, 건강에 무관심한 의사의 전형적인 예라 하겠습니다. 의사란 직업은 피로가 누적되고 스트레스에 노출되기 쉽습니다. 생활 자체가 건강과는 거리가 먼데다 병에 걸려도 자기 진단을 하지 못합니다. 의사의 평균수명이 짧다는 건 여러분도 잘 아실 겁니다.

그건 그렇고 오늘은 하시구치 선생님께서 이야기를 하실 차례였다고 하니, 제자인 제가 그 역할을 대신할까 합니다.

소개가 늦었습니다만 저는 정신과 의사인 시마 유지로라고 합니다. 시마는 탤런트 이세 시마, 유지로는 영화배우 이시하라 유지로의 이름과 한자가 같습니다. 제가 지금 마흔여덟이니까 당시에 그 이름을 따서 지은 것은 아닙니다. 우연히 같은 이름의 스타가 제가 태어난 후에 데뷔한 것뿐이지요. 저를 소개할 때마다 부모님을 대신해 이런 설명을 덧붙이곤 합니다.

할아버지와 아버지도 의사였습니다. 이쪽 분야에서는 그리 드문 일도 아닙니다. 의사 집안은 가업을 잇는 것을 원칙으로 하니까 말입니다. 다만 정신과 의사는 우리 가문에 저뿐입니다. 천성적으로 심약한 탓에 피를 보는 걸 싫어해서 정신과를 택한 것이지요.

그렇지만 요즘 들어서는 제 선택을 후회하고 있습니다. 정신과 전문의는 다른 어떤 분야보다 끔찍한 일이 많기 때문입니다.

실례지만, 담배 한 대 피워도 될까요?

의외로 의사 중에는 골초가 많습니다. 몸에 좋지 않다는 걸 누구보다도 잘 알지만 그만큼 스트레스도 심하니까요.

담배는 분명 해롭지만, 뛰어난 진정제 역할도 해줍니다. 아, 좀 긴장한 것 같습니다. 마음을 가라앉히고 차근차근 이야기를 해나가겠습니다.

아, 그래요, 생각났습니다. 서두에 이런 말을 할 생각이었습니다.

아까 의사란 대체로 가업을 잇는다고 말씀드렸는데, 적어도 정신과 의사에 한해서는 좋은 관습이 아닌 것 같습니다. 귀하게 자란 도련님은 사람의 마음을 알 수 없으니까요.

당연한 일입니다. 마음의 병이란 것은 어느 정도까지는 병리적으로 설명이 가능하지만, 대부분은 마음 고생이 그 원인입니다. 고생을 모르고 자란 의사가 그런 환자에게 어떻게 근본적인 치료방법을 제시할 수 있겠습니까.

대학교수라는 직함을 달고 꽤 권위를 부리며 살고 있긴 하지만, 솔직히 말씀드려 저 같은 사람은 정신과 의사가 될 자격이 없습니다. 요즘 들어 더욱 그런 생각이 듭니다.

그렇습니다. 의사라면 결코 입 밖에 내서는 안 될 말이지요. 그러나 이 년 전에 만난 한 환자로 인해 저는 그 사실을 뼈저리게 깨달았습니다. 나처럼 고생 모르고 자란 인간에게 과연 의사 자격이 있는가, 하는 의문을 말이죠.

"마음을 편히 가지세요. 여기 계신 여러분은 비밀을 지켜드리니, 걱정하실 필요 없습니다."

여장 회장이 푸른 드레스 소매를 펄럭이며 그렇게 말하자, 시마 교수는 실내를 한 번 둘러보고는 고개를 끄덕였다.

"자, 여러분, 좀더 가까이 앉아주세요."

회장의 권유에 따라 사람들은 원탁 주위로 모였다.

"죄송합니다. 그렇지만 비밀을 엄수해야 한다는 의사의 의무 때문에 주저하는 것은 아닙니다. 원래 목소리가 너무 작아서 말입니다."

사람들의 웃음소리가 긴장을 풀어주었는지, 시마 교수는 두 개비째 담배에 불을 붙이고 아까보다는 부드러워진 목소리로 이야기를 계속해나갔다.

어릴 때부터 전 특별대우를 받았습니다. 할아버지가 경영하던 병원은 이백 개가 넘는 병실을 갖춘, 당시로서는 제법 큰 규모였고, 아버지는 부원장 겸 외과부장, 숙부는 내과, 고모부는 사무부장 하는 식으로 가족이 운영하고 있었습니다.

할아버지는 물론 엄청난 자산가였으며 그 지역의 유지였습니다.

지방에는 아직 이런 가문이 남아 있을지도 모르겠지만, 도쿄에서는 거의 사라지고 말았죠. 대를 이어가면서 점점 늘어나는 상속세 때문에 병원은 물론이고 저택까지 처분하게 되고 말았습니다. 지금은 큰형이 시마 병원의 이름을 잇고 있지만, 병원이라 하기에도 부끄러운 아주 평범한 동네 의사일 뿐입니다.

부의 편중을 조절하기 위해 시행된 세금 제도 때문에 지금은 이렇게 되어버렸지만, 할아버지가 건재할 당시까지는 분명 명문가였습니다. 제 유년 시절은 그 예정된 몰락의 유예기간이었다고 할 수 있을 것입니다.

할아버지가 저와 형들에게 각별한 교육 환경을 제공한 이유는 단지 자산가였기 때문이 아니라, 이러한 미래를 정확히 예견하고 있었기 때문이 아니었을까 생각합니다. 간단히 말해, 어차피 세금으로 빼앗길 돈이니 아이들에게 투자해서 무형의 자산을 만들어두자는 것이었습니다.

우리 삼형제는 각자 전속 가정부와 놀이상대가 되어주는 서생과 가정교사를 두고 있었습니다. 그리고 매일 아침 오기쿠보의 저택에서 나카노의 사립초등학교까지 리무진으로 통학했습니다.

1950년대의 사립학교는 요즘과는 차원이 다릅니다. 부자라고 해서, 머리가 좋다고 해서 아무나 들어갈 수 없는 일종의 귀족사회였지요. 예를 들면 인사를 할 때도 '곤니치와'나 '사요나라' 같은 서민적인 말을 사용할 수 없었습니다. '고키겐요', 그것도 귀족들처럼 끝의 '요'에 악센트를 넣어야 합니다. 그 외에도 예의범절이 엄격했고, 그 시대 상류계급의 자녀교육 방식에 기독교 사상까지 더해져, 이른바 '천박한' 행동이나 거짓말을 하는 것에 대한 규제가 몹시 엄격했습니다.

물론 교과과정도 특별했습니다. 일학년 때부터 현지인 선생님이 직접 영어를 가르쳤고, 고학년이 되면 명문 중학교에 들어가기 위한 입시교육이 철저하게 행해졌습니다.

마흔 명밖에 안 되는 학생들에게 그런 예절교육과 공부를 시키다 보니 졸업할 때가 되면 판에 박은 듯이 모두 '착한 아이'가 될 수밖에 없습니다.

반도 한 학년에 하나뿐입니다. 따라서 입학해서 졸업할 때까지 육 년간 같은 얼굴을 보고 지내는 것이죠. 죽마고우 정도가 아니라 거의 형제나 다름없는 친밀함이 싹트게 마련이었습니다.

이제 무대에 대해서는 어느 정도 설명이 되었으니 여주인공을 소개하겠습니다.

그녀의 이름은 '린'입니다. 한자는 늠름하다는 뜻의 '凜', 성은 그녀의 출신을 알려주는 명문가의 것이므로 여기서 밝힐 수 없음을 양해해주시기 바랍니다.

학교에서도 친구들끼리 성으로 부르는 경우는 거의 없었습니다. 저는 '유짱', 그녀는 '린짱'으로 불렸죠.

린은 병약하지는 않았지만, 조산으로 태어났기 때문인지 체구도 작고 어딘지 모르게 가냘파 보이는 얌전한 아이였습니다. 딱히 못하는 과목도 없었지만 특별히 잘하는 것도 없는, 있어도 그만 없어도 그만인 눈에 띄지 않는 아이였죠.

소문에 의하면 린짱은 본처의 자식이 아니라서 학습원*에 가지 못했다고 하는데, 과연 그게 사실인지는 알 수 없습니다. 하지만 보통 어린아이들 사이의 소문이란 부모에게 들은 말을 있는 그대로 전하는 것이니, 아마도 사실이었겠지요.

명문가의 성을 가졌다는 것은 아버지가 자식으로 인정했다는 증거입니다. 명부에 적힌 보호자의 이름은 성이 다른 어머니였던 것으로 기억하고 있습니다.

저와 린이 친해진 것은 둘 다 키가 작았기 때문이었습니다. 초등학교 자리는 키에 따라 정해지므로 우리 둘은 늘 앞자리에 같이 앉았습니다.

삼학년인가 사학년 때, 이런 일이 있었습니다.

과학시간에 실전화를 만들었습니다. 여러분도 해보셨죠. 마분지를 통 모양으로 말아 수화기를 만들고 그 두 개를 실로 연결하여 대화를 나누는 음성전달실험 말입니다.

교정의 벚꽃도 다 떨어진 비 갠 오후였습니다. 우리는 둘이서 짝이 되어 실험을 시작했습니다.

"여보세요, 유짱, 들려요?"

교정 저편에 하얗게 깔린 꽃잎 위에 서 있는 린의 목소리가 제 쪽

---

* 學習院. 일본의 황족이나 귀족들이 가는 학교.

수화기에 들려왔습니다.

"예, 잘 들려요. 여보세요, 린짱, 들려요?"

린은 수화기 통에 귀를 댄 채 벚나무 가지를 올려다보고 있었습니다.

"여보세요, 린짱, 안 들려? 들리면 손을 들어봐."

제 목소리에 대답이 없던 린짱은 이윽고 슬픈 얼굴로 제 쪽을 돌아보았습니다.

"여보세요. 말해봐, 유짱. 안 들려. 유짱 목소리, 안 들려."

이게 무슨 일입니까. 린의 목소리는 가느다란 실을 따라 제게 또렷이 들려오는데, 제 목소리는 린에게 들리지 않는다는 것입니다.

저는 수화기를 내려놓고 외쳤습니다.

"잘 들려! 넌 안 들리니?"

"하나도 안 들려. 유짱, 말한 거야?"

"했어. 너 귀가 나쁜 거 아니니?"

"안 들리던데. 유짱 목소리, 하나도 안 들렸어."

몇 번이나 반복해도 결과는 마찬가지였습니다. 그러는 사이에 선생님이 다가와서 음성전달이 일방통행을 한다는 것은 있을 수 없는 일이라고 설명해주었습니다. 그러나 린은 안 들린다고 고집을 부렸습니다. 결국 선생님께 귀가 나쁜 게 아니냐는 말을 듣고 린은 울음을 터뜨리고 말았습니다.

린이 어머니의 손을 잡고 할아버지의 병원을 찾아온 것은 그로부터 며칠 후의 일이었습니다.

당시 우리집은 병원과 정원이 붙어 있었습니다. 간호사가 불러 대기실로 달려가보니 교복에 가방을 멘 린이 어머니와 함께 진찰을 기다리고 있었습니다. 우리는 배운 대로 '고키겐요' 하고 인사를 나누었습니다.

린의 어머니는 아이들 사이에서도 유명할 정도로 젊고 아름다운 분이었습니다.

"귀가 안 좋은 것 같아서 청력검사를 하러 왔어. 유짱은 린짱을 놀리거나 하진 않지?"

린의 어머니는 제 눈높이에 맞춰 허리를 굽히고는 심각한 표정으로 말했습니다. 왠지 야단을 맞은 듯한 기분이 들어 저는 세차게 고개를 저었습니다.

린의 집은 학교에서 가까웠기 때문에 굳이 전철로 세 정거장이나 가야 하는 거리에 있는 이 병원까지 진찰을 받으러 올 필요는 없었습니다. 무엇보다 자식의 청력에 이상이 있으면 부모가 제일 먼저 알아차렸겠죠.

그러니까 린의 어머니는 제가 린을 괴롭힌 것일지도 모른다는 의구심 때문에 검사를 핑계로 일부러 찾아온 것이었습니다. 간호사에게 저를 불러오라 한 것도 진찰을 받기보다는 사실 여부를 알아보기 위해서였겠죠.

린의 귀에는 아무 이상도 없었습니다. 그 모녀가 돌아간 후 저는 할아버지의 원장실로 불려갔습니다.

"아까 그분은 네가 그애를 괴롭힌 것 같다고 하던데, 설마 그런 일은 없었겠지?"

물론 저는 결백을 주장했습니다.

"그래, 저 가정에는 이래저래 안 좋은 사정이 있는 것 같으니, 너희끼리는 서로 차별하지 말고 사이좋게 지내야 한다. 혹시 그애를 못살게 구는 아이가 있으면 네가 지켜주도록 해. 알겠지?"

할아버지는 마치 조각 같은 사람이었습니다. 늘 빳빳하게 풀을 먹인 흰 가운을 걸치고, 집에 있을 때나 병원에 있을 때나, 식사를 할 때나 같이 목욕을 할 때나, 전혀 표정에 변화가 없었습니다.

"사실은 어떠했습니까?"

웨이터가 가져다준 커피에 설탕을 넣으면서 초로의 신사가 웃는 얼굴로 물었다.

"무슨 말씀이신지?"

시마 교수의 표정에 그늘이 졌다.

"어린아이란 곧잘 아무 의미 없는 장난을 치지 않습니까? 뚜렷한 악의나 목적도 없이 말이죠."

"글쎄요" 하고 시마는 담배를 물고 생각에 잠겼다.

"너무 오래 전 일이라 세세한 것까지는 기억이 나지 않습니다만, 괴롭힌 것이 아니었던 것만은 분명합니다. 린의 목소리가 너무 잘 들려서 일부러 작은 목소리로 말해서 장난을 친 것일 수는 있었겠지요. 그렇다면 그때 상황은 간단히 설명될 수 있을 겁니다. 하지만 제 목소리는 어릴 때부터 아주 작은 편이었으니, 그랬더라도 고의는 아니었을지도 모릅니다."

시마 교수에게는 그가 묘사한 자신의 할아버지 같은 차가운 인상은 조금도 없었다. 두꺼운 안경과 오뚝한 콧날의 단정한 얼굴 생김새는 이야기 속의 할아버지를 연상시키기도 했지만, 그의 입가에는 미소가 끊이지 않았다.

"이야기가 계속 제자리인 것 같군요."

내 옆자리에 앉은 오히나다가 불만스럽다는 듯이 말했다. 시마 교수는 그 말에 가볍게 기침을 했다.

"아닙니다. 이미 본론으로 들어갔습니다."

그는 와인으로 가볍게 목을 축인 다음 이야기를 계속해나갔다.

초등학교 고학년이 되었을 즈음, 친구들의 생활에 변화가 나타나기 시작했습니다.

사립학교는 칠팔천 엔에 달하는 공납금에다 그 외 비용을 합하면 한 달에 만 엔 이상이나 들었는데, 당시가 1950년대였으니 대졸 회사원의 초임과 거의 비슷한 금액이었습니다. 가정 사정이 나빠지면 아이들은 전학을 가야 했죠.

예를 들면 우리집처럼 전쟁 전부터 상당한 자산을 가지고 있었던 경우는 할아버지에서 아버지 대로 바뀌면서 거액의 상속세를 내야 했습니다. 도련님이 어느 날 갑자기 평범한 아이가 되어버리는 것입니다.

또는, 이것도 전형적인 경우인데, 전쟁 후에 졸부가 된 집입니다. 아버지가 암시장에서 큰돈을 번 경우죠. 도쿄 올림픽을 앞두고 일본이 고도성장의 시대로 접어들자, 이런 암시장 출신의 집안은 의외로 맥을 못 추었습니다. 가치관이 변하면서 과거의 사업 감각이 시대를 따라잡지 못하게 된 것이지요. 저와 친하게 지내던 친구들 가운데서도 집이 파산해 갑자기 행방을 감추어버린 경우가 있었습니다.

린이 구립초등학교로 전학을 간 것은 육학년 일학기 때의 일이었습니다.

물론 아직 어렸으니 사회의 동향을 알 리 없었습니다. 선생님의 설명대로 아버지의 직장 문제로 이사를 가는 거라고 알고 있었죠. 린을 전후하여 네댓 명의 친구들이 전학을 갔습니다.

헤어지는 날, 린의 어머니가 학교에 왔습니다. 교문에서 '고키겐요' 하고 인사를 하자, 어머니는 눈시울을 붉히면서 말했습니다.

"우리 린은 유쨩을 좋아하니까 학교가 바뀌어도 계속 친구로 지내주렴."

저는 "예, 그럴게요" 하고 대답했던 것 같습니다.

자가용 뒷좌석에 앉아 뒤를 돌아보니 보슬비 속에 빨간 우산을 쓰고 걸어가는 두 사람의 모습이 보였습니다.

"태워주면 안 돼?"

"안 됩니다."

가정부가 너무 완고하게 대답하는 바람에 저는 이유를 물어볼 수도 없었습니다. 미련을 남기게 해서는 안 된다는 뜻이었을지도 모릅니다. 아니면 귀족사회에서 탈락한 아이를 차에 태워주는 것은 너무 속 보이는 짓이라 판단했던 걸까요. 아니 그보다는, 특수한 가정환경을 가진 린을 우리집 사람들은 애당초 경원시하고 있었는지도 모릅니다.

빗속을 걸어가는 린의 모습은 수국이 흐드러지게 핀 담에 조금씩 가려지더니 이윽고 시야에서 사라져버렸습니다.

그 당시 린이 어떤 환경에 놓여 있었는지는 결국 알 수 없었습니다. 어쨌든 몰락한 귀족의 서자와 같은 시대의 유물은 사회가 급변하면서 사정없이 폐기되는 때였던 것입니다.

그런데 저와 린의 기묘한 인연은 실은 그렇게 헤어지고 난 뒤부터 시작되었습니다.

우연한 해후라는 것, 여러분께서도 그런 신기한 경험을 한 적이 있을 것입니다.

전혀 생각지도 않은 장소에서 옛날 친구와 마주치게 되는 경우가 있죠. 게다가 대개 상대도 정해져 있습니다.

살아가면서 만나고 싶어도 다시는 만날 수 없는 사람이 대부분인데도, 왠지 만나고 싶지도 않은데 자꾸 만나게 되는 사람이 있습니다. 인연이라고나 할까요. 아마 누구든 한두 사람 그런 상대가 있을 것입니다.

　전학을 간 후로 린의 소식은 알 수 없었습니다. 어린아이란 의외로 냉정한 면이 있는지라, 전학 간 다음날부터 아무도 린의 얘기를 꺼내지 않게 되었습니다. 하기야 입시공부 때문에 전학 간 친구를 생각할 겨를도 없었을 테지요.

　린과 최초로 해후한 것은 중학교 일학년 가을이었습니다. 그래요, 온 거리에 도쿄 올림픽 마크가 나붙고, 국민이 한꺼번에 열병에 걸린 듯 들떠 있었던 1964년 가을이었습니다.

　저는 어떤 유명한 사립중학교를 다니고 있었습니다. 신주쿠에서 친구들과 헤어져 전철을 타고 집으로 돌아오는 도중에 나카노 역 플랫폼에서 린을 보았습니다.

　건너편 플랫폼 한복판에 서 있는 린은 머리를 양쪽으로 묶고 구립중학교의 교복을 입고 있었습니다. 여전히 자그만 몸매에 얼굴도 초등학교 시절과 별로 다르지 않아서, 전철 창문 너머로 금방 알아볼 수 있었습니다.

　딱히 별다른 생각은 없었습니다. 아, 린짱은 아직 이 동네에 살고 있구나, 구립중학교에 입학했고, 전철을 타고 통학을 하는구나 하는 정도의 생각뿐이었습니다.

　린은 저를 보자 큰 소리로 "유짱!" 하고 제 이름을 불렀습니다.

그러나 저는 전철 안에 있었던 탓에 대답을 할 수가 없었습니다. 그래서 그냥 웃으며 차창 너머로 손을 흔들었습니다.

그런데 전철이 움직이자 린은 플랫폼에서 마구 달려오기 시작하는 것이었습니다. 큰 소리로 제 이름을 부르면서 말입니다. 그애는 무슨 청춘영화의 한 장면을 떠올렸을지도 모르지만, 전 창피해서 어쩔 줄 몰랐습니다.

린의 모습이 보이지 않게 되자 전 약간의 감상에 빠졌습니다. 그 흰색 운동화가 뇌리에서 떠나지 않았던 것입니다.

사립중학교는 가죽가방에 가죽구두, 구립중학교는 운동화에 천가방이 당시의 관습이었습니다. 초등학교 동창들은 모두 사립중학교에 진학했는데, 린은 가정 사정으로 구립중학교에 간 것입니다. 아니, 그쪽이 훨씬 일반적이었지만요. 그러나 린이 특별한 혈통을 가지고 있다는 것을 기억하고 있던 저는 더욱 안타까운 생각이 들었습니다.

린의 모습이 뇌리를 떠나지 않아 올림픽 중계를 본 다음 전화를 걸어보았습니다. 남학교에 다니는 중학생으로서는 대단한 용기였습니다. 초등학교 명부를 뒤져서 번호를 찾아 걸어보았지만 다른 집이었습니다. 저는 내심 안도의 한숨을 내쉬었습니다.

두번째 해후…… 아니, 이 표현은 너무 차가운 것 같습니다. 만남이란 말로 바꾸겠습니다.

저는 아직도 그 날짜를 기억합니다. 1966년 6월 29일. 여러분 가운데도 이 날짜를 기억하는 분이 계실 것입니다. 비틀스가 일본에 온 날이었죠. 저는 당시 중학교 삼학년으로, 비틀스의 모든 레코드를 갖고 있을 정도로 열렬한 팬이었습니다.

입국 예정일은 6월 28일이었지만, 태풍 때문에 출발이 늦어져 비행기가 하네다 공항에 도착한 것은 29일 새벽 세시였습니다. 물론 학교는 빼먹었죠. 집에도 학교에도 거짓말을 하고 친구와 둘이서 하네다 공항까지 갔습니다.

그러나 경비가 삼엄해서 공항 안으로는 들어갈 수 없었고, 할 수 없이 존 레넌의 얼굴이라도 한번 보기 위해 길거리에서 비를 맞으면서 무작정 기다리고 있었습니다.

우리가 공항으로 간 것은 27일 밤. 그때는 벌써 수많은 팬들이 모여들어 경비진과 실랑이를 벌이고 있었습니다. 그때부터 비바람을 맞으며 다음날 새벽까지 기다렸으니, 이만저만한 고생이 아니었습니다.

그런 젊은이들이 대체 몇천 명이었는지. 폭동이 일어나지 않은 것만도 다행일 정도였습니다.

그 혼잡함 속에서 린을 만난 것입니다.

"유쨩!" 하고 부르는 소리에 뒤를 돌아보았지만, 저는 그녀를 바로 알아보지 못했습니다. 린의 모습이 마치 딴사람처럼 변해 있었기 때문이었죠. 미니스커트에 부츠, 머리는 쇼트커트에 빨갛게 염색을 하고, 속눈썹까지 붙이고 짙게 화장을 하고 있었습니다.

가깝게 지내서는 안 되겠다는 생각이 들었습니다. 저는 비틀스에 미쳐 있긴 했지만 본모습은 아주 순진한 중학생이었던 것에 비해, 린의 모습은 아무리 봐도 평범하지 않았으니까요.

두렵기도 했습니다. 이 년 전에 나카노 역 플랫폼에서 보았던 교복 차림의 모습이 떠올라, 대체 그 이후로 무슨 일이 있었던 걸까 하고 생각하니 무서워지기 시작했습니다.

지금은 거의 쓰지 않지만, 당시 유행하던 '비행소녀'란 단어가 딱 어울리는 모습이었습니다. 그런 친구가 있다는 사실을 친구에게 보이고 싶지 않았고, 더군다나 린의 주위에는 그런 애들이 몇이나 무리지어 있었습니다. 고등학생으로 보이는 남자애들도 있었구요. 그래서 몇 마디 인사만 주고받았을 뿐, 이야기다운 이야기는 거의 나누지 않았습니다.

비틀스를 태운 리무진이 흰색 오토바이와 경찰차를 앞세우고 눈 깜짝할 사이에 우리 앞을 지나쳐가버렸습니다. 린과의 만남 역시 그처럼 한순간에 일어난 일이었습니다.

그후 열린 콘서트에도 물론 갔었습니다만, 음향이 나쁜데다가 마이크 세팅도 형편없어 꽤나 실망했습니다.

노래하면서 마이크 각도에 신경을 쓰는 폴 매카트니가 불쌍해 보였죠.

"제 이야기가 별로 재미없을지도 모르겠습니다."

시마 교수는 이야기를 하면서 사람들의 표정을 살폈다.
"그렇지 않아요. 아주 재미있게 듣고 있는걸요."
여장 회장이 말하자, 사람들도 일제히 고개를 끄덕였다.
"제가 다루는 분야는 눈에 보이는 게 아무것도 없습니다. 환자는 '마음'이라는 실체도 없는 기관에 고장을 일으켰고, 의사는 거의 종교인이 된 기분으로 그 병을 고치려 합니다. 바이러스도 존재하지 않고 구체적인 원인도 없으므로 이 질병에는 완치라는 개념도 없습니다. 눈에 보이지 않는 병을 보려 노력하면서 쓸데없는 대화를 나누는 것이 바로 저의 직업입니다."
"자, 어서 이야기를 계속하시지요, 시마 선생. 린짱과 당신의 관계에 대해 마음껏 이야기해주세요. 선생이 비밀을 엄수해야 하는 의사의 의무를 깨뜨리고 있다는 것만으로도 우리에게는 흥미로운 일입니다."
회장의 낭랑한 목소리에 힘을 얻은 듯 시마 교수는 이야기를 이어갔다.

린에게는 평소 전화 한 통 걸려오지 않았습니다. 그러나 우리는 몇 년에 한 번, 마치 신이 정해주기라도 한 듯이 우연히 마주쳤던 것입니다.
고등학교 시절에는 가루이자와와 쇼난의 바닷가에서 만났습니다. 구 가루이자와의 미카사 거리에서 조금 들어간 곳에 있는 별장에서 여름을 보내는 것이 우리 집안의 전통이었습니다. 별장은 할아버지가 세상을 떠나신 후 상속세 때문에 매각해버렸기에, 가족끼리 별장에서 보낸 것은 고등학교 이학년 여름방학이 마지막이었습니다.

가루이자와 긴자의 혼잡함 속에서 "유짱!" 하고 부르는 소리를 듣고, 저는 놀라기에 앞서 '또?' 하는 생각이 먼저 들었습니다.

고등학생이 된 저는 학업에는 열심이었지만, 아주 품행방정한 모범생은 아니었습니다. 남녀관계에 대해서도 알 건 다 알고 있었습니다. 그런 면에서는 도쿄의 인문계 고등학교 남학생은 의외로 조숙한 편이었죠.

그래서 린과 팔짱을 끼고 있는 남자가 깡패 똘마니 정도 되는 놈팡이란 사실을 금방 알 수 있었습니다. 그래서 역시 가깝게 지내서는 안 되겠다는 생각을 했습니다.

걸으면서 잠시 대화를 나누었지만 역시 무슨 이야기를 나누었는지 전혀 기억에 없습니다. 다만, 묘하게 귀에 남아 있는 말이 있습니다.

"유짱, 애인 없니?"

그녀는 몇 번이나 집요하게 그렇게 물었습니다. 보란 듯이 남자한테 달라붙은 채 말입니다.

가루이자와 긴자의 맞은편에 있는 여관과 커피숍 건물 앞에서 우리는 헤어졌습니다. 헤어질 때 린은 "전화해" 하고 주소와 전화번호를 적은 메모지를 제게 건네주었습니다. 남자는 커피숍 입구에 걸터앉아 불쾌한 표정으로 담배를 피우고 있었습니다.

"남자친구 기다리게 해도 괜찮아?"

"괜찮아. 어차피 놈팡이 같은 인간인걸 뭐. 저 자식, 호텔비가 아깝다며 제멋대로 집으로 밀고 들어오지 뭐야. 곧 쫓아낼 생각이야."

더이상 듣고 싶지 않았습니다. 아무리 옛날 친구라 해도, 지금은 전혀 다른 세계에 사는 괴물처럼 보였습니다.

"전화 기다릴게. 꼭 해줘."

저는 건성으로 대답하고 별장으로 이어지는 숲길을 따라 걸어갔습니다. 잠시 걷다가 뒤를 돌아보니, 린짱은 나뭇가지 사이로 비치는 햇살을 받으며 저를 가만히 쳐다보고 있었습니다.

메모지는 바로 버렸습니다. 전화할 이유가 없었으니까요.

쇼난의 바다에서 다시 린을 만난 것은 같은 해 여름이 끝날 무렵이었습니다.

즈시의 나기사하시로 기억합니다. 해가 뉘엿뉘엿 저물 즈음 민박집으로 돌아가려고 걸어가는데 누군가 차 안에서 "유짱!" 하고 부르는 소리가 들렸습니다.

새빨간 무스탕 오픈카의 조수석에서 린은 손을 흔들고 있었습니다.

"웬일이니! 유짱하고는 너무 자주 만나는 것 같아."

우연히 만나는 것도 네 번이나 되다보니 신기함을 넘어 무섭다는 생각이 들었습니다. 혹시 이애하고 언젠가는 어쩔 수 없는 운명으로 맺어지는 것은 아닌가 하는 생각이 들 정도였습니다.

차를 운전하고 있는 사람은 가루이자와에서 보았던 남자는 아니었습니다.

"여기는 내 애인. 혼혈이야. 잘생겼지?"

그 당시는 묘하게 혼혈아가 인기를 누리던 시절이었습니다. 생각해보면 점령군 시대에 태어난 아이들이 성장했을 시기죠. 남자건 여자건 혼혈아와 사귀는 것이 일종의 자랑이었습니다.

백인과 일본인 사이의 혼혈은 한결같이 미남미녀들이었습니다. 분명 유전학적인 이유가 있겠지만 어쨌든 여자들은 대단한 미인이고, 남자들은 키가 크고 스타일도 좋았죠.

"왜 전화 안 했어?"

"할말이 없어서."

"할말 없다고 전화도 못 해?"

"그럼 네가 하면 되잖아."

제가 매정하게 말하자 린의 표정이 어두워졌습니다. 그러고는 웃음이 사라지고 딱딱하게 굳어진 얼굴로 말했습니다.

"전화번호 가르쳐줘."

"명부 있잖아, 옛날 거."

"그런 건 없어진 지 오래야. 엄마가 버렸어."

괜한 말을 들어버렸다는 생각이 들었습니다.

"어머니는 잘 지내셔?"

"죽었어."

물론 농담이라고 생각했죠. 그러나 린의 표정은 심각했습니다.

"돌아가셨다고?"

"음주운전하다가 간조 고속도로에서 다리 기둥을 들이받았어. 중학교 일학년 때였으니까 아주 옛날 일이야."

그해 언제, 하고 물으려다가 저는 입을 꾹 다물고 말았습니다. 바로 도쿄 올림픽이 열린 해였죠. 나카노 역에서 제가 탄 전철을 따라오며 플랫폼을 달려오던 린의 모습이 떠올랐습니다.

"유짱, 재밌는 거 하나 가르쳐줄까?"

린은 계속 심각한 표정으로 입술을 깨물면서 무서운 말을 해주었습니다.

"엄마, 너희 병원에서 죽었어. 구급차에 실려가서."

처음 듣는 이야기였습니다. 간조 고속도로에서 일어난 사고라면 시마 병원으로 실려올 가능성은 충분합니다. 설령 어머니가 의식이 없는 상태였다고 하더라도 할아버지나 아버지가 알아보지 못했을 리 없습니다. 게다가 유해는 일단 영안실에 안치되므로 분명 린은 우리 병원에 찾아왔었을 것입니다.

가족들은 일부러 제게 알리지 않은 것입니다. 그녀를 가까이하지 않도록 말입니다.

"난 몰랐어."

"몰라도 상관없어. 우연이었으니까."

그렇습니다. 우연이었습니다. 저와 린의 불가사의한 만남은 모두 우연이었던 것입니다. 적어도 저는 그때 저 자신에게 그렇게 말했습니다. 모든 것은 우연이다, 내 책임이 아니다, 라고 말입니다.

"빨리 가자" 하고 남자가 말하자마자, 차는 굉음을 내며 달려가기 시작했습니다.

"유짱, 전화해줘, 부탁이야!"

"응" 하고 저는 건성으로 대답했습니다.

"유짱, 유짱!"

차가 어둠에 삼켜질 때까지 린은 제 이름을 부르며 손을 흔들었습니다.

"왠지 무서운 이야기 같군요."

이야기 중간에 커피를 마시면서 오히나다가 말했다.

"그렇네요. 왠지 모르게 무섭군요."

"아주 무서운 결말일 것 같은데요."

나는 이야기의 결말을 상상하기 힘들었다. 린과 시마 교수는 인연의 끈에 농락당하여 지옥과도 같은 사랑에 빠진다, 보통 이런 식이 아닐까.

"린이 그의 아내라는 결말은 어떨까요? 연애 이야기치고는 좀 무섭긴 합니다만."

"설마……" 하고 나는 대답했다.

"왜요? 재미있는 결말 아닙니까?"

"아닐 겁니다. 저 사람은 틀림없이 공처가예요. 곁눈질로 사람의 눈치를 살피는 버릇만 봐도 알 수 있어요. 만약 정말로 그렇다면 무섭기는커녕 맥 빠지는 진부한 이야기가 되겠죠."

"흠, 그렇다면 어떻게 될까요?"

"글쎄, 어쨌든 여기서 해야 할 얘기는 비밀로 숨겨온 내용이어야 하지 않습니까?"

"기대해보죠."

시마 교수가 한숨을 돌리는 사이에 다른 이들도 우리처럼 수군거리고 있었다.

"기분은 좀 어떠세요?"

열심히 이마의 땀을 닦고 있는 시마 교수를 향해 회장이 물었다.

"괜찮습니다. 이야기를 하다보니 여러 가지 생각들이 떠올라서 말입니다."

"편하게 이야기해주세요."

"그게 말이죠……"

시마 교수는 웨이터가 건네준 찬 물수건을 이마에 댄 채 고개를 절레절레 흔들었다.

"그 이후에도 이 년이나 삼 년에 한 번씩 전혀 생각지도 않은 장소에서 린과 마주쳤습니다. 일일이 예를 들자면 끝이 없어요. 대학생 때는 길거리며 찻집, 영화관에서 딱 마주쳤습니다. 하지만 가장

놀랐던 것은 신혼여행 때였습니다."
 사람들의 웅성거림이 가라앉기를 기다렸다가 시마 교수는 이야기를 시작했다.

 오스트레일리아의 케언스라는 도시를 아시는지요.
 퀸즐랜드 주의 북부에 있는, 열대우림으로 둘러싸인 자그만 도시입니다. 1980년에는 오스트레일리아 여행이 붐이었지요. 아내와 저도 케언스, 골드코스트, 시드니를 둘러보는 신혼여행 코스를 선택했습니다.
 그레이트배리어리프로 통하는 관문이란 것만 제외하면 케언스라는 도시는 별다른 관광자원도 없습니다. 해변도 모래톱도 없고, 트리니티 만을 따라 한적하고 아름다운 풍경이 펼쳐져 있을 뿐입니다. 때문에 케언스에 오래 머무는 관광객은 거의 없습니다. 고작 일박이나 이박, 아니 그보다는 여행의 통과지점, 또는 오스트레일리아 여행의 현관이라고 하는 게 맞을 것입니다. 아내와 저도 나리타에서 케언스로 들어가 다음날 아침에 그레이트배리어리프의 헤이만 섬으로 건너갈 예정이었습니다.
 고작 하루를 머문 케언스의 거리에서 린과 맞닥뜨린 것이 과연 우연이었을까요? 이 정도 되면 이건 해후니 만남이니 하는 정도가 아니라, 그야말로 기적적인 조우 아니겠습니까?
 트리니티 만을 따라 에스플러네이드라는 상점가가 있습니다. 노점과 카페가 늘어서 있는 곳이죠. 호텔에서 식사를 마치고 잠시 거리를 걸어볼 생각으로 터벅터벅 에스플러네이드로 나갔습니다.

도중에 갑자기 눅눅한 바람이 불어오더니 소나기가 쏟아지기 시작했습니다. 아내와 저는 흠뻑 젖어서 상점가의 카페 안으로 뛰어들었습니다.

"유짱!"

저는 아내가 비로소 나를 이렇게 친숙하게 부르기 시작했구나 하고 생각했습니다. 근무하던 병원의 간호사였던 아내는 저를 선생님 또는 닥터라고 불렀거든요.

그런데 정답게 제 이름을 부른 그 목소리는 아내가 아니었습니다. 비에 흠뻑 젖은 아내의 머리 바로 옆에 린의 얼굴이 보이는 것이었습니다. 그녀는 어깨 너머로 고개를 내밀고 웃고 있었습니다.

"유짱!"

린은 다시 한번 제 이름을 불렀습니다.

아내는 비명을 지르며 내 품으로 뛰어들었습니다. 나도 너무 놀란 나머지 목소리도 나오지 않아 뻣뻣하게 굳은 채 입만 쩍 벌리고 있었습니다.

열대성 소나기는 마치 폭포 같아서 옆에 있는 사람의 말소리도 잘 들리지 않을 정도입니다. 그 시끄러운 빗소리와 함께 카페의 조명만이 묘한 색깔로 빛나고 있는 어둠 속에서 갑자기 얼굴도 모르는 여자가 남편의 이름을 불렀으니, 아내가 겁에 질린 것도 무리는 아니었을 겁니다.

"약속도 안 지키고" 하고 린은 비에 흠뻑 젖은 채 제 얼굴을 뚫어져라 바라보았습니다.

"약속이라니?"

저는 린의 말을 되받았습니다.

"계속 친구로 지낸다고 약속했잖아."

솟구쳐오르는 분노를 억누르는 듯, 린은 바르르 떨면서 그렇게 말했습니다.

"전학을 가도 언제까지고 친구로 지내겠다고, 나랑 엄마하고 약속했잖아?"

"어떻게 된 거야" 하고 아내가 제 팔을 끌어당겼습니다. 오해하는 것도 당연한 일입니다. 아내는 내게 버림받은 여자가 신혼여행지까지 따라온 것이라고 생각했겠죠.

오해를 풀려면 이야기가 너무 길어질 게 분명했습니다. 무엇보다 제게는 그 사태를 합리적으로 설명할 자신이 없었습니다. 계속해서 반복되는 린과의 만남, 그 자체가 불합리한 우연의 연속이었기 때문입니다.

그런데 린이 갑자기 아내에게 달려들었습니다. 괴성을 지르면서 아내의 머리카락을 움켜쥔 겁니다. 그 순간, 누군가 뒤에서 린의 양팔을 붙들었습니다. 일행으로 보이는 젊은 남자였습니다.

"죄송합니다. 모르는 사이시죠?"

서퍼로 보이는 젊은이가 버둥대는 린을 붙잡고서 말했습니다.
"예, 이름 정도만 아는 사이입니다. 다른 관계는 없어요."
"이 친구, 정신이 좀 이상해요. 어이, 가만있지 못해!"
저는 약물중독이라고 생각했습니다. 골드코스트 주위에 살다시피하는 서퍼들 사이에서 마약이나 마리화나가 유행한다는 소문을 들은 적이 있었기 때문입니다.
하지만 이 우연은 대체 어떻게 설명하면 좋을까요. 어차피 합리적인 설명이 불가능하기 때문에 우연인 것일 테지만 말입니다.
"빨리 가자. 가까이하지 않는 게 좋겠어."
저는 아내와 함께 소나기 속을 달리기 시작했습니다.
열흘간의 신혼여행이 변명 아닌 변명으로 도배되어버린 것은 말할 것도 없습니다. 저는 아내에게 모든 것을 숨김없이 있는 그대로 이야기했습니다. 믿건 믿지 않건, 거듭되는 우연만큼은 사실이었기 때문입니다. 숨길 이유가 하나도 없었습니다.
아내가 제 이야기를 믿어주었는지 어떤지는 모르겠습니다. 오히려 믿어달라고 하는 게 무리겠죠.

"이야기는 이것으로 끝입니다."
시마 교수는 양해를 구하는 눈길로 사람들을 둘러보고는 갑자기 입을 다물어버렸다. 여기저기서 불만스런 탄식이 쏟아져나왔다.
"괴로운 심정은 잘 알겠습니다만, 고백을 도중에 그만두는 것은 좋지 않은 것 같습니다."

회장은 교수의 옆얼굴을 깃털이 달린 부채로 부쳐주면서 말했다.

"아뇨, 그 이후로 그녀와 우연히 마주친 일은 다시 없었습니다."

교수는 이야기의 결말을 피하고 있는 것이 분명했다.

"잠깐만요, 선생."

가만히 이야기를 듣고 있던 초로의 신사가 의자에서 일어나며 말했다.

"선생은 처음에 이런 말을 했습니다. 자신은 정신과 의사로서 자격이 없다고, 이 년 전에 만난 환자 때문에 그런 자각을 하게 되었다고 말입니다."

시마 교수는 "아!" 하고 신음하면서 얼굴을 두 손으로 가렸다.

"선생, 당신은 그후에도 린짱을 만났지요? 이 년 전에 만났다는 환자는 바로 그녀가 아니었습니까?"

시마 교수는 힘없이 고개를 끄덕였다.

"아무래도 끝까지 이야기를 해야 할 것 같군요. 그렇습니다. 저는 린짱을 만났습니다. 재작년 여름이었습니다. 제가 일하는 대학병원을 찾아왔더군요. 누가 뭐래도 저에게 진찰을 받겠다면서, 자기 이름을 대면 알 거라고 담당의사를 닦달했다고 합니다. 교수실로 저를 찾아온 간호사가 이렇게 말하더군요. 증세가 심각한 것 같으니 조심하라고……"

창문도 없는 회색 벽으로 둘러싸인 상담실에서 린은 저를 기다리고 있었습니다.

간호사가 보기에도 명백한 중증환자였을 것입니다. 새하얀 웨딩드레스를 입고 있었으니까요.

"신체검사는 했습니다. 위험한 물건은 가지고 있지 않지만 일단 경비원을……"

억지웃음을 지으며 그렇게 말하는 담당의사와 간호사, 경비원 들은 모두 새파랗게 질려 있었습니다.

"아니, 그럴 필요는 없네. 이 환자는 내가 잘 아는 사람이야."

저는 모두 나가게 하고 문을 닫았습니다. 이번 만남만큼은 우연이 아니다, 나는 의사로서 그녀와 마주하는 것이다, 라고 생각했습니다.

면사포를 쓴 린의 얼굴은 소름 끼칠 만큼 아름다웠습니다.

"어떻게 된 거야, 린짱" 하고 저는 물었습니다.

"결혼식장에서 도망쳤나? 왜 그랬어."

린은 면사포 안에서 고개를 숙이더니 미소를 지어 보였습니다. 어디로 보나 마흔여섯 살 난 여자로는 보이지 않았습니다. 케언스의 소나기 속에서 마지막으로 보았던 이십대의 모습 그대로였습니다. 아니, 그 표정에서는 고뇌라는 고뇌는 모두 사라지고 없었습니다. 저는 마치 시집을 가는 딸과 마주하고 있는 듯한 이상한 느낌에 사로잡혔습니다.

린은 오랜 시간 웃으면서 울었습니다.

"유짱."

"응. 말해봐, 뭐든."

"부탁이 있어."

"결혼해달라는 부탁은 아니겠지."

"그런 게 아냐."

린은 아름다운 얼굴을 들어올리고 잠시 망설이다가 말했습니다.

"나 좀 진찰해줘. 가슴이 아파. 너무 아파서 견딜 수가 없어."

레이스 장갑을 낀 손가락이 내 목에 걸린 청진기를 가리켰습니다. 저는 의자를 앞으로 당겨 린의 하얀 가슴에 청진기를 댔습니다.

"어때, 들리지 않니?"

린의 고동 소리를 들으면서 저는 눈을 감았습니다. 그러자 교정 저 멀리 새하얗게 깔린 꽃잎 위에 우두커니 서 있는 소녀의 모습이 떠올랐습니다.

"아주 잘 들려."

"하지만 난 들리지 않아. 유짱의 목소리가 안 들려. 너무 좋아했는데. 엄마보다도 더 좋아했는데도 내가 너무 좋아하는 유짱의 목소리가 안 들려."

비 갠 교정에서 내가 린에게 무슨 짓을 했는지 기억나지 않습니다. 다만, 마음 깊은 곳에서 나를 사랑한 소녀를 교정 한쪽의 꽃잎 위에 남겨두고 가버린 것만은 분명한 사실이었습니다.

"그래서 유짱의 목소리를 듣고 싶어서……"

거기까지 말하고 린은 큰 소리로 울기 시작했습니다. 복도에서 경비원과 간호사가 뛰어들어 린을 병실로 데리고 가버렸습니다.

트랭퀼라이저와 수면제를 처방하는 것 외에 제가 할 수 있는 일은 아무것도 없었습니다.

"이제 됐죠. 그럼 급한 볼일이 있어 이만 실례하겠습니다."

갑자기 막을 내리듯 이야기를 끝내고, 시마 교수는 마치 강의를 마친 듯이 서둘러 자리에서 일어섰다.

"난 모르겠어."

지적인 느낌을 풍기는 묘령의 여자가 긴 머리카락을 쓸어넘기며 말했다.

"난 모르겠어요. 유아기의 사소한 체험이 인생을 지배한다는 이야기는 흔해요. 그것이 설령 전문가가 직접 관련된 일이라 해도, 의사의 존엄성을 위협할 만한 건 아니잖아요?"

"모르시겠습니까?"

시마 교수는 냉랭한 눈길로 여자를 바라보았다.

"제가 충격을 받은 것은 그 환자의 행동이 분열증이나 강박신경증으로는 설명이 불가능했기 때문입니다. 여성의 경우, 결혼하고 싶다는 소망이 강하면 강박신경증이라는 일종의 정신병으로 발전하기도 합니다. 나아가 본인의 자질이나 환경, 유아기의 트라우마와 연결되면 분열증의 원인이 됩니다. 하지만 그게 아니었습니다. 질병으로 간단히 정리할 수 있는 것이었다면, 이야기가 이렇게 길어지지 않았을 것입니다."

여자가 다시 반박하려 하자 회장이 깃털 달린 부채를 들어 제지했다.

"잘 알겠습니다. 그런데 그후 린쨩은 어떻게 되었습니까?"

느슨해진 넥타이를 고쳐매면서 교수가 대답했다.

"그날 남편이라는 분이 찾아왔습니다. 대기업의 부장으로, 아주 점잖고 품위 있는 사람이었습니다."

의외의 결말에 사람들은 술렁거렸다.

"가까운 곳에 잘 아는 병원이 있다며 린을 데리고 갔습니다. 그후로는 소식을 알 수 없습니다. 무책임한 일이긴 하지만, 찾을 필요는 없다고 생각했습니다."

"왜요?" 하고 여자는 불만스럽게 물었다.

"언젠가 다시 우연히 마주칠 테니까요. 그녀는 환자가 아닙니다."

그런 말을 남기고 시마 교수는 방을 나가버렸다.

사람들은 주술이 풀린 듯이 자리에서 일어나 술을 마시기 시작했다.

"참 이상한 이야기로군요."

내가 그렇게 감상을 말하자, 오히나다는 손바닥으로 브랜디 잔을 감싸면서 입가에 미소를 띠었다.

"이상한 이야기? 그렇지 않습니다. 이 이야기에 이상한 점이라고는 하나도 없습니다. 무척 무서운 이야기긴 하지만요."

어두컴컴한 사고루의 여기저기서 비슷한 내용의 대화들이 들려왔다.

"확실한 이야기는 하지 않았지만, 교수는 모든 것을 알고 있었어요. 여자분들을 배려해서 이야기를 얼버무린 겁니다."

"그건 또 무슨 말입니까?"

"여자분들은 모두 이해했을 겁니다. 이 이야기를 이해한 남자는, 세상을 꽤 잘 아는 사람이겠죠."

오히나다는 내 등을 밀어 벽난로 쪽으로 이끌었다.

"우연은 하나도 없었어요. 모든 것이 우연을 가장한 필연입니다. 나카노 역의 플랫폼부터 케언스의 소나기 내리는 밤까지, 그녀는 줄곧 우연을 가장하고 교수의 뒤를 쫓은 겁니다. 아마도 앞으로도 그럴 테지요. 그것이 사랑인지 복수심인지는 모르겠습니다. 혹시 그 두가지가 복합되어 있을지도 모르지요. 여자의 집념이란 그토록 무서운 겁니다."

오히나다와 나는 그 무서운 이야기를 반추하면서 잠시 벽난로 속에 타오르는 불길을 바라보고 있었다.

엑스트라 신베에

"오늘밤도 이렇게 사고루를 찾아주셔서 감사합니다. 이 모임은 여러분의 무료함을 달래주기 위해 괴담을 들려주는 모임이 아니므로, 이야기가 끝날 때마다 촛불을 끄는 일은 없을 것입니다."

여장 회장이 라운지를 둘러보면서 미소를 짓자 어두컴컴한 실내 여기저기서 웃음소리가 새어나왔다.

"그럴 게야. 군자는 괴력난신(怪力亂神)을 논하지 않지. 누구도 부정할 수 없는 경지에 오르면 불가사의한 체험담을 입에 담지 않게 되고 말아. 좀 쓸쓸하긴 하지만 말이지."

다음 순서로 보이는 노인이 안락의자를 천천히 흔들면서 혼잣말처럼 중얼거렸다.

감색 정장 재킷에 애스콧타이를 한 모습이 영국 신사를 연상케

했지만, 파이프를 만지작거리는 손가락에서는 장인의 분위기가 물씬 풍겼다.

나는 오히나다에게 귓속말로 물었다.

"누군가요, 저 사람은?"

"카메라맨 가와마타 노부오입니다."

"아…… 대단한 사람이 왔군요."

그를 카메라맨이라 하는 것은 적절한 표현이 아니다. 그의 손을 거친 영화 팸플릿에는 반드시 '촬영감독' 또는 '영상감독'이라는 칭호가 따라다닌다.

여장 회장은 오만하고 퉁명스럽게 보이는 늙은 카메라맨의 옆얼굴에 시선을 고정한 채 낭랑한 목소리로 이야기를 시작했다.

"가와마타 선생은 오랜 세월에 걸쳐 일본 영화계의 거장 오가사와라 우라쿠 감독과 손을 잡고 수많은 명작을 찍어오셨습니다. 작년에 우라쿠 씨가 세상을 떠난 후로는 다른 영화감독들의 제의를 모두 거절하고 현재는 할리우드 아카데미의 초청을 받아 후진 양성에 힘을 쏟고 계십니다. 오늘은 이 모임을 위해 특별히 귀국하셨습니다."

라운지의 어둠 속으로 박수 소리가 조용히 울려퍼졌다.

"거창한 말은 그만두시게, 마담. 나이를 먹으면 미래를 생각하지 못하게 되는 것뿐이야."

말투로 보아 회장과는 오랜 친분이 있는 사이 같았다.

"잘 알겠습니다. 그런 심정은 저 역시 마찬가지입니다. 때문에 오늘밤도 여러분의 이야기를 한마디 한마디 음미해가며 듣고 있습니다. 그런데……"

여장 회장은 등을 쭉 펴더니 세번째 이야기를 할 노인을 똑바로 쳐다보며 말했다.

"가와마타 선생뿐만 아니라 각 분야에서 최고의 자리에 오르신 분이라면 누구나 입 밖에 낼 수 없는 어떤 비밀을 하나 정도는 가지고 계실 것입니다. 이야기하시는 분은 절대로 과장이나 미화를 해서는 안 됩니다. 이야기를 들으신 분은 꿈에서라도 발설해서는 안 됩니다. 있는 그대로를 말씀하시고, 바위처럼 입을 굳게 다물어야 합니다. 이것이 바로 이 모임의 규칙입니다."

이윽고 가와마타 노인은 사람들에게 옆얼굴을 보인 채로 안락의자를 흔들면서 이야기를 시작했다.

내가 이 이야기를 할 마음을 먹은 것은 오가사와라 우라쿠가 죽은 뒤의 일이야.

카메라맨은 세상의 소문이나 평판 따위에 신경을 쓸 필요가 없지만, 영화감독은 그렇지 않기 때문이지. 하물며 전 세계의 영화 팬과 관계자들의 기대를 한 몸에 받고 있는 오가사와라 우라쿠이니, 그에 관련된 이야기를 함부로 할 수는 없었어.

그래, 이 이야기는 나와 우라쿠만의 비밀이었네. 지금으로부터 반세기 전, 우리는 맹세했어. 둘 중 하나가 저세상으로 가기 전에는 절대로 이 이야기를 입에 담지 않기로.

우리 둘은 젊을 때부터 영화에 미쳐 있었어. 내가 당시 영화의 메카였던 교토의 우즈마사에서 카메라맨 조수 생활을 시작했던 것이 열여섯 살이었어. 우라쿠는 대학을 나와 입사한 엘리트였으니 영화에 관해서는 내가 선배라 할 수 있지. 내 자랑 같지만, 우라쿠가 조감독이란 허울 좋은 직함만 가지고 우왕좌왕하고 있을 때, 나는 이미 미국제 미첼 카메라를 돌리고 있었으니까.

입사하고 몇 년 후, 우라쿠는 만주로 전출되었어. 일본의 만주 경영에 빼놓을 수 없는 '만영(滿映)'이라는, 일종의 국책영화사로 말이지. 1929년 봄이었는데, 그때는 나도 징병되어 중국 대륙의 전선으로 나가야 했어.

우라쿠는 학생 시절에 폐병을 앓아 징병검사에서는 불합격 판정을 받았지만, 결국은 전쟁 말기의 무조건 동원에 걸려서 부임지인 신징(新京)에서 징발되고 말았네.

둘 다 죽을 고생을 했지. 그나마 나는 다행히 베이징에서 무장해제를 당하고 종전 다음 해에 일본으로 돌아와 회사에 복귀할 수 있었지만, 시베리아로 끌려간 우라쿠가 돌아온 것은 그로부터 오 년이 지난 1950년 가을의 일이었어.

어느 날 갑자기 촬영소에 나타난 그의 모습이 지금도 눈에 선해. 다 떨어진 군복에 거지 자루 같은 포대를 하나 메고, 군용 담요를 어깨에 가사처럼 걸치고 있었지. 마이즈루 항에 내리자마자 곧장 촬영소로 온 게야.

촬영소의 남쪽 끝에 있는 제6스테이지에서는 그때 사극 리허설을 하고 있었지. 우라쿠는 테가 찌그러진 둥그런 안경을 걸치고 스테이지 한구석의 어둠 속에 멍하니 서서 리허설을 보고 있었다네.

우라쿠를 맨 처음 발견한 사람은 당시 최고로 잘나가는 배우였던 오노에 고단지였어.

"우라쿠다! 어이, 우라쿠가 돌아왔어!"

고단지는 연기를 멈추고 마치 대사를 읊듯이 그렇게 외쳤지. 고단지는 우라쿠와 동갑이라 꽤 친했기 때문에 그렇게 변해버린 몰골을 보고도 금방 알아본 거야.

고단지는 검객 복장 그대로 우라쿠에게 달려가 손을 잡고 끌어안으면서 기쁨을 감추지 못했어. 그래, 오노에 고단지라는 후일의 대스타는 무예와 검술의 달인이라 젊은 시절에는 연기를 할 때 반드시 진검을 사용했더랬어. 진검을 칼집에 꽂지도 않고 마구 휘두르며 다녀서 다들 조심하라고 주의를 주곤 했지.

나를 포함한 다른 사람들은 한참 후에야 비로소 그 귀향병의 정체를 알아보았다네. 십 년 만의 재회였지. 다들 나름대로 죽을 고생을 했고, 전사한 사람들도 많았어. 그런 자신의 경험과 허무하게 보내버린 시간들이 머릿속에서 마구 뒤엉켜서 눈앞의 광경을 바로 받아들이기 힘들었던 거야.

마치 영화를 보는 듯한 기분이랄까? 영화라는 거짓 세계를 살아가는 우리는 종종 현실인지 허구인지 구별할 수 없는 묘한 느낌에 사로잡히는 때가 있는데, 그때도 딱 그런 기분이었다네.

게다가 우리처럼 밑바닥에서부터 시작해 올라온 현장파들과, 제국대학을 나와서 입사한 오가사와라 우라쿠 같은 엘리트 사이에는 인간관계에 뚜렷한 장벽이 있어서, 나는 우라쿠와는 옛날부터 별로 친하지 않았었네. 때문에 그 현실을 눈앞에 두고도 '아, 옛날의 그 조감독이 살아서 돌아왔군' 하는 정도의 감상뿐이었어.

물론 기쁜 일이긴 했지. 영문도 모르고 고생만 하다가 결국 목숨을 잃어버린 자들도 많았지만, 살아남은 자들은 모두 촬영장으로 돌아왔어. 너무도 좋아하는 영화를 찍기 위해서 말야. 어떻게 기쁘지 않을 수 있었겠나.

오랜 전쟁이 끝나고 아직 텔레비전이 안방을 점령하기 전, 영화는 전쟁이 일어나기 전의 전성기를 넘어설 정도의 황금시대를 맞이하고 있었지. 쇼치쿠, 도호, 도에이, 닛카쓰, 다이에이 다섯 개의 영화사가 일 주일에 두 편 정도의 영화를 제작해 전국에 밤하늘의 별보다 많았던 영화관에 공급했고, 어느 영화관이나 매일 통로까지 관객이 가득 찰 정도로 대성황을 이뤘어.

지금 생각해보면 냉방시설도 없는 그런 영화관에서 땀을 흘리면서까지 어떻게 그 많은 사람들이 영화를 보고 있었는지 신기할 정도야. 그 외에 즐길 만한 오락거리가 없었기 때문에? 아니, 꼭 그것만은 아니었어. 그 당시의 영화에는 관객들을 끌어들이는 매력이 있었어. 그리고 우리의 가슴속에는 폐허로 변해버린 일본에 영화라는 꽃을 피워보겠다는 강한 의지가 있었던 거야.

전란의 피해를 입지 않은 교토에는 옛날 촬영소가 그대로 보존되어 있었어. 특히 우즈마사는 일본의 할리우드라 불리던 영화의 거리였지. 아니, 그런 열기는 할리우드에서도 찾아볼 수 없었을 게야. 오픈 세트 하나만 보더라도, 지금의 민속촌의 몇 배나 되는 장대하고도 완벽한 에도 시대의 거리가 기찻길을 따라 당시의 시대 풍경 그대로 펼쳐져 있었지. 그 거리를 하루에도 몇 편의 영화에 나가는 수많은 엑스트라가 사무라이, 상인, 아낙네 등으로 분장하고서 바쁘게 오가고 있었어.

오가사와라 우라쿠가 귀향한 지 얼마 안 되는 1951년 이른 봄의 일이었네.

촬영소장이 불러서 가보니 응접실 소파에 소장과 우라쿠와 또 한 사람, 오노에 고단지가 즐겁게 담소를 나누고 있었어.

소장이 이런 말을 하더군.

"올 명절 연휴에 개봉하는 영화들은 다 비슷비슷해서 재미가 없어. 그래서 말이야, 우리 영화사에서는 좀 특이한 작품을 만들 생각인데, 어떤가, 노부오?"

테이블 위에는 대본의 초고가 놓여 있었어. 〈기온 요이미야(祇園宵宮)의 참극—실록 이케다야(池田屋) 사건〉. 제목은 말할 것도 없고 대본을 읽어보니 확실히 아주 특이한 영화더군.

막부 말기를 배경으로 한 활극은 대개 근왕파(勤王派)의 지사(志士)가 선인, 신센구미*가 악인으로 정해져 있었지. 그러나 그 각본은 신센구미의 우두머리인 곤도 이사미를 주인공으로 해서 교토의 거리에 창궐하고 있는 '근왕의 지사', 즉 부정적으로 말해서 '반 막부파 낭사(浪士)'를 사정없이 베어버리는 이야기였어.

본래 '근왕의 지사'는 현 체제와 직결되어 있는 만큼 악당으로 취급해서는 안 되는 일이었지. 그러나 전쟁을 경계로 나라도 변했고, 이런 해석도 재미있지 않은가 하는 생각이었던 게야. 또한 '반 막부파 낭사'는 그 당시 위협적인 존재로 부상하던 공산주의자의 이미지와도 겹치는 부분이 있었기 때문에 총사령부의 검열관도 크게 찬성했다고 했네.

소장은 그때 참 멋진 말을 하더군.

"메가폰을 잡는 우라쿠는 만주와 시베리아에서, 촬영을 맡는 노부오는 중국 전선에서, 주연배우 고단지는 남방에서 제각기 지옥을 경험해봤을 게야. 지금 와서 그런 일은 떠올리기도 싫겠지만, 제군들의 풀 길 없는 원한을 이 영화 속에 마음껏 쏟아부어주기를 바라네."

분명 두 번 다시 떠올리기도 싫은 경험이었어. 승전중에 종전을

---

* 新選組. 에도 막부 말기의 무사집단. 교토에서 막부에 반대하는 근왕파 세력을 제거하기 위해 조직되었다.

맞은 나는 그나마 나은 편이었지만, 소련의 갑작스런 참전과 시베리아 억류로 갖은 고생을 겪은 우라쿠와 격전지였던 동부 뉴기니아에서 인육을 먹는 기아지옥을 두 눈으로 지켜보았던 고단지는 큰 의욕을 보였고, 나도 그에 영향을 받았지.

우라쿠는 진지한 얼굴로 말했어.

"리얼리즘, 리얼리즘이야. 앞으로는 영화라도 그냥 가공의 이야기만이어서는 안 돼. 피를 뿌려야 해. 촤악, 하고 화려하게 마구 흩뿌리는 거야."

그 한마디로 〈기온 요이미야의 참극〉은 이미 완성된 것이나 다름없었어.

곤도 이사미를 주인공으로, 지금까지 악역이었던 신센구미의 시점에서 리얼리티 넘치는 영화를 만든다. 이른바 활극 영화의 정형화된 형식을 스토리부터 시작해 대본과 영상, 소도구에 이르기까지 완전히 바꾸어버리자는 거였어.

그렇다고 해서 단지 풀 길 없는 우리의 원한을 영화로 옮긴 것은 아니었네. 우리의 명예를 위해서 하는 말인데, 오가사와라 우라쿠는 천재적인 감독이었고, 오노에 고단지는 불세출의 사극 배우였던 것뿐이야.

그 영화는 일본 영화사에 획기적인 사건이었지.

거기까지 이야기를 끝내자 가와마타 노부오는 파이프에 불을 붙이고, 웨이터에게 브랜디를 가져오게 했다.

오랫동안 오가사와라 우라쿠와 손을 잡고 작업을 해온 그가 타의 추종을 불허하는 천재적인 카메라맨이란 데는 누구도 이의를 제기하지 못할 것이다. 그러나 가와마타 노부오에게는 결코 자신의 업적을 과시하는 듯한 느낌은 없었다.

여장 회장이 가와마타의 등을 바라보며 말했다.

"오노에 고단지는 대스타라는 말이 너무도 잘 어울리는 명배우였지요. 그렇지만 오가사와라 감독의 작품에 주연을 맡은 건 그것 하나뿐인 것 같은데요."

가와마타 노인은 뒤도 돌아보지 않고 고개를 끄덕였다.

"그래. 그 이후로는 우라쿠 쪽에서도 출연 제의를 하지 않았고, 고단지도 청한 적이 없었지."

"이상한 일이군요. 그후의 작품 중에도 고단지를 기용할 만한 것들이 많았는데 말입니다."

"그 의문은 내 이야기를 듣다보면 곧 풀릴 거요, 마담. 우라쿠와 고단지 사이에 딱히 무슨 일이 있었던 건 아니었어. 두 사람의 우정은 고단지가 세상을 떠날 때까지 계속되었으니까. 그리고 우라쿠는 숨을 거두기 직전에 마치 유언이라도 하듯 내 손을 잡고 이렇게 말했어."

가와마타 노인의 목소리가 약간 젖어드는 것 같았다.

"가와마타 선생, 진정하시고 있는 그대로를 말씀해주세요."

"한 편이라도 좋으니 다시 오노에 고단지와 영화를 찍고 싶었어. 그런 스타는 과거에도 없었고 미래에도 없을 테니까, 라고 말야."

"선생의 의견에 전적으로 동감합니다."

"물론이야. 고단지는 필름의 어느 한 컷을 잘라내도 그대로 스틸 사진이 되는 배우였으니까. 때문에 나는 그냥 카메라를 잡고서 마치 다큐멘터리 영화를 찍는 기분으로 고단지의 동작이나 표정을 따라가기만 하면 되었어. 어디서 찍어도 그림이 되는 거야. 그런 배우는 할리우드에서도 찾아보기 힘들지."

브랜디의 향기를 음미하면서 가와마타 노부오는 이야기를 계속해나갔다.

장마가 끝나기를 기다려 크랭크인한 후로 촬영은 순조롭게 진행되었어.

오가사와라 우라쿠는 무명이었지만, 주연배우가 최고의 인기를 자랑하는 오노에 고단지였기에 제작비도 충분했고, 조연급에도 뛰어난 배우들을 많이 확보할 수 있었지.

무엇보다도 스태프나 배우들 모두 열정적이었어. 우라쿠가 제시하는 아이디어는 하나같이 신선해서, 지금까지 만들어진 어떤 영화보다 특이하고 참신한 작품이 될 것임을 의심하는 사람은 아무도 없었지.

그때까지 활극 영화는 거의 피를 보이는 법이 없었어. 그러나 우라쿠는 있는 그대로 피가 뿜어져나오게 한 거야. 사람을 벨 때의 효과음은 실제로 죽은 돼지를 걸어두고 칼을 휘둘러 소리를 만들었어. 촬영중에 배우가 큰 부상을 입어도 그대로 진행했고, 고통에 괴로워하는 얼굴을 클로즈업하기까지 했네.

우라쿠는 마치 신들린 사람 같았지.

그 기분을 알 것도 같아. 박사나 대신이 될 수도 있는 장래를 보장받은 엘리트가 가족과 주위의 기대를 저버리고 영화판에 뛰어들었으니 말이야. 게다가 군에서 필름을 검열하는 살벌한 시대였지, 만주로 쫓겨가서 억지로 국책영화를 찍는 신세가 되어버렸지, 그러다 징집, 시베리아 억류…… 그런 말도 안 되는 부조리한 상황들을 겪은 후에 드디어 영화감독으로 데뷔할 기회를 잡은 거야.

우라쿠는 한 마리 귀신이 되어 있었지. 크랭크인하자마자 그렇게 좋아하던 술도 끊고, 촬영소에서 숙식을 해결했어. 옷도 갈아입지 않고, 수염과 머리카락도 자라는 대로 방치하고 말야. 몸에서 냄새가 너무 심하게 나서 다른 스태프가 억지로 목욕탕에 끌고 갈 정도였다네.

촬영에 들어가면 모든 것을 잊어버리는 것은 그후로도 변하지 않았지만, 그 당시는 다른 때와 비할 수 없을 만큼 각별했어. 평소에는 그렇게 느긋하던 사람이 말 한마디 걸기 힘들 정도로 팽팽하게 긴장된 모습을 보이는 거야.

촬영이 진행되면서 우라쿠의 긴장감은 고스란히 스태프와 배우들에게 전염되어가갔어. 촬영이 끝날 때쯤에는 엑스트라까지 우라쿠가 되어버린 듯한 느낌이 들 정도였으니까 말이야.

우리가 그 다치바나 신베에라는 엑스트라를 만난 것은 촬영이 클라이맥스, 그러니까 이케다야 여관 장면으로 접어들 때였어.

그즈음 우리는 모두 이케다야로 향하는 신센구미 대원들처럼 긴장하고 있었지. 오픈 세트에 막대한 예산을 투입해 다카세 강에서 가와라초에 이르는 산조 거리의 민가까지 재현할 정도였어. 특히 이케다야의 세트는 사진과 노인들의 말을 참고해 1931년까지 현존했던 실물과 거의 똑같이 재현했지.

산조 거리 쪽으로 난 문을 열면 봉당이 있고, 오른편에는 계산대, 정면에는 마루와 다다미 세 장 넓이의 방이 보여. 그리고 우물과 아궁이가 있는 부엌과 좁은 통로 사이에 근사한 계단이 이층까지 걸려 있지. 계단을 올라가면 난간이 달린 복도가 있고, 각각 다다미 여덟 장, 여섯 장, 네 장 넓이의 방이 나오지. 안쪽으로 들어가면 작은 정원을 사이에 두고 네 개의 방이 북쪽 끝의 처마 아래까지 이어지고. 입구는 좁지만 안은 넓은 전형적인 교토 상인 가옥이지.

천장의 판자 하나까지 꼼꼼하게 신경을 써서 이케다야 여관을 그대로 옮겨다놓은 것 같았어. 카메라나 조명의 위치를 잡기 힘들 만큼 쓸데없는 공간이라고는 하나도 없는 건물이었지.

촬영이 불편할 정도로 완벽한 세트를 만든 것도 실은 우라쿠의 의도였어. 즉, 카메라의 시야를 그 자리에 있는 인간의 눈과 똑같게 만든 거지. 카메라가 사람을 베고, 카메라가 도망을 가고, 넘어지고 다시 일어나고 하는 거야.

화면이 흔들리는 것이나 초점이 흐려지는 것을 두려워해서는 안 된다는 것이 우라쿠의 주장이었어. 죽느냐 죽이느냐 하는 싸움터에서 인간의 눈이 무엇을 보는지 당신들도 잘 알지 않느냐면서 말이야.

오가사와라 우라쿠가 지향한 영화의 리얼리즘이란 그런 것이었지.

이케다야 사건에 대해서는 새삼 설명할 필요가 없겠지. 기온 요이미야, 즉 기온 마쓰리 전야에 곤도 이사미를 비롯한 신센구미의 검객들이 이케다야 여관에 모인 근왕파 지사들을 습격해 일망타진한 대사건. 그날 밤 아홉 명의 지사가 당했고 신센구미의 노련한 검객도 세 명이나 죽었으니, 아무리 혼란스런 시대였다고는 해도 큰 사건이었을 게야.

클라이맥스 장면의 촬영은 7월 8일 오후 열시, 즉 음력 6월 5일 이경(二更). 이케다야 사건과 같은 날, 같은 시각이지. 우라쿠는 그런 것까지 철저하게 신경을 썼어.

집합시간은 아홉시 삼십분. 이십 명의 스태프와 삼십여 명의 출연진들이 조명이 밝혀진 산조 거리의 오픈 세트에 모였네.

그 당시는 밤 장면이라도 낮에 촬영하는 것이 원칙이었어. 낮에 찍은 필름을 어둡게 만들어서 밤처럼 보이게 하는 거지. 그러나 아무리 달 밝은 밤이라 해도 밤하늘에 구름이 보인다는 건 좀 이상하지. 하물며 이케다야 사건은 음력 6월 5일이었으니, 설령 맑게 갠 날이라 해도 달은 실처럼 가늘어야 해.

우라쿠는 그것을 고려해서, 수많은 조명등과 반사판을 동원하고 고감도 필름을 아낌없이 사용하면서 역사적 사실과 똑같은 밤 열시에 촬영을 결행했지.

스태프와 출연진들이 모여들자 우선 조감독의 설명이 있었고, 다음으로 우라쿠가 사다리 중간에 걸터앉아 열에 들뜬 사람처럼 말했어.

"알겠나? 영화라고 생각하지 마. 이곳은 1864년 6월 5일, 기온 요이미야의 이케다야. 지금까지는 내가 이러쿵저러쿵 말이 많았다만, 오늘은 아무 말도 하지 않겠네. 마음껏 싸워. 부상을 입건 말건 나중 일은 걱정하지 마. 내가 다 책임을 질 테니까."

조감독이 점호를 했지. 출연자들은 전부 나와 있었어. 아니, 딱 한 사람, 곤도 이사미 역의 오노에 고단지는 없었을 거야. 그 당시 이미 최고의 인기를 누리는 배우였던 만큼 그는 항상 모든 준비가 갖추어진 후에야 유유히 나타났으니까.

나는 산조 거리에 설치된 크레인 위에서 우라쿠의 말을 듣고 있었어. 처음에는 메가폰에 대고 말하다가, 나중에는 두 손을 입에 대고 고함을 치더군. 언뜻 보기에도 허약하기 짝이 없는 우라쿠가 그때만큼은 누구의 눈에도 역전의 용사처럼 보였다네.

우라쿠의 말이 끝나기 전에 나는 크레인을 올렸어. 그날 찍을 첫 장면은 곤도 이사미 이하 열 명의 신센구미 대원들이 산조 고하시(小橋)를 건너는 것이었지. 카메라는 우선 다카세 강을 건너는 그들을 조감하다가 걸음에 맞추어 점점 크레인을 내려서 이케다야 앞에서는 거의 바닥에 붙어 로앵글로 올려다보는 거야. 나는 본 촬영으로 들어가기 전에 고하시에서 산조 거리를 내려다보는 앵글을 미리 확인해두고 싶었던 거지.

크레인이 처마 높이까지 올라가자 나는 파인더를 들여다보았어. 투광기는 거리 양옆의 건물 지붕에 달려 있었지만, 필요 이상의 빛을 넣고 싶지는 않았어. 그때는 조명의 정도를 수치로 자유롭게 지정하는 그런 편리한 기계가 없었으니, 모든 것은 경험과 감에 의지할 수밖에 없었지. 나는 조명의 강도와 각도를 메가폰으로 지시했어.

결국 조명은 하나만 정면 위에서 비추기로 하고, 나머지는 반사판을 이용한 간접조명으로 밤의 희미한 분위기를 내기로 결정했네. 그렇게 하면 기온 요이미야의 착 가라앉은 느낌이 잘 드러날 거라 생각했기 때문이지. 표정이 보이지 않으면 고단지는 불평을 할지도 모르지만, 우라쿠는 분명 납득해줄 것이라 믿었어. 나는 곤도 이사미의 강인한 표정보다는 시대의 어두운 그림자를 짊어진 신센구미라는 살인집단을 찍고 싶었던 거야.

"노부오 씨, 너무 어둡지 않나요? 아무것도 안 보여요."

조명담당이 불안한 표정으로 크레인을 올려다보며 말했어.

"괜찮아. 나만 믿어."

"그렇지만 고단지 씨가 화를 낼 텐데요. 다시 찍으라고 하면 어떡합니까."

"시끄러! 그런 걱정일랑 집어치우고, 고단지 씨가 이케다야 문 앞에 서면 발밑에서 위로 조명을 비춰줘."

"네? 발밑에서, 이렇게요?"

조명담당은 이케다야의 처마 아래에 설치한 스포트라이트를 문 쪽으로 향했어.

"그게 아냐. 반사판을 이용하는 거야. 어때? 어둠 속에서 곤도 이사미의 얼굴이 나타나지?"

조명담당은 조명을 반대 방향으로 돌리고 반사판을 흔들었지.

"그렇지! 크레인이 아래까지 내려오면 천천히 반사판을 위로 올려서 얼굴을 비추는 거야."

"이렇게 말입니까? 참 어렵구만. 카메라하고 맞출 수 있을지 모르겠네요. 잘 맞으면 좋은 그림이 될 것 같긴 한데."

"어디 분장 끝낸 배우 없어? 한번 시험해보자."

"아직 감독님 말이 끝나지 않았는데요?"

바로 그때, 산조 고하시의 어둠 속에서 사무라이 차림의 배우 하나가 걸어오는 거야.

"노부오 씨, 마침 저기 엑스트라가 오고 있네요. 크레인 좀 내려보세요."

안성맞춤의 리허설이었어. 산조 거리를 비출 조명의 최소한의 밝기와 크레인의 속도, 카메라워크와 문 앞에 선 주인공의 클로즈업까지 한꺼번에 시험해볼 수 있는 기회였지.

나는 메가폰을 들고 집합시간보다 늦게 나타난 그 남자를 향해 외쳤지.

"어이, 지각이지만 뛰지 않아도 돼. 거기서부터 천천히, 그렇지, 천천히 걸어와봐. 여기까지 와서 문 앞에 서는 거야. 알겠나?"

그 그림자는 산조 고하시를 다 건넌 후에 잠깐 멈춰 서서 크레인을 올려다보더니, 내가 지시한 대로 천천히 걷기 시작했어. 나는 그 발걸음에 맞추어 크레인을 내렸어.

"이 중요한 촬영에 지각을 하다니. 아르바이트 생인가? 자네 정말 재수 좋구만. 감독에게 야단을 안 맞고 넘어갈 테니 말이야."

조명담당은 그렇게 떠들어대고 있었지.

"엑스트라치고는 아주 당당하군. 정식 배우로 기용해도 되겠어."

나는 파인더를 바라보면서 나도 모르게 클로즈업을 했어. 어쩐지 그 남자의 얼굴을 한번 보고 싶었던 거야. 만일 조역이라면 우리는 큰 실수를 한 셈이 되는 거니까.

미첼 카메라의 렌즈가 남자의 얼굴을 포착했어. 조명이 어두워서 선명하게 보이지는 않았지만, 적어도 이름 있는 배우가 아닌 것만은 분명했네. 나는 안심하고 카메라에서 눈을 뗐어.

남자는 천천히 걸어오면서 때로 눈이 부신 듯 조명기기를 올려다 보고, 발걸음에 맞추어 내려오는 크레인을 바라보더군.

조명담당이 이케다야의 문을 닫았어.

"오케이. 미안하지만 거기서 일단 멈춰서 문 쪽으로 서주겠나?"

나는 그렇게 말하면서 크레인에서 내려와 문 앞에 로앵글로 설치한 또 한 대의 미첼 카메라를 잡았어.

"자, 간다. 발밑에서 위로 올라갈 테니 반사판을 맞춰봐. 하나 둘 셋!"

일순, 렌즈가 남자의 발밑에서 멈추고 말았어. 다 떨어진 짚신에다 꼬질꼬질한 양말, 정말로 오랜 시간 길을 걸어온 듯한 느낌이 너무 리얼해서 숨이 막힐 것 같았어.

우라쿠라는 감독은 과연 대단하다는 생각이 들더군. 이 배우가 누구인지, 어떤 역을 맡았는지는 알 수 없지만, 그는 의상이나 소도구의 세세한 부분까지 철저하게 지시를 한 거야.

그리고 렌즈를 위로 올리면서, 나는 숨을 죽였어. 색이 바랜 파란 각반, 허벅지 부근의 천이 다 닳은 바지, 더러워진 하오리, 덮개가 다 해진 낡은 칼, 흐트러진 상투와 옅은 적갈색으로 바랜 갓.

"노부오 씨, 흔듭니다."

조명담당이 반사판을 흔들자 남자는 두 손으로 눈을 가리면서 당황했어.

"좋아, 이대로 가자구. 고맙소, 어려운 부탁을 해서 미안하이."

나는 남자의 정체를 몰라 일단 모자를 벗고 머리를 숙였어. 그러자 남자는 당황하면서 갓을 벗고 머리를 깊이 숙이는 거야.

"죄송하오. 교토에 처음 와본 촌놈이라 무례를 범했으니 용서해주시기 바라오. 그런데, 이케다야라는 여관이 바로 여기요?"

"그렇소이다" 하고 조명담당은 장난스럽게 대답했지.

"교토까지 먼 길을 오시는 근왕의 지사들께서 밤길을 헤매지 말라고 발밑을 비추어드렸소이다. 그나저나 감독에게는 내가 잘 말해줄 테니, 어서 안으로 들어가라구."

남자는 눈을 동그랗게 뜨고 우리를 바라보았어. 사극에서 사용하는 붉은 기가 도는 분장이 아니라 얼굴 전체를 거무스름하게 칠한 것도 묘하게 리얼리티가 있었어. 머리카락을 관자놀이 부근부터 끌어올려 작게 상투를 튼 것도 마치 옛날 사무라이의 사진을 보는 것 같았지.

좁고 처진 어깨를 한층 움츠리고 남자는 계속 머리를 조아려댔어.

"저같이 보잘것없는 것을 위해 이렇게 발밑을 비춰주시다니…… 정말 몸 둘 바를 모르겠소이다."

"이제 좀 그만 하시지 그래. 감독이 화내시기 전에."

조명담당은 짜증을 내면서 남자의 어깨를 밀었어.

"감독이라면 어느 가문의 어느 분을 말씀하시는 겐지?"

"오가사와라 감독도 몰라? 당신 대체 무슨 소리를 하는 거야?"

"오가사와라 님이라고 하셨소이까? 그렇다면 이번 건의 감독은 부젠 오구라 십오만 석(石)의 오가사와라 님이시오?"

"어허 참, 그리 생각하고 싶으면 마음대로 해."

더이상 상대하기 싫다는 듯 조명담당은 반사판의 먼지를 털기 시작했지.

"아니면, 히젠 가라쓰 육만 석의 오가사와라 님이시오?"

대기실도 큰 방 하나를 수십 명이 함께 사용해야 하는 단역 배우들은 농담이라도 하지 않으면 스트레스를 견딜 수 없지. 겨우 근왕의 지사 역에 발탁되었는데 클라이맥스인 이케다야 장면을 찍는 중요한 날에 지각을 했으니, 이 남자는 농담이라도 해서 그 자리를 모면하려는 게 틀림없었어.

나는 남자의 어깨를 붙잡고 타일렀어.

"잘 듣게. 감독은 지금 중요한 장면을 앞두고 신경이 무척 곤두서 있어. 화를 낼지도 모르지만, 내가 잘 말해줄 테니까 그렇게 고개를 숙이지 않아도 돼."

몸집이 자그마한 그 남자는 무슨 말이냐는 듯이 고개를 돌려 나를 바라보았어.

"그러나 밀서에 의하면, 회합은 6월 5일 이경이라고……"

"어이, 당신 이제 그만두지 못해! 항상 삼십 분 일찍 와서 감독의 지시를 받는 게 이 바닥의 상식 아닌가!"

"항상? 소인이 처음이라 큰 실례를 범한 것 같소이다. 감독님에게는 충심으로 사죄를 드리겠소이다. 자, 그럼 앞장서시지요."

남자는 옷매무새를 바로잡고, 큰칼을 허리에서 뽑아 오른손에 들었어. 옛날의 사무라이는 다른 집을 방문할 때 필시 이런 예법을 지켰을 거라는 생각을 하면서 나는 묘한 감동을 느꼈지.

"당신, 큰 방을 쓰나?"

"부끄럽게도 고향에서는 아랫방에서 찬밥 신세라오. 나이 서른이 되도록 양자로 받아주는 사람도 없어 무료하게 시간만 때우고 있소이다."

"그런가. 좋은 역을 맡아서 다행이군. 정말 기개가 대단해."

"목숨을 버릴 각오로 왔소이다."

이 남자는 결코 농담을 하는 게 아니라, 평소에도 자신의 역을 연기하는 것이라고 나는 생각했지. 남자의 표정에는 말 그대로 목숨을 걸고 자신의 맡은 역할을 다하겠다는 각오가 느껴졌어.

나는 이케다야의 문을 열었네. 세트 내부는 촬영 직전의 긴박한 분위기가 감돌고 있었지.

오른편 마루에는, 검객들이 문을 열자마자 깜짝 놀라면서 "이층에 계신 손님들, 검문입니다!" 하고 외치다가 칼에 맞아 계단 중간에서 떨어질 운명의 이케다야 주인이 앉아서 대본을 읽고 있었어.

아궁이 앞에는 우뚝 멈춰 서서 찻잔을 떨어뜨리는 하녀. 여담이지만, 그 엑스트라 여배우는 이 역만 벌써 세번째라며 투덜대고 있었지.

조명은 이층 난간 어딘가에 설치되어 있었고, 그 외에도 몇 명이

소도구와 등불, 방문 따위를 점검하고 있었어.

이층 방에서 근왕파 지사들에게 위치를 지시하는 감독의 목소리가 들려왔어.

"상좌에는 미야베 데이조, 요시다 도시마로, 기타조에 기쓰마, 그 다음으로 마쓰다 주스케, 모치즈키 가메야타, 그리고 지사 A, B, C…… 좀 붙어앉아봐. 정말로 이 좁은 방에 스무 명이나 있었을까?"

우라쿠는 그리 긴장하고 있는 것 같지는 않았어. 나는 아래쪽에서 소리쳤어.

"감독, 엑스트라 한 사람, 카메라 리허설 좀 하고 왔어요."

"뭐야, 아직 한 사람이 더 있었어?"

우라쿠는 허리춤에서 손수건을 꺼내 땀을 닦으면서 난간 아래로 목을 내밀더니, 호오, 하고 고개를 끄덕였어. 늦게 나타난 그 사무라이의 복장이나 표정이 감독도 감탄할 정도로 괜찮았던 거야.

남자는 봉당에 멍하니 선 채 위를 올려보며 말했어.

"히젠 오무라 번사 다치바나 신베에 방금 도착했소이다. 이렇게 한 발 늦게 온 것을 사과드리오."

우라쿠는 흐르는 땀을 닦는 것도 잠시 잊고 다치바나 신베에를 바라보더니, 하녀 역 배우에게 지시했어.

"좋아, 물 좀 가져와."

거기까지 이야기한 가와마타 노인은 브랜디를 한 모금 마시고는 파이프에 불을 붙였다.

라운지는 정적에 감싸였다.

"정말 흥미로운 이야기로군요, 선생. 그 다치바나 신베에라는 배우는 대체 어떤 사람이었습니까?"

여장 회장은 부채로 입을 가리고 물었다.

"마담, 너무 서두르지 마시게. 이 이야기는 그 시대의 영화산업의 배경을 잘 알지 못하면 이해하기 힘들어. 그래서 나는 젊은이들이 이해하기 쉽게 순서대로 차근차근 이야기하고 있는 거야."

"아, 그렇군요. 저도 그 시절의 영화계 내막은 어느 정도 알고 있습니다만."

가와마타 노부오는 안락의자에서 몸을 앞으로 내밀더니 라운지의 어둠에 잠겨 있는 사람들을 향해 말했다.

"전쟁이 끝나고 모두 촬영소로 돌아왔지. 대륙이나 남방의 전선에서, 또는 국내의 부대나 공장에서도 우리는 결코 영화를 잊은 적이 없었어. 엑스트라 배우도 마찬가지야. 나는 그때 다치바나 신베에라는 사람의 기분이 너무나도 잘 이해가 됐어. 전쟁 전에는 아마도 대사 한마디 없는 역뿐이었을 게야. 나이로 보아도 징집되어 심한 고생을 했음이 분명해. 그래서 복귀한 촬영소에서 '다치바나 신베에'라는 그럴듯한 이름까지 붙은 역할을 맡게 되자, 그는 완전히 옛날의 사무라이로 변신해버릴 정도로 심혈을 기울인 게지. 그 기분은 우리밖에 몰라. 나는 북중국의 전선에서 늘 생각했어. 목숨을 걸 곳은 여기가 아니다, 절대로 이런 데가 아니라고 말이야. 그 남자도 필시 과달카날이나 필리핀, 아니면 임팔 같은 격전지 어딘가에서 그런 믿음을 버리지 않고 살아왔을 게야."

"이야기를 계속하시지요."

마담이 가느다란 손가락으로 가와마타 노인을 가리켰다.

하녀 역 배우가 대야에 물을 떠왔을 때, 바깥이 갑자기 소란스러워졌어. 전혀 예상하지도 못한 일이었지. 갑자기 번개가 번쩍 하는가 싶더니 지붕을 부술 듯한 기세로 비가 내리기 시작하는 거야.

그 당시의 촬영장비는 물에 약했지. 할리우드에서 건너온 고가의 카메라나 조명기기는 일본 기후에는 잘 맞지 않았어. 요즘처럼 비닐시트 같은 편리한 물건이 없는 시대였으니 조금만 비가 내려도 멍석이나 자신의 몸으로 장비를 보호해야 했지. 우리는 빗소리를 듣자마자 이케다야 세트 바깥으로 뛰어나가면서 외쳤어.

"철수, 철수! 카메라 내려!"

이층 창을 열고 우라쿠가 고함을 질러댔어.

"전원을 꺼, 벼락이 친다!"

그와 동시에 오픈 세트를 비추던 라이트가 일제히 꺼지고, 온 세상은 간간이 번쩍이는 번갯불에만 잠깐 모습을 드러내는 암흑으로 변하고 말았어. 배우고 감독이고 엑스트라고 할 것 없이 다들 바깥으로 뛰어나가 장비를 철수하느라 정신이 없었지.

다치바나 신베에라는 그 남자는 계단 위에서 우르르 내려오는 배우와 스태프들에게 떠밀려 봉당에 엉덩방아를 찧고 말았어.

"어이, 너 뭘 하고 있어. 빨리 거들지 못해!"

"아! 뭐든 명령만 내리시오."

"미첼이 젖겠어, 빨리 도와줘."

크레인 위의 카메라는 이미 조수의 손에 의해 철수되기 시작했지만, 산조 거리에 로앵글로 부착된 미첼은 그대로 비를 맞고 있었어.

"하오리, 하오리를 벗어!"

나는 빗속으로 뛰어나온 신베에의 하오리를 벗겨 미첼을 덮었어. 이케다야의 안팎에서 소란이 벌어졌어. 이러다 누군가 렌즈라도 부쉬버리면 큰일이라는 생각이 들더군. 나와 신베에는 삼각대째 카메라를 들어올려 건너편에 있는 상가 세트 안으로 들어갔네.

"미안, 가게 좀 빌리겠소이다."

나는 장난스럽게 그렇게 말하며 카메라를 들고 들어갔지. 그랬더니 신베에가 놀라면서 그 자리에 우뚝 서는 거야. 당연한 일이지만 가게는 겉에만 그림을 그려 만든 세트라, 내부는 그냥 텅 비어 있었어.

"뭘 그렇게 놀라나?"

"여기는 수리중이오?"

"예산 때문에 중요하지 않은 곳은 적당히 만들었지."

"예산?"

"아, 알았어. 자네가 원하는 대로 말해주지. 사실은 요즘 교토에 칼싸움이 잦아져서 주민들이 모두 도망쳐버렸다네. 그건 그렇고, 카메라 좀 닦아주지 않겠나."

"아, 알았소이다."

신베에는 품에서 빳빳하게 풀을 먹인 손수건을 꺼내어 카메라를 닦기 시작했네.

"당신, 이 카메라 아나?"

"소인은 촌놈이라……"

"미첼 NC사운드라는 놈이야. 1920년대 중반에 수입된 노병이지만, 미군에게 사정해서 이 싱크로너스 모터를 교환했더니 초당 삼십이 컷 정속 동시녹음이 가능한 신품으로 변신했지. 새로운 기종들도 많지만 이놈이 관록 있어서 좋아."

커다란 렌즈를 보자 신베에는 깜짝 놀란 듯이 몸을 비켰어.

"하면 박래품(舶來品)이란 말이오?"

"하하하, 재미있는 말을 하는군."

"밀서에 의하면, 다가올 열풍의 밤을 기해 교토에 불을 지르고, 그 혼란을 틈타 황족을 납치한다고……"

"그렇지, 교토 대신 아이즈 공(公)을 벤 다음, 황공한 일이지만 천황 폐하를 조슈(長州)로 모셔간다는 계획이야."

대본에는 분명 이런 대화가 있었지. 나도 그랬지만 이 엑스트라도 대본을 모두 외우고 있었던 모양이었어.

"그렇다면, 이것도 이번 거사에 사용할 대포요?"

"그렇고말고. 어이, 다리도 좀 닦아. 녹이 슬면 안 되니까."

손수건으로 물기를 닦으면서 신베에는 이해가 간다는 듯 고개를 끄덕였다.

"그런데 댁은 어디서 오신 누구신지?"

"카메라맨 가와마타라고 하네."

"아…… 가메다(龜田)라면, 오슈 데와의 가메다 번에서 오셨소?"

"그리 생각하고 싶으면 그렇게 해."

"그 먼 길을, 정말 고생이 많았소이다. 우국충정을 같이하는 사람으로서 정말 마음 든든하오. 신시대의 개벽에 앞장서는 가와마타 님, 소인도 미력이나마 나라와 민초를 위해 이 한 몸 바칠 생각이오. 이미 이 목숨은 내 것이 아니오. 모든 것을 바치겠소."

신베에는 카메라를 닦으면서 눈물을 흘리고 있었어.

누군가에게 심장을 꽉 쥐어잡히는 듯한 느낌이 들더군. 나는 그 사내가 누구며 어떤 과정을 거쳐 캐스팅되었는지는 몰랐어. 그러나 자신의 목숨을 폐허로 변한 국가와 국민을 위해 바치겠다는 그 말이 내 가슴을 친 거야. 우리는 우리 자신을 위해서가 아니라, 살아갈 희망을 잃어버린 국민에게 영화라는 오락을 바치는 것이라고 생각했지.

"당신, 정말 고생이 심했나보군."

"굶주리는 백성을 생각하면 이게 무슨 고생이라 할 수 있겠소. 병졸 신세라 배곯는 데는 이골이 났지만, 남에게 내세울 만한 그런 고생은 아니외다. 그런 말을 하는 것 자체가 불평이 아니겠소."

이 남자는 분명히 남방 전선에서 기아에 허덕였던 경험이 있는 거라고 생각했네.

문득, 오가사와라 우라쿠나 오노에 고단지가 이 남자의 입을 빌려 자신의 생각을 이야기하는 것 같은 느낌이 들었네. 그들은 한결같이 전쟁 때의 고생은 한마디도 하지 않았어. 술자리에서 그런 이야기가 화제에 올라도 늘 고개를 돌려버렸지.

떠올리기도 싫었을 거야. 그리고 그런 말을 하면 불평이 되어버려. 그들은 분명 그런 풀 길 없는 울분과 부조리를 모두 영화에 쏟아부어, 배고픈 국민을 위해 있는 힘을 다하고 있음이 틀림없었어.

먹구름은 교토의 서쪽 하늘에 머문 채 꼼짝도 하지 않았어. 번쩍이는 번갯불이 상가의 봉당에 우두커니 앉은 사무라이의 모습을 오래된 초상화처럼 비추고 있었지.

"당신, 표정이 좋군. 클로즈업을 하면 아주 좋겠어."

신베에는 소년처럼 부끄러워하며 고개를 숙이고 웃었어.

"기다리는 데는 익숙하다오."

우라쿠가 이 남자를 그냥 지나칠 리 없다는 생각이 들었어. 결코 잘생긴 얼굴은 아니었지만, 빈상이면서도 겸손하고 청렴한 느낌이었어. 이것이야말로 근왕의 지사의 모습이 아닌가 하는 생각이 들더군.

"비가 갠다 해도 물웅덩이가 생길 테니 오늘은 안 되겠어."

조감독이 메가폰을 들고 산조 거리를 마구 뛰어다니며 외쳐댔어.

"오늘 촬영은 중지합니다. 내일 7월 9일 밤 열시에 모여주세요. 진행은 오늘과 같습니다. 오늘은 이것으로 해산, 수고하셨습니다."

배우들은 아무 상관 없지만, 촬영이 연기되면 우리 같은 스태프들은 해야 할 일이 태산이야. 특히 촬영과 조명 담당자들은 장비를 모두 모아놓고 자신들도 세트에서 밤을 보내야 했지.

"내일이 7월 9일이라…… 이상한 일이로군."

산조 거리의 오픈 세트에 내리는 비를 바라보며 신베에는 고개를 갸우뚱하더군.

그리고 그날 밤 뭘 했더라?

아, 그렇지, 우라쿠와 함께 배우회관에 있는 고단지를 찾아갔었지. 신베에는 잠시 세트 안에서 멍하니 서 있다가 빗줄기가 가늘어지자 어디론가 가버렸어.

고단지도 긴장이 풀린 듯, 곤도 이사미의 의상을 그대로 걸친 채 도시락을 먹고 있었어. 대기실에 틀어박혀 혼자서 몇 시간이고 무념무상으로 역할에 몰입한 뒤에 촬영에 임하는 것이 고단지라는 배우의 습관이었지.

"갑자기 웬 비야. 맥이 빠지는군. 내일 이 시간에 다시 해낼 수 있을지, 자신이 없어."

고단지는 초췌한 표정으로 그렇게 말했어. 위풍당당했던 어깨에서는 힘이 빠져나가고, 뱃속 깊은 곳에서 울려나오는 듯한 낭랑한 목소리도 풀이 죽어 있었어.

그가 자신의 입으로 전장의 경험을 이야기한 것은 그때뿐이었어.

"라에 비행장에서 몇 번이나 특공대를 배웅한 적이 있었는데, 술 대신 물로 건배를 하고 드디어 출격을 맞이한 순간 갑자기 소나기가 내리는 거야. 생각지도 않은 오랜 비 때문에 출격이 중지되고 말았어. 그때 파일럿의 얼굴은 정말 뭐라 표현할 수가 없었어. 적진으로 침투할 때도 그런 일이 있었지. 하얀 두건을 두르고, 술 대신 물로 작별인사를 나누고 단번에 사람 다섯은 베어버릴 기세로 자리를 일어서는데 중지 명령이 떨어진 거야. 마치 실이 뚝 끊어져버린 듯한 느낌이었어. 목소리도 낼 수 없을 정도로 그냥 맥이 빠져버렸지. 거창하게 목숨을 건다는 말은 할 수 없지만, 지금도 마음만은 그때와 같아."

대스타란 그런 거야. 그 말을 들으니, 스태프는 장인이지만 배우는 예술가라는 말을 절감하지 않을 수 없었어.

그리고 고단지는 의상을 벗고 분장을 지운 다음 우리와 함께 술을 마셨지. 촬영에 들어가면 술을 끊는 것이 그의 원칙인데, 그날 밤만은 마시지 않을 수 없었던 모양이야. 고단지로서는 모든 것을 백지로 돌리고, 다음날 저녁때까지 기분을 다시 최고로 끌어올릴 필요가 있었던 게야.

우라쿠도 술을 끊은 상태였지만, 그날 밤만은 꽤 마셨어. 그런 다음 두 사람은 소파에 누워 잠이 들었어.

원체 술이 세서 취해본 적이 없는 나는 두 사람이 잠든 후에도 술을 홀짝거리며 대본을 읽어보았지. 촬영이 끝날 때마다 노래방에 가서 시끌벅적하게 놀아야 되는 요즘 젊은것들은 상상하기 힘든 일일 테지만, 옛날엔 배우나 스태프 들의 술안주는 언제나 필름과 대본이었어.

그때 문득 생각이 나더군. 그 사무라이, 다치바나 신베에.

등장인물을 살펴보니, 이케다야에 모이는 지사들 가운데서도 이름이 있는 배역은 미야베 데이조를 포함해 다섯 명. 이 사람들은 배우라 부를 수 있는 조연급이야. 다음으로 '지사A'에서 '지사E'까지 다섯 명. 이 사람들은 약간의 대사와 클로즈업 장면이 있는 단역 배우들이야. 그 외 열 명은 검극회(劍劇會)에서 캐스팅한 엑스트라인데, 화면에 나오기는 하지만 대사나 클로즈업은 없는 역할이지.

대본 어디에도 다치바나 신베에라는 배역은 보이지 않았어.

나는 우라쿠를 깨워 물어보았지.

"감독, 이 대본에 변경사항은 없지?"

우라쿠는 눈앞의 대본을 멀뚱멀뚱 바라보더니 귀찮다는 듯이 대답하더군.

"바보 같은 놈. 내가 써놓은 거 안 보여? 감독이 최종본도 없이 어떻게 촬영을 하나."

"그런데 아까 그 다치바나 신베에라는 사무라이가 나오는 장면은 없는데?"

"다치바나? 아, 그 지각한 엑스트라."

우라쿠는 그렇게 말하더니 눈을 동그랗게 뜨고 벌떡 몸을 일으켰네.

"아, 깜빡 잊고 있었어. 그 배우 아주 분위기가 좋더구만. 리허설 때도 못 봤는데, 검극회 소속인가?"

"아무렴 어때. 그 친구, 써먹어야겠어. 자기 역할에 푹 빠져서 말이야, 마치 진짜로 싸움을 앞둔 검객이 된 듯한 말투였어. 틀림없이 멋진 연기를 할 수 있을 거야."

"좋아, 내일 촬영 때 바로 쓰지 뭐. 마침 계단에서 떨어져야 하는 엑스트라가 리허설 중에 다쳐서 누구 없을까 생각하던 참이었어."

"대사도 하나 주는 게 어때? 말투도 분위기 있던데."

흠, 하고 잠시 생각하더니 우라쿠는 대본의 여백에 빨간 펜으로 재빨리 몇 자를 끄적였어.

"다치바나라고 했지. 한자는 귤(橘)자 하나만 쓸까, 아니면 설립(立)자에 꽃 화(花)자를 쓸까?"

"그야 두 글자짜리겠지."

그렇게 대답하면서 나는 문득 이상한 기분이 들었어. '다치바나 신베에'라는 사무라이의 이름이, 마치 실재했던 인물인 것같이 머릿속에 '立花新兵衛'라는 글자가 떠오르는 거야.

"신은 새로울 신(新)을 쓰겠지?"

우라쿠는 당연한 듯이 중얼거렸어.

"좋은 이름이야. 근왕의 지사 역에 어울려. 이 이름을 대본에 넣는 건 어떨까?"

"물론 좋은 이름이야. 그렇지만 노부오, 지금까지 얼굴도 내민 적 없는 사람의 이름이 갑자기 이케다야에서 나오는 건 좀 곤란하지 않을까?"

"그러니까 재미있잖은가. 이케다야 장면은 너무 많이 써먹었어. 영화니 연극에 식상해진 관객들이, 다치바나 신베에가 대체 누구지? 하고 흥미를 가질 것 아닌가. 이케다야의 계단에서 떨어진 사람은 히젠 오무라 번사 다치바나 신베에였다, 앞으로도 이런 장면이 또 나올지도 모르잖아?"

"역사를 만들어버리잔 말이로군. 재미있겠어. 좋아, 해보자구."

오가사와라 우라쿠는 유능한 시나리오 작가이기도 했지. 그때도 별 고민도 하지 않고 펜을 놀리더니 다치바나 신베에가 나오는 장면을 만들어버리더군.

"이러면 어떨까? 곤도 이사미, 명검 고테쓰를 들고 계단 입구에 선다. '저항하는 자는 사정없이 벨 것이다. 목숨이 아까우면 순순히 항복해라!' 바로 그때 오른쪽에서 다치바나 신베에가 칼을 빼들고 등장. '히젠 오무라 번사 다치바나 신베에, 내 목숨은 이미 황국의 신전에 바쳤다. 어서 덤벼라!' 두 사람이 두세 번 칼을 부딪치다, 곤도, 기합을 넣으면서 다치바나의 배를 가른다. 다치바나, '욱! 안타깝도다. 황국의 번영을 기원하노라.' 그 다음 계단에서 떨어져 바닥에 구르는 다치바나의 시체를 계단 위에서 클로즈업. 어때, 노부?"

"아주 좋아. 클라이맥스 중의 클라이맥스!"

그때 건너편 소파에 누워 있던 고단지가 기지개를 펴며 깨어났어.

"어이가 없군. 특공대의 혼을 가진 엑스트라? 목숨은 이미 황국에 바쳤다고? 황국의 번영을 기원한단 말이지. 허허, 너무 웃겨서 배꼽이 빠질 지경이로구만. 어이, 거기 두 사람. 당신들은 만주나 중국에서 어떻게 싸웠는지 모르겠지만, 나는 여태 그런 멋진 말을 남기고 돌격하는 놈은 하나도 못 봤어. 돼지처럼 살찐 장교들에게 훈시를 받고 벌벌 떨면서 돌격하는 놈들은 한결같이 엄마를 찾았을 뿐이야. 정글 속에서 깍깍대는 까마귀처럼 엄마를 외치는 소리가 아직도 내 귀에 들려. 난 그런 말도 안 되는 연기는 못 하네!"

내뱉듯이 그렇게 말하고 고단지는 마시다 만 술병을 들고 방을 나가버렸어. 복도의 긴 의자에 쭈그린 채 잠들어 있는 조수에게 마구 소리치며 발길질을 해대는 소리가 들려왔지.

"고단지 씨, 갑자기 왜 저래?"

우라쿠는 불안한 눈길로 나를 바라보았어.

"술에 취해서 그럴 거야. 내일이면 아무 일 없을 테니 걱정 마."

"역시 '황국'이니 '황국의 번영'이니 하는 말은 빼는 게 좋겠어.

연합군 총사령부의 검열에 걸릴지도 모르니까."

결국 우라쿠가 고친 대본에서 다치바나 신베에의 대사는 이렇게 바뀌었어.

'히젠 오무라 번사 다치바나 신베에, 죽음 따위는 두렵지 않다. 어서 덤벼라!'

'욱! 안타깝도다. 이 원한은 죽어서도 잊지 않겠다, 곤도 이사미.'

"어떻게 전개될지는 모르겠지만, 왠지 어두운 이야기네요."

오히나다가 내 귀에 대고 속삭였다.

"그래요, 영화의 내막이나 촬영소 같은 곳이란 원래 어두운 곳이니까 말입니다."

영화라는 장엄한 거짓말의 세계 내부에서는 일반인들이 상상도 못 할 일들이 얼마든지 일어날 듯한 느낌이 들었다. 감독을 비롯해 스태프나 출연진 들의 개인적인 정념이 렌즈를 통하여 하나의 필름에 배어든다. 그리고 무서운 일은, 영화가 완성되는 순간 그러한 정념은 모두 '거짓말'이 되어버린다는 것이다.

예를 들어 스크린 속에서 나뒹구는 시체가 진짜 시체가 아니라는 보장은 어디에도 없다. 어떤 공포영화에 진짜 처녀귀신이 나타났다 해도, 관객들은 잔뜩 겁에 질릴지언정 설마 그것이 여배우가 아닌 다른 존재라고는 생각하지 않는다. 또는 전투 장면을 촬영할 때 많은 사람이 부상을 입고 때로 죽는 사람이 나와도 이상할 것이 없지만, 그런 얘기는 물론 겉으로 알려지지 않는다.

즉, 촬영중에 무슨 일이 일어나든 완성되는 순간 모든 것은 '거짓말'이 되고 마는 것이다. 영화라는 것이 음침한 것은, 은막 뒤에 감추어진 진실 때문이다. 그런 것이 영화관의 어둠 속에서 혼령처럼 관객의 가슴에 전달되었을 때, 사람들은 거짓임을 알면서도 기뻐하고 두려워하고 또 감동하는 것이다.

실내 온도는 쾌적했지만 벽난로 앞에 앉은 가와마타 노인은 애스콧타이를 풀고 손수건으로 이마의 땀을 닦았다.

"차가운 샴페인 한 잔 부탁하네. 목이 타서 말이야."

웨이터가 잔을 가지고 오자 가와마타 노부오는 변함없는 목소리로 이야기를 이었다.

그와 동시에 끈적한 여름밤의 공기가 사람들의 피부를 휘감았다.

밤새도록 비가 내렸지만 바람 한 점 없는 무더운 밤이었어.

우라쿠가 새로 고친 대본을 들고 내가 배우회관을 나선 것은 촬영소가 정적에 싸인 한밤중이었지. 곳곳에 물웅덩이가 생긴 길을 걸어가 손전등을 비추면서 오픈 세트 안으로 들어서자, 마치 시간을 뛰어넘어서 막부 말기의 교토 거리에 들어선 듯한 서늘한 기분에 사로잡혔어.

생각해보면 고작 팔십 년 전의 이야기에 지나지 않았지. 그 동안 일본이 눈이 핑핑 돌 정도로 급격하게 변했으니 마치 먼 옛날인 듯한 착각이 들 때도 있지만, 실은 에도 시대에 태어나 아직 살아 있는 노인들도 적지 않았어. 그 당시까지 건재했던 나의 할아버지 역시 1866년생이니까, 곤도 이사미나 히지가타 도시조와 같은 하늘의 공기를 마시고 있었던 거지.

빗속을 걸어가면서 문득, 일본이란 나라는 왜 이리도 파란만장한 것인가, 하고 쓸데없는 생각을 했다네.

참, 그때 나는 위스키 병과 먹다 남은 도시락을 가방 안에 넣어두고 있었어. 카메라를 지키는 조수가 꽤 배가 고플 거라는 생각에서였지. 그런데 카메라를 넣어둔 산조 거리의 세트장 안으로 들어가보니 조수의 모습이 보이지 않는 거야. 미첼 세 대와 조명장비가 봉당 한구석에 멍석을 덮어쓰고 있을 뿐이었어.

물론 그 다음날 놈들을 혼내줬지. 밤새 지키라고 명령한 장비들을 내팽개치고 숙소로 가버린 거야. 아마 혼자였다면 참고 보초를 섰겠지. 그런데 젊은놈 둘이 같이 있다보니, 이런 비 내리는 밤에 설치고 다니는 도둑이 세상에 어디 있냐, 내일 아침 일찍 나오면 들킬 리가 없으니까 가서 밥이나 먹자고 튀어버린 게지.

봉당에는 점령군에게 얻은 간이침대와 모포가 있었어. 알루미늄 틀에 올이 굵은 천을 두른 간이침대는 자기도 편하고, 접어서 가지고 다니기도 좋아서 로케이션 현장에서는 꽤 소중한 물건이었어.

빗소리를 들으면서 간이침대에 누워보았지만 열대야 때문에 좀처럼 잠들지 못했네. 자두지 않으면 내일 촬영에 지장이 생길지도 모른다는 초조감이 생기자 눈은 더 말똥거리더군.

처마 아래로 나와서 내리는 비를 바라보며 담배를 피워물었지. 그렇게 멍하니 오픈 세트가 늘어선 거리를 바라보다가 문득 좋은 생각이 떠올랐어. 산조 거리 건너편 이케다야 세트에는 다다미방과 이불도 있고, 소도구로 쓰는 찻잔이나 촛불도 있을 테니 거기서 한잔 더 하고 자면 되겠다는 생각이었지. 그래서 바로 위스키와 도시락을 들고 이케다야 쪽으로 달려갔어.

문을 여니 교토의 상가를 충실하게 재현한 세트 안에서 새 다다미와 나무 냄새가 풍겼네. 나는 손전등으로 발밑을 비추면서 계단을 올라갔어.

난간을 따라 복도를 돌아들면 칸막이가 쳐진 방이 세 개 있어. 하나는 다다미 여섯 장, 그 건너편에 여덟 장짜리와 네 장짜리 방이 있었지.

그런데 그 네 장짜리 방에 촛불 그림자가 비치고 있는 거야.

놀라지는 않았어. 세트장에서 장비를 지키고 있던 조수들이 나와 똑같은 생각으로 이케다야에 들어온 거라 생각했으니까.

일단 한마디 야단이라도 쳐야겠다는 생각을 하면서 복도를 걸어가는데, 갑자기 촛불이 꺼지면서 어둠 속에서 "누구냐!" 하고 외치는 소리가 들렸어.

그 목소리의 주인이 누구인지는 금방 알 수 있겠더군.

"아, 다치바나 씨 아닌가."

"그렇소. 아, 그 목소리는 가와마타 님?"

"마침 잘됐군. 좋은 소식이 있네. 감독의 눈에 들었어, 당신."

문을 열자 신베에는 손전등의 불빛을 손으로 가렸어.

"열정은 잘 알겠지만 옷 정도는 갈아입는 게 좋지 않겠나? 그리고 꼭 이런 데서 자지 않아도 돼."

성냥을 그어서 촛불에 다시 불을 붙였지. 휑한 방 안에서 신베에는 무릎을 모으고 앉아 있었어.

"오가사와라 님이 소인을 어떻게?"

"당신은 자세가 됐다고 말이야. 내일은 당당하게 근왕의 지사 역을 하게 되었어. 아주 좋은 기회야."

"아니! 오가사와라 님이 나를 근왕의 지사로 발탁했단 말이오?"

"그래. 나도 추천했고. 당신이라면 틀림없이 잘해낼 거라 믿어."

"가와마타 님!" 하고 감격에 겨워 말을 잇지 못하면서, 신베에는 다다미 바닥에 두 손을 짚고 고개를 숙였어.

"정말 황공한 일이오. 밀서를 받았을 때는 나 같은 소인배가 무슨 일을 할 수 있을지 머리를 싸매고 고민했다오. 이제 탈번(脫藩)한 보람이 있소이다. 뭐라고 감사의 말을 올려야 할지……"

신베에는 뼛속까지 배역에 몰입해 있었어. 한편으로는 웃기기도 하고 안쓰럽기도 했지만, 결코 웃어서는 안 된다는 생각이 들더군.

"상대는 결코 만만치 않아. 신센구미 국장 곤도 이사미……"

"앗!" 하고 비명을 지르며 신베에는 고개를 들었어. 자신의 역할이 얼마나 중요한 것인지 이해한 듯, 검푸른 분장을 한 얼굴에는 투지가 가득했어.

"소인, 신분은 사무라이지만 그건 이름뿐, 말단에서 공도 세우지 못하는 처지였지만, 검술이라면 어느 정도 자신이 있소이다. 곤도 이사미라면 상대로서 부족하지 않소. 정정당당하게 싸운다면 반드시 이길 자신이 있소이다."

"그 기개, 정말 대단하네. 그건 그렇고, 배고프지 않은가? 괜찮다면 이거라도 좀 드시게."

나는 가방에서 도시락과 위스키를 꺼내 신베에게 권했어.

"정말 고맙소이다. 사실은 아까부터 배가 고파 잠을 못 이루고 있었소이다. 옆집에 가보니 주연 준비가 되어 있었지만 이상하게도 그릇이란 그릇은 모두 텅 비어 있었소. 아래층에도 아무도 없고 술과 밥은커녕 우물물도 다 말라버리고 없더이다. 그런데 다른 분들은 다 어디로 가버렸소이까?"

칸막이 문을 열어보니 여덟 장짜리 방에는 리허설 때 사용한 상이 그대로 놓여 있었어. 배우와 스태프들이 갑자기 비를 만나 촬영 장비를 정리하러 나갔다가 그대로 모두 숙소로 돌아가버렸던 거야.

나는 상을 끌어당기곤 찻잔에다 위스키를 따랐어.

"내일은 아침부터 물웅덩이를 처리해야 하니까 집에도 못 가고 배우회관에서 새우잠을 자고 있을 테지. 당신도 배를 좀 채우고 나서 그쪽에 가서 자도록 하게."

도시락 뚜껑을 열고 주먹밥과 반찬을 소도구로 쓰는 접시에 옮긴 다음, 길가 쪽 창을 열어보니 다행히 비는 그쳤더군.

위스키를 한 모금 들이켜더니 신베에는 신음을 뱉어냈어.

"왜 그러시나, 다치바나 씨?"

"아…… 면목 없소. 가와마타 님, 나 같은 시골 사무라이는 보고 듣는 것마다 죄다 놀랄 일들뿐이오. 아랫방만 오가며 고향을 떠날 기회도 없었기에 탁주 외에는 입에 대본 적이 없소이다. 그런데 이 술, 정말 독하구려."

나는 더이상 참지 못하고 비 갠 하늘의 어둠 저편을 향해 웃음을 터뜨리고 말았어. 일단 웃기 시작하니 도저히 참을 수가 없더군.

"가와마타 님, 촌놈이라고 너무 놀리시는 것 아니오?"

제발 그만해, 다치바나, 라고 말하고 싶었지만 웃느라 말을 할 수도 없었어. 나는 창틀을 부여잡고 숨이 넘어갈 정도로 웃었지.

"양이(攘夷)가 개국(開國)으로 변절한 것은 시대의 대세에 따른 어쩔 수 없는 일이었을 것이오. 그러나 교토의 거리가 이렇게나 서양 문명에 감화되었을 줄이야 꿈에도 생각지 못했소이다. 참으로 부끄럽기 그지없소."

"알았으니 이제 제발 그만 하게. 잠자코 밥이나 먹어."

웃으면서도 나는 감탄하지 않을 수 없었지. 이 남자는 사극 배우로서 뛰어난 자질을 지니고 있다는 생각이 들었어. 아무리 배역에 뼛속까지 몰입했다고 해도 이런 애드리브를 할 수 있다니, 보통 재능이 아니었지.

"어쨌든 빨리 먹고 배우회관으로 가서 좀 쉬도록 해."

배가 많이 고팠는지, 위스키에는 다시 입을 대지 않았지만 음식은 하나도 남김없이 다 먹어치우더군.

"그런데 가와마타 님, 동지들이 모이는 그 무슨 회관인가 하는 곳은 어디에 있소이까? 조슈 번 저택이오?"

"자네, 이 촬영소 처음인가?"

"너무 놀리지 마시오. 아까부터 말했다시피 보고 듣는 것 모두 처음이라고 하지 않았소이까."

"그럼 이리 와서 보게. 저기 산조 고하시를 건너서 오른쪽으로 돌면 유곽의 오픈 세트가 있고, 곧장 나아가서 불이 켜진 망루 사거리에서 오른쪽으로 꺾으면 스테이지 건물이 있어. 바로 그 앞이야."

손가락에 묻은 밥풀을 입으로 가져가면서 신베에는 내가 가리키는 어둠 저편을 향해 눈을 가늘게 떴어.

"아까부터 여러분이 사용하는 서양말은 이미 알아듣기를 포기했소만…… 어쨌든 저기 보이는 다리를 건너 오른쪽으로, 다시 사거리에서 오른쪽으로 가면 된다는 말이지요?"

"그래, 현관에 수위가 있으니까 수면실이 어디냐고 물어봐. 다들 잠들어 있겠지만 적당히 자리를 잡고 자면 돼."

"당신은 어떻게?"

"나? 나는 같이 못 가. 여기서 카메라를 지켜야 해."

"자지도 않고 보초를 서다니 고생이 많소이다. 소인만 편하게 잠을 자다니 참으로 미안한 일이오."

"됐네, 됐어. 자, 빨리 가."

솔직히 말하면 이쯤되자 머리가 돌 것 같았어. 나는 허리에 칼을 차고 일어서는 신베에에게 손전등을 내주면서 복도로 내보냈지.

"조심해서 가. 가서 푹 자라구."

신베에는 발밑을 비추면서 계단을 내려가다 멈춰 서더니, 나를 올려다보면서 빙긋 웃더군. 거무스름한 얼굴에 하얀 이가 두드러져 보이는 아주 시원스런 웃음이었어.

"이것 정말 편리한 물건이구려. 교토에서는 이제 등불 같은 건 사용하지 않소이까?"

"안 써, 안 써. 자, 어서 가기나 해."

"안녕히 주무시오. 흐음, 시대란 참으로 무서운 것이야. 그러나 소인은 아무리 시대가 바뀌어도 상투를 자르고 칼을 버리고 자루 같은 바지를 입을 용기는 없소이다. 그럼 이만 실례."

나는 고개를 절레절레 흔들면서 자리로 돌아왔지. 신베에가 남긴 위스키를 마시고 산조 거리가 내려다보이는 창가에 섰어.

손전등으로 발밑을 비추면서 신베에는 사무라이다운 걸음걸이로 곧장 걸어가고 있었어.

'아, 대본을 줘야 하는데!'

문득 우라쿠가 새로 고친 대본을 신베에에게 건네주어야 한다는 생각이 든 나는 가방 속에 넣어두었던 대본을 꺼내 아래로 달려내려갔어.

"어이, 이거, 이걸 가져가야 해!"

오픈 세트의 기와지붕 위에 실같이 가는 초승달이 걸려 있었지. 산조 고하시 건너편의 수양버들 아래서 내 목소리에 뒤돌아본 채, 다치바나 신베에의 모습은 그대로 어둠 속으로 잠겨들어갔어.

"이런, 괴담이었습니까?"

생각지도 않은 방향으로 이야기가 흘러가자 여장 회장은 가와마타 노인의 말을 끊었다.

"아닐세, 마담. 괴담은 아냐."

"그렇지만 수양버들 아래서 사라져버리다뇨. 괴담이지 않습니까, 여러분?"

손님들은 웅성거리기 시작했다. 가와마타는 한숨을 내쉬면서 사람들의 얼굴을 한 번 휙 둘러보았다.

"공교롭게도 손전등의 전지가 다 닳은 게지. 오픈 세트에는 가로등 따위가 없으니까 코앞도 안 보일 정도로 캄캄해. 그는 어디가 어딘지도 모른 채 무작정 걸어서 배우회관까지 갔었을 거야. 하기야 그것도 확실하지는 않지만."

오히나다는 향냄새가 밴 하오리 소매로 입을 가리고는 내게 속삭였다.

"어떻게 생각하십니까?"

"글쎄요" 하고 나는 고개를 저을 수밖에 없었다.

"괴담이라면 오히려 마음이 편하겠군요."

오히나다는 고개를 끄덕였다.

"저도 그렇습니다. 마담도 무례를 범한 건 아니에요. 괴담이면 좋겠다는 소망을 담고 말한 거지요."

고작 백삼십 년 전의 막부 말기를 머나먼 역사 속의 시대로 착각할 정도로 일본은 급격하게 변해버리고 말았다. 아버지와 할아버지가 태어난 해를 더듬어보고, 나를 무릎에 앉혀준 기억이 있는 증조할아버지가 태어난 해가 메이지 시대인 1869년이란 걸 생각하면, 에도 시대는 분명 역사라고 부르기에는 너무 가까운 과거이다. 가와마타 노인이나 회장처럼 나이 든 참석자들은 그런 감회가 한결 더할 것이다. 그들이 아직 젊었을 때였던 전쟁 직후의 시대는, 아무리 헤아려보아도 에도 시대에서 고작 팔십 년밖에 흐르지 않은 때였던 것이다.

급격히 변해버린 국가에서 전 국민이 한결같이 착각하고 있는 '먼 옛날과도 같은 어제'야말로, 이 이야기의 진정한 공포였던 것이다.

목소리는 낭랑했지만 가와마타 노인의 얼굴은 창백해져 있었다.

"계속하시지요, 가와마타 선생. 부디 있는 그대로를 말씀해주세요."

내가 굳이 다치바나 신베에의 뒤를 쫓아가지 않은 데는 이유가 있었어.

그 정도로 자신의 배역에 푹 빠져 있는 그에게 미리 대본 같은 걸 줄 필요가 없다고 생각했던 거지. 생각을 너무 많이 하면 오히려 좋지 않을 수도 있으니까 말이야. 게다가 우라쿠가 적어넣은 신베에의 대사는 단 두 줄이었어.

'히젠 오무라 번사 다치바나 신베에, 죽음 따위는 두렵지 않다. 어서 덤벼라!'

'욱! 안타깝도다. 이 원한은 죽어서도 잊지 않겠다, 곤도 이사미.'

촬영 전에 대본을 보여주고 우라쿠가 약간의 연기 지도만 해주면 충분할 거라 생각했어.

나는 이케다야의 이층으로 돌아와 베개 대신 방석을 베고 깊은 잠에 빠져들었지.

이튿날은 구름 한 점 없이 맑았어.

배우회관에서 잤던 스태프와 엑스트라들은 이른 아침부터 총출동해서 산조 거리를 정리하기 시작했지. 우즈마사는 배수가 좋지 않아서 아무리 모래를 뿌려도 표가 나지 않아. 카메라가 크레인 위에서 내려다보면 조명이 물에 반사되기 때문에 절대로 물기가 남아 있으면 안 되지.

"오늘은 설령 하늘에서 화살비가 쏟아진다 해도 촬영을 끝내야 해. 고단지 씨가 내일부터 다음 작품 준비에 들어간다더군."

식당에서 녹차에 밥을 말아 먹으면서 우라쿠가 말했어.

"아, 그랬군. 또 무술 연습을 하나보지?"

"산 속을 뛰어다니며 삼나무를 상대로 격투를 벌이고, 폭포를 맞으며 좌선을 하고 그런다는구만."

"완전 우시와카마루*로군."

"그러니까 무슨 일이 있어도 오늘은 촬영을 끝내야 해."

그해 여름엔 비가 많이 와서 촬영 스케줄이 이미 며칠이나 연기된 참이었어. 어쨌든 일 주일에 두 편의 영화를 개봉하는 페이스니까 사흘만 미뤄져도 스태프와 배우의 일정이나 세트 사용 일정도 조정이 불가능해지고 마는 거야. 주연인 고단지뿐만 아니라 다른 요소들을 봐도 그날이 한계였지.

그래서 우리는 해야 할 일이 너무 많아서 그 다치바나 신베에 대해서는 까맣게 잊고 있었던 거야. 밤 열시에 촬영에 들어갈 때까지 그의 모습을 본 기억이 없어.

마지막 날이니만큼 감독이 따로 지시할 것도 없이 정해진 시각에 이케다야 여관의 이층에서 지사들이 논쟁을 벌이는 장면의 촬영에 들어갔어.

─────────

*헤이안 시대의 무장이었던 미나모토 요시쓰네의 어릴 적 이름.

그때, 어느새 나타난 다치바나 신베에도 그 자리에 앉아 있었어.

다다미 여덟 장과 여섯 장 넓이의 방에 칸막이를 사이에 두고 스무 명의 지사가 앉았지. 아니, 정확히 말해 스물한 명이었지만 한 사람이 늘어난 것을 아무도 눈치채지 못한 채 어제보다 더 좁아진 듯한 느낌이 드는 자리에서 큐 사인이 떨어졌어.

나는 하룻밤을 지낸 그 다다미 네 장짜리 방에 미첼 카메라를 설치했지. 어두운 칸막이가 스크린의 삼분의 일 정도를 막아 방 안의 명암을 뚜렷이 드러내주었어.

지사들의 논의는 렌즈 너머로 바라보는 나도 탄성을 내지를 만큼 열연이었어.

"그러나 미야베 님, 아무리 의거라고는 하지만 천황 폐하가 계신 곳에 불을 지르면 후일 폭거로 벌을 받게 될지도 모르오. 다시 한번 생각해봄이 어떻겠소이까."

"아니야, 천황 폐하를 날이 밝기 전에 조슈까지 모시려면 다른 방법이 없네."

"그럼 열풍이 불지 않을 때는 어떻게 할 생각이시오?"

"바람은 불어. 반드시 불 게야. 신불(神佛)이 우리의 의거를 돕지 않을 리 없지."

그때 벽 쪽에 앉아 있던 다치바나 신베에가 나섰어.

"잠깐! 소인, 그 건에 대해서는 찬성할 수 없소이다."

일동은 눈을 동그랗게 뜨고 신베에를 돌아보았지.

'……우라쿠가 또 대본을 고친 건가. 고쳤으면 고쳤다고 촬영팀한테도 말을 해줘야지.'

치미는 울화통을 억누르면서 나는 신베에를 클로즈업했어.

"소인, 몽고 내습 때 분 바람이 신풍(神風)이라고는 믿지 않소. 유신은 사람의 손으로 하는 것, 구국의 뜻이 이루어내는 것이 아니겠소이까. 우리의 의거를 신풍에 의존하다니, 도저히 지사가 할 말이 아닌 것 같소이다. 여러분, 다시 한번 생각해보시기 바라오."

신베에는 그 자리에 벌떡 일어서서 날카로운 눈길로 일동을 둘러보았어. 멋진 명대사였지. 스태프나 배우들이, 그리고 관객 모두가 경험해왔던 질 나쁜 칼싸움의 본질을 질책하는 듯한 그 말에 나는 가슴까지 후련해졌어.

잠깐 침묵이 흐른 뒤, 미야베 데이조 역의 배우는 중얼거리듯이 말했다.

"……귀공의 말은 하나도 틀림이 없네. 우리는 지사야. 신불의 가호에만 의지해서는 안 돼. 한 사람 한 사람의 뜻에 따라 새로운 세상을 만들어보세."

"컷!"

복도에서 우라쿠가 외쳤어.

"최고야! 애드리브라고 생각할 수 없군. 오케이. 그럼 다음 장면으로 가자구."

이 나라에는 신불의 가호가 없었지만, 그날 이케다야의 세트에는 분명히 인간이 아닌 다른 무언가의 힘이 작용하고 있었어. 카메라가 포착한 배우들의 얼굴은 한결같이 나라의 안위를 걱정하는 지사의 표정 그 자체였지.

"감독, 그냥 흐름에 맡겨보는 게 어떻겠나. 나도 그대로 찍기만 할 테니까."

"알고 있네. 내가 나설 자리도 아니야. 마침내 영화의 신이 메가폰을 잡고 말았어."

그런 다음 나는 대본의 흐름대로 크레인에 올라, 산조 고하시를 건너서 이케다야로 향하는 신센구미의 모습을 찍었어.

이 장면도 한 번에 오케이 사인이 떨어졌지. 발밑에서 위로 비추는 반사판의 빛 속에 드러난 곤도 이사미의 모습은 숨도 못 쉴 만큼 완벽했네.

"이 밤중에 누구시오?"

벌벌 떠는 주인의 목소리에 고단지가 대답했지.

"교토 대신 아이즈 공의 지시를 받은 신센구미가 검문을 하러 왔다."

이 장면에도 예상외의 애드리브가 들어갔어. 대본에서는 주인이 문을 열고 불청객을 맞이하여 대화를 나누는데, 실제 촬영에서는 문을 닫은 채 말을 주고받은 것이야.

"이층에 계신 손님들, 검문입니다!"

계단 위로 올라가려는 주인을 봉당에서 대기하고 있던 카메라가 따라갔어. 그와 동시에 고단지가 버팀목이 걸린 문을 발로 걷어차서 부숴버렸지. 카메라는 구십 도를 돌아 그의 등을 잡았어.

고단지는 진검을 빼들고 주인의 등을 향해 내리쳤어. 타이밍이 너무 아슬아슬해서, 뿜어져나오는 피가 진짜 피처럼 보였을 정도였네.

감독은 그때까지도 컷을 외치지 않고 있었어. 조수들이 삼각대째 짊어진 카메라가 곤도 이사미와 오키다 소지의 뒤를 따라갔어. 총 세 대의 카메라는 피보라 사이를 뚫고 지나가면서 그야말로 인간의 눈이 되어 기온 요이미야의 참극을 처음부터 끝까지 찍은 거지.

이윽고 계단을 다 올라간 곳에서 온몸에 피를 뒤집어쓴 고단지와 다치바나 신베에가 대치했어.

"저항하는 자는 사정없이 벨 것이다. 목숨이 아까우면 순순히 항복해라!"

호흡도 흐트러지지 않고 뱃속 깊은 곳에서 울려나오는 듯한 목소리였어.

"히젠 오무라 번사 다치바나 신베에, 내 목숨은 이미 황국의 신전에 바쳤다. 어서 덤벼라!"

일순, 고단지의 표정이 굳어졌어. 그 대사는 어젯밤 고단지가 어처구니없다며 수정을 요구한 그 대사였으니까 말이야.

'……감독, 기어이 일을 저질렀군. 기어이 고단지가 싫어하는 대사를 넣고 말다니.'

나는 파인더에서 눈길을 떼고 우라쿠의 모습을 찾아보았지. 우라쿠는 복도 끝에서 두 사람의 연기를 가만히 지켜보고 있었어.

고단지는 귀신 같은 모습으로 외쳤어.

"이 나라는 결코 황국 따위가 아니야. 죽어라!"

처절한 기합 소리와 함께 두 사람은 세 번 칼을 부딪쳤어. 밝은 조명 아래서도 불꽃이 튀는 게 보였지. 위에서 내리치는 신베에의 칼날을 피해 고단지는 커다란 몸을 수그리면서 신베에의 상체를 갈랐어.

"욱! 안타깝도다. 황국의 번영을 기원하노라. 이 원한은 일곱 번 다시 태어나서도 잊지 않겠다, 곤도 이사미."

신베에는 아랫배에서 피를 철철 흘리면서 머리부터 거꾸로 계단 아래로 굴러떨어졌지.

봉당에 쓰러진 신베에의 얼굴을 클로즈업하면서 나는 조수에게 몸을 기댔어. 다리에서 힘이 빠져나갔던 거야. 입으로 피를 토하고 온몸을 바르르 떠는 신베에의 모습은 어디를 보나 고단지의 진검에 맞은 것 같았어.

"컷!"

우라쿠가 외쳤어. 나는 황급히 신베에를 일으켰지.

"어이, 진짜로 찔린 것 아냐? 괜찮아?"

"뭐 이 정도야……"

신베에는 중얼거리면서 일어서더군. 사람들은 박수갈채를 보냈지만, 그를 부축하고 있던 나는 웃을 수 없었어. 신베에의 배에서 흘러나오는 미지근한 피가 내 바지를 적시고 있었던 거야. 그리고 칼집 위로는 누런 창자가 비죽 나와 있었어.

나는 문득 생각했어. 이 남자를 '저편'으로 돌려보내야 한다고 말이야. 아니면 큰 소동이 벌어질 테니까.

"신베에, 일단 이곳을 벗어나세."

나는 우레와 같은 박수 소리를 뒤로하고 신베에를 산조 거리 쪽으로 데리고 갔지.

"조슈 번 저택으로 가면 숨겨줄 거야."

"……아니오, 가와마타 님. 나를 숨기면 그대도 위험하오. 추격을 받을지도 모르니 빨리 도망치도록 하시오."

우리의 뒤를 쫓아오는 것은 상가의 지붕에 설치된 투광기의 빛뿐이었어.

"저기 산조 고하시에서 북쪽으로 가면 조슈 번의 저택일세. 정신 똑바로 차리게, 신베에."

"고맙소. 반드시 재기하리다, 가와마타 님. 언젠가, 반드시!"

신베에의 몸은 다리를 건너는 동안 내 팔 안에서 점점 흐릿해져 갔어. 그리고 건너편 수양버들 아래에 이르자 마치 눈 녹듯 자취도 없이 사라져버리고 말았네.

"신베에!"

나는 어둠을 향해 외쳤지. 세트에 부딪쳐 돌아오는 메아리는 너무도 허망했어.

다치바나 신베에는 '저편'으로 가버린 거야. 안도의 한숨을 내쉬면서도 내 가슴에는 영문 모를 슬픔이 남았어.

"이렇게 다시 생각해보니, 그 남자는 역시 남방의 전장에서 죽을 고생을 하고 온 엑스트라였는지도 몰라."

브랜디 잔을 안락의자의 팔걸이에 올려놓고 가와마타 노인은 두 손으로 눈두덩을 문질렀다.

"저는 그게 더 무서운데요. 어떠신지요, 여러분은?"

대답하는 사람은 한 명도 없었다. 어둠 속으로 퍼져나가는 파이프 연기를 바라보면서 가와마타 노인은 후일담을 들려주었다.

"그 필름은 걸작이었어. 아니, 정확히 말하자면, 걸작이 되어야 했어. 특히 클라이맥스의 다치바나 신베에의 연기는 압권이었지."

"그게 찍혔단 말입니까?"

"물론. 그는 유령이 아니었으니까. 그러나 그 부분은 연합군 총사령부의 검열에 걸리고 말았어. '내 목숨은 이미 황국의 신전에 바쳤다'와 '황국의 번영을 기원하노라'라는 대사와 지사들의 연설은 국민감정을 선동한다는 이유로, 고단지와 신베에의 대결과 계단에서 떨어지는 모습은 너무 잔혹하다는 이유로 잘려버렸어. 즉, 공개된 필름에서는 신베에의 모습을 찾아볼 수 없게 된 거야."

사람들은 일제히 불만스런 탄식을 쏟아냈다.

"오가사와라 우라쿠는 눈물까지 흘리면서 억울해했어. 그런 장면은 두 번 다시 찍을 수 없을 거라고. 그리고 촬영을 마친 후에 알게 된 일이지만, 우라쿠는 신베에에게 대본을 주지 않았어. 물론 연기 지도도 전혀 한 적이 없었고. 모든 것은 신베에의 애드리브였던 거야."

가와마타 노인의 얼굴을 가만히 바라보던 오히나다가 불쑥 끼어들었다.

"애드리브가 아닐 겁니다. 그것은 아마도 다치바나 신베에라는, 저편에서 온 지사의 진실한 목소리였을 겁니다."

"곤란한 소리를 하시는군."

가와마타 노인은 퉁명스럽게 대꾸했다.

"선생께서도 사실은 그리 생각하고 계신 게 아닙니까?"

"그건 너무 괴로운 말이야. 그 남자가 1864년 음력 6월 5일 밤부터 몇 번이나 똑같은 일을 반복하고 있었다면 말이지."

"몇 번이나? 그건 또 무슨 말입니까?"

그렇게 묻는 오히나다의 목소리가 떨렸다.

"나중에 안 사실이지만, 우리 말고도 다치바나 신베에로 추정되는 사무라이를 본 사람이 많았어. 막부 말기를 무대로 영화를 찍으면 반드시 세트나 스테이지 주변을 어슬렁거리는 엑스트라가 하나 있다는 거야. 그렇다면 다치바나 신베에는 그날 밤 정말로 곤도 이사미의 칼을 맞고 계단에서 아래로 떨어진 근왕의 지사였을지도 몰라."

"그리고 산조 고하시 건너편까지 도망쳐서 수양버들 아래서 죽었다는 겁니까?"

어둠 속에서 들려오는 그 목소리에 가와마타 노인은 코웃음을 쳤다.

"그러니까 곤란한 소리라는 게지. 남방의 전장에서 죽을 고생을 하고 돌아온 엑스트라 배우라 생각하면 돼. 그걸로 끝이야."

여장 회장이 물었다.

"감독은 어떻게 되었습니까?"

"영화 팬이라면 다 알고 있는 대로지. 단, 그 필름을 잊지 못하는 스태프들은 그 이후로 막부 말기를 무대로 한 영상은 절대로 찍으려 하지 않았어."

"오노에 고단지는요?"

노인은 잠시 망설였다.

"이케다야의 촬영 때 부상을 입었다네."

"부상?"

"그래. 대결을 할 때 칼에 베인 거야. 신베에가 진검을 가지고 있었다고는 말하지 않았지만 말이야. 그 이후로 고단지는 얼굴로 보나 분위기로 보나 너무도 잘 어울리는 곤도 이사미 역을 절대로 맡지 않았지. 우라쿠의 영화에도 다시는 출연하지 않았어."

자신의 입에 담은 이야기를 묻어버리고 싶은 듯, 가와마타 노부오는 눈을 감고서 두 손을 맞잡았다.

"내가 할리우드의 아카데미에서 강연 전마다 꼭 하는 말이 있네. 아무리 영화 기술이 진보한다 해도 필름에다 사람의 마음을 담을 수는 없다고. 그것을 담으려는 노력은 필요하지만, 무리하면 좋지 않아. 영화의 한계를 아는 인간만이 좋은 영화를 만들 수 있어. 생각해보게. 그런 조그만 평면에 인간의 모습을 담으려 하는 것 자체가 신에 대한 반역이 아닌가."

침묵 속에서 가와마타 노인은 한참 동안 안락의자를 흔들고 있었다.

백 년의 정원

공중정원의 나무 사이로 잠들지 않는 도쿄의 야경이 한눈에 들어왔다.

하계(下界)의 꽃들은 이미 다 지고 말았지만, 고층빌딩의 정원에는 아직도 벚꽃이 활짝 피어 있었다.

한 아름도 넘을 것 같은 거목이 어떻게 이런 고층빌딩 옥상의 토양에 뿌리를 내리고 있는 것일까.

나무 아래를 걸으면서 내가 그렇게 묻자, 오히나다는 얇은 입술이 귀밑까지 올라가도록 웃었다.

"그보다는 이런 나무가 왜 여기 있느냐가 더 문제가 아닐까요?"

"묘목 때부터 키웠겠죠."

당연하다는 듯이 그렇게 말하고는 아차, 하는 생각이 들었다. 이 이상한 모임에 참가해서 이야기를 듣는 사이에, 어느새 나도 현실 감각을 잃어버리고 있었다.

"아무도 이걸 이상하다고 생각하지 않죠. 저도 이제야 느꼈으니까요. 이 벚나무가 묘목 때부터 자란 거라면, 옛 아오야마 영주의 저택 정원에 이 고층빌딩이 세워져 있다는 말이 됩니다."

커다란 나무가 우뚝 서 있고 발밑에는 풀이 무성한 정원은 공중에 있다고는 아무도 생각하지 못할 정도로 자연스러웠다.

"고민해봐야 소용없을 겁니다. 전문가의 기술에는 아마추어로서는 상상도 못 할 부분이 있으니까요."

산책로 앞에 긴 백발을 뒤로 묶은 노파가 쭈그리고 앉아 있었다. 늘어진 벚나무 가지를 비추는 빛 속에서 그 모습은 마치 인간이 아닌 다른 존재인 것처럼 작아 보였다.

노파는 어두운 얼굴을 부자연스럽게 뒤틀며 오히나다를 향해 미소를 보냈다. 턱이 빠지는 듯한, 인형 같은 웃음이었다. 그러고는 풀숲에서 일어나 웅얼거리는 목소리로 긴 인사를 늘어놓았다.

"혹시 오토와 다에코 씨의……?"

"네, 가루이자와의 정원지기랍니다. 단산 선생께서 오셨던 게 아마 재작년 여름이었던가요?"

"그때는 정말 감사했습니다. 오토와 씨는 어디 계십니까?"

오히나다는 사람들이 산책을 즐기고 있는 정원 쪽을 돌아보았다.

"공교롭게도 오늘은 오지 못했습니다. 그래서 제가 대신 참석했지요."

"그러고 보니 요즘에는 텔레비전이나 잡지에서도 얼굴을 뵙기 힘들더군요. 어디 불편하신 데라도?"

"그게……" 하고 노파는 말꼬리를 흐렸다.

"사실 오늘 제가 온 것은 그 이야기를 하기 위해서입니다. 이 모임의 회원들과는 오랫동안 친분을 갖고 있는 터라 가끔 연락을 해오는 분도 계신데, 그때마다 일일이 사정 설명을 하기도 뭣하고 해서 말입니다. ……그럼 이따 뵙죠."

작은 몸을 가부키 배우처럼 굽히면서 노파는 우리 사이로 빠져나갔다.

"여러분, 들어오시지요" 하고 집사가 불명확한 발음으로 말했다.

라운지로 돌아가면서 나는 오히나다에게 물었다.

"오토와 다에코라면 그 유명한 정원사 말입니까?"

"네, 요즘 여자들 사이에서 가드닝(gardening)이 대유행인 모양입니다. 우리는 아무래도 그 매력을 잘 모르겠지만, 이른바 서양식 가드닝이라더군요."

"가드닝의 여왕이라고들 하던데요."

오히나다는 입술을 비틀며 웃었다. 아무래도 예의 여왕에게 그리 호감을 갖고 있지 않은 것 같았다.

"여왕이라기보다 여왕님이지요. 이 모임에 참가한 것도 순수한 흥미에서가 아닙니다. 여기가 무슨 인맥을 만들기 위한 살롱인 줄로 착각하고 있어요."

"좀 위험한 사고방식이로군요."

텔레비전이나 잡지에서 보는 오토와 다에코는 '절세' 라는 표현을 써도 어색함이 없을 정도의 미녀이다. 나이는 마흔을 조금 넘긴 정도일까, 딱히 젊어 보이는 건 아니지만 나이에 어울리는 매력을 갖춘 여자였다.

그러나 명성이나 미모는 이 모임의 참가 자격이 될 수 없다. 그것을 착각하는 사람은 위험하다.

"확실히 위험해요. 여왕님은 말도 많고 발도 넓은데다가, 본인은 별다른 비밀도 없으니까 그냥 재미 삼아 이야기를 듣고 있기만 하죠. 그녀가 이 모임의 회원으로 어울리지 않는다고 회장에게 불평하는 사람도 있습니다."

영국의 옛 민가를 모방한 펜트하우스에 들어서자, 라운지의 조명은 꺼져 있고 테이블에 놓인 촛대에 불이 밝혀져 있었다.

오히나다와 나는 벽난로 가까이 놓인 앤티크 소파에 앉았다.

아직 어둠에 익숙해지지 않은 눈을 메인 테이블 쪽으로 돌리던 오히나다가 갑자기 "아!" 하고 외쳤다.

"묘한 일이 벌어질 것 같군요. 다음 순서가 저분인 모양입니다."

회장 바로 곁에 아까의 그 노파가 앉아 있었다.

"여왕님의 말을 대신 전하는 것 같지는 않은데요?"

"그런 것 같군요. 아무래도 오늘 참석하지 못한 사연이 심상치 않은 것 같습니다."

조용해지기를 기다렸다가 여장 회장이 말했다.

"여러분, 오늘도 이렇게 사고루를 찾아주셔서 감사합니다. 오늘 밤 네번째 이야기꾼을 소개해드리겠습니다. 가쿠라이 시게 씨는 오랫동안 우리 모임의 회원인 정원사 오토와 다에코 선생의 조수로 일해오셨습니다. 이미 얼굴을 아시는 분들은 왜 시게 씨 혼자 이 모임에 참가했는지, 게다가 왜 이야기꾼으로 등장했는지 이상하게 생각하실 겁니다. 누구보다 이분의 등장을 이상하게 생각하는 사람은 다름아닌 저 자신입니다만……"

회장이 부채로 입을 가리며 웃자 참석자들도 따라 웃었다.

지금까지 등장한 세 명의 이야기꾼은 각기 자기 분야에서 명성을 얻거나 일가를 이룬 사람들이다. 그러나 네번째로 등장한 가쿠라이 시게는 일흔이 넘은 나이에 화장도 하지 않고 인형처럼 작은 체구에다 휴양지의 햇볕에 잔뜩 그을리고 야윈 노파였다.

"자, 이야기 도중에 자리에서 일어서거나 잡담을 나누는 일이 없도록 해주시기 바랍니다. 이야기를 하시는 분은 절대로 과장이나 미화를 해서는 안 됩니다. 이야기를 들으신 분은 꿈에서라도 발설해서는 안 됩니다. 있는 그대로를 말씀하시고, 바위처럼 입을 굳게 다물어야 합니다. 이것이 바로 이 모임의 규칙입니다."

회장의 말에 가쿠라이 시게는 조용히 고개를 끄덕였다.

키에 맞지 않는 테이블 위에 팔꿈치를 올려놓고, 가쿠라이 시게는 의외로 또렷한 목소리로 이야기를 시작했다.

　가루이자와의 숲속에서 오랫동안 바깥 세상에 나오지 않고 살아온지라 이런 자리에는 너무 어울리지 않는 늙은이지만, 부디 이해해주시기 바랍니다.
　나는 다이쇼 말기에 산장지기의 오두막에서 태어난 이후로 한 번도 그 땅을 떠난 적이 없었어요.
　이 자리에도 가루이자와의 시코 산장에 와보신 분들이 많이 계시죠. 주인 오토와 다에코가 자신이 가진 모든 역량과 애정을 기울여 만들어낸 삼천 평의 숲과 정원이 있는 곳입니다.
　시코 산장의 정원은 요 몇 년 사이에 꽤 유명해져서 많은 손님들이 찾아오고 있어요. 자연에 조예가 깊은 황족 분들도 가끔 찾아오시고, 가드닝의 본고장이라 할 수 있는 영국이나 프랑스에서도 보러 오는 사람이 있을 정도예요. 이제는 너무 유명해져서 도회지에 사시는 부인들께서도 나들이 삼아 찾아오시는 바람에 조금 당혹스럽기도 하지만요.
　그렇지만 정원이란 혼자 은밀히 즐기는 곳이 아니라 찾아오는 분들을 대접하고 함께 즐겨야 하는 곳이므로, 오토와는 어떤 손님이 오셔도 결코 홀대하지 않았습니다.
　그러다보니 우리 정원의 상징이라 할 수 있는 커다란 목련나무 아래서 함께 나누는 한 잔의 홍차가 점점 많은 사람을 불러들여, 시코 산장은 이제 정원사들의 성지 같은 곳이 되어버렸지요.

하지만 나는 정원사가 아니에요. 시코 산장의 정원지기일 뿐입니다.

지금은 세계적인 정원사로 이름을 날리는 오토와 다에코의 지시에 따라 '백 년의 정원'을 지키는 늙은 정원지기이지요.

손님이 오셔도 나서서 대접하는 일 없이 항상 넓은 정원 어딘가의 풀숲에 묻혀 있습니다. 그런 내가 혼자 이 모임에 참가하고, 게다가 여러분 앞에서 이야기를 한다는 것은 몹시도 경우가 아니라고들 생각하고 계시겠죠.

그렇지만, 부디 제 이야기를 들어주시면 감사하겠습니다.

오토와는 이 모임에 참석했다가 산장으로 돌아오면, 그때마다 자신이 들었던 불가사의한 이야기들을 나에게 자세하게 들려주었어요.

아, 이 문제에 대해서는 해명을 해야 할 것 같군요. 오토와의 명예를 위해 말씀드리겠습니다만, 확실히 그녀는 말도 많고 비밀을 지킬 수 없을 것 같아 보이지만, 의외로 분별력이 있는 사람이에요.

오토와에게 나는 특별한 존재입니다. 서로 의지할 곳 없는 몸으로 시코 산장에 단둘이서 함께 살고 있는 가족 이상의 가족이라고나 할까요. 때문에 우리 사이에는 조금의 비밀도 없고, 또한 서로의 마음속에 품은 아무리 사소한 슬픔이나 기쁨이라도 반드시 상대에게 고백하는 것이 습관처럼 되어버렸지요.

그러니 걱정하지 않으셔도 됩니다. 오토와가 규칙을 어긴 게 아니라 제가 처음부터 이 모임의 회원 중 한 명이었다고 생각해주세요. 게다가 나는 시코 산장의 풀과 오토와 다에코 외에는 누구하고도 이야기를 나누지 않으니까요.

오토와와 나의 하루.

계절에 따라 아름답게 변하는 시코 산장의 정원을 상상하시면서 이 이야기를 들어주시기 바랍니다.

삼천 평의 숲 남쪽 끝에 오토와가 사는 집이 있지요. 내가 사는 오두막은 그 집과 밤나무 숲을 사이에 두고 떨어져 있어요.

둘 다 다이쇼 말기에 지은 오래된 집인데, 돌을 쌓아올려 만든 토대 위에 고급 목재로 지은 튼튼한 건물이라 오랜 비바람에도 잘 견뎌왔지요.

나는 그 정원에 하늘색 안개가 끼는 시각이면 자리에서 일어납니다. 겨울엔 여섯시, 여름엔 다섯시 정도죠. 새벽을 알리는 새의 울음소리가 나뭇가지 사이로 비쳐드는 아침 햇살보다 훨씬 빨리 저를 깨워줘요.

커피를 끓여서 겨울엔 거실의 벽난로 곁으로, 여름엔 나무 그늘 아래로, 봄가을엔 여기저기 흐드러지게 핀 꽃들 주위로 들고 가지요. 그러면 약속이나 한 듯이 오토와도 모습을 드러냅니다.

어쩌다 밤을 함께 보낸 남자가 있을 때도 오토와는 그 시각이면 반드시 침대에서 빠져나와요.

난 그런 일에 별로 신경쓰지 않아요. 오토와를 사모해서 산장을 찾아오는 남자는 정원을 오가는 새보다 더 많았으니까요.

커피와 훈제 치즈 한 조각이 우리의 아침식사입니다. 그것은 시코 산장에서 백 년 동안 전해오는 관습이에요. 내가 어릴 때도 초대 주인은 아침에 커피와 훈제 치즈를 들고 있었답니다.

커피에는 우유보다 치즈가 훨씬 잘 어울려요. 여러분도 한번 드셔보세요.

동쪽 낙엽송 숲에서 눈부신 햇살 몇 줄기가 정원을 따스하게 녹일 때, 우리는 정원 일을 시작합니다.

풀을 뽑고, 나뭇가지를 치고, 잔디를 깎고, 이끼를 눌러주고, 씨앗을 뿌리고…… 정원 일은 해도 해도 끝이 없어요.

요즘 들어 오토와가 세상에 이름을 날리게 되면서 자잘한 정원 일은 나 혼자서 하게 되어 정말 바빠졌지만, 그렇다고 다른 사람을 고용할 수도 없어요. 이 일만은요.

시코 산장의 정원은 누가 뭐래도 가루이자와에서 가장 아름답습니다. 세계 각국의 정원을 두루 살펴본 오토와의 말로는, 영국 귀족들의 저택 가운데서도 이만한 곳은 없다고 해요.

그런 정원에 다른 사람이 손을 대게 할 수야 없는 노릇이지요. 보기만 하는 것은 몰라도, 누구라도 절대로 손끝 하나 대게 할 수 없어요. 시코 산장의 정원은 이 세상에서 가장 아름답고 커다란 보석이니까요.

손님이 없을 때면 우린 항상 둘이 함께 식사를 합니다. 즉, 우리 둘 외에 다른 사람이 있을 때에만 나는 피고용인이 되는 거지요.

우리끼리 있을 때는…… 가족? 아니, 그렇지 않아요. 우리는 한 몸입니다.

정원에 대해 조금이라도 아시는 분은 이런 이상한 관계를 이해하실 겁니다. 자연의 아름다움을 마주할 때, 사람은 모두 자신의 개성을 잃고 하나의 덩어리가 되어버리지요. 나무나 화초에 비하면 사람은 너무도 보잘것없고 나약한 생명체에 지나지 않으니까요.

자연을 마주할 때의 그런 불가사의한 일체감을 생각해보면, 절대로 다른 사람의 손을 빌릴 수 없어요. 우리 두 사람에게 녹아들어 하나가 될 만한 사람은 이 세상에 달리 있을 리 없으니까요.

오토와는 사랑이 많은 여자랍니다. 그 아름다움은 향기를 뿜어 벌을 끌어들이는 활짝 핀 장미와도 같고, 그녀 또한 벌을 거부하지 않는 장미 같은 상냥한 마음을 가지고 있지요.

그러나 그런 사랑도 결코 오래가지 않아요. 오토와가 이 세상에서 가장 사랑하는 것은 풀과 나무와 꽃이니까요. 즉, 그녀는 밤에만 남자를 사랑할 수 있지요. 그런 연애가 오래갈 리 없지 않겠어요?

우리는 꽃의 노예입니다. 백 년을 이어온 정원의 포로이지요.

시코 산장의 초대 주인은 몇 번이나 대신 자리에 올랐던 메이지 유신의 국공신이셨어요.

백 년 전이라면, 가루이자와에 외국인이 모여들기 시작하고 일본 최초의 서양식 별장지가 개척되던 시절이지요.

여러분 가운데서도 가루이자와에 별장을 갖고 계신 분이 있을 텐데, 잘 아시는 바처럼 그 땅은 원래 그렇게 쾌적한 곳이 아니었어요. 습기가 많고 물도 좋지 않지요. 게다가 지대가 높아서 겨울에는 너무 추워 별장으로는 결코 적합하지 않은 땅입니다. 아사마 산이 뿜어낸 화산재가 퇴적된 땅이라 농작물은 물론이고 풀꽃들도 잘 자라지 못해요.

하지만 그런 기후와 풍토는 외국, 특히 영국의 휴양지와 몹시 비슷했습니다. 일본은 그만큼 비옥한 나라라 할 수 있지요. 일본인의 상식으로는 살기 힘든 땅이 오히려 외국인의 향수를 자극한 거예요. 도쿄에 사는 외국인이 여름휴가를 즐기는 별장지에, 외국인 흉내를 내고 싶어하는 일본인이 모여들면서 가루이자와의 화려한 역사가 시작되었지요.

정말 백 년 전 일본인의 지식에는 지금도 놀라지 않을 수 없어요. 초대 주인의 지시에 따라 심었다는 나무들의 구성은 너무도 훌륭합니다.

우선 중앙에는 정원의 상징인 커다란 목련나무가 우뚝 서 있지요. 그것을 둘러싸고 동쪽에는 자작나무와 낙엽송 숲, 구석진 북쪽에는 적송과 흑송, 서쪽에는 밤나무와 호두나무를 배치했어요.

그 나무들의 특성을 모르면 이런 배치는 불가능합니다. 예를 들면, 바람과 눈에 약한 적송을 동쪽에 심으면 오랜 세월이 지나 쓰러지고 말기 때문에 거기에는 몸이 부드러워 잘 휘는 낙엽송이나 자작나무를 심었지요. 그렇게 해서 적송이나 백송을 지키는 거예요. 또, 잎이 커다란 밤나무나 호두나무는 서쪽에 심지 않으면 정원 전체를 비추는 햇살을 가리고 말겠지요.

당연히 백 년 전에는 그 나무들은 모두 어렸습니다. 각하는, 부모님은 초대 주인을 그렇게 불렀습니다. 아마도 백 년 후 오늘의 정원 모습을 예상하고 그렇게 배치하신 것이 분명해요.

새로운 나라를 만들어낸 메이지의 정치가다운 그 혜안에는 세월이 지날수록 더더욱 감탄하지 않을 수 없죠.

각하에 대해서는 어렴풋이나마 아직 기억하고 있어요. 키는 작지만 풍채가 좋으시고, 몇십 명이나 되는 사람들 속에서도 혼자 빛을 발해 계신 곳을 금방 알 수 있을 정도로 일반인과 다른 무언가를 지니신 분이셨죠.

국회의원이나 군인 등 정계 인사들은 그분을 '각하'라고, 가족이나 친한 친구분들은 '자네'라고 불렀습니다. 별장에서 일하는 부모님이 그분을 '각하'라고 부른 것은, 옛날에 아버지가 군에 적을 둔 적이 있었기 때문이었어요. 오랫동안 각하의 당번병이었다고 하는데, 자세한 것은 나도 잘 모르지만 아마도 각하께서 아버지를 마음에 두었다가 퇴역하면서 데리고 나오셨던 모양입니다.

아버지는 해가 지기 전에는 정원을 떠나지 않는 부지런한 일꾼이었어요.

내가 아주 어릴 적에, 딱 한 번 각하가 친근하게 말을 걸어주신 적이 있었습니다.

정원의 녹음이 짙어가고, 수수한 색의 마가목 꽃만이 피어 있었던 기억이 나는 걸 보면 아마도 5월 말이나 6월이었을 거예요.

군복 차림의 각하는 가지가 무성한 목련나무 그늘에 가만히 서 계셨어요. 나는 무슨 할말이 있어서 어머니 아버지를 찾느라 목련나무 가지를 헤치는 순간 각하와 마주치고 말았죠.

나는 깜짝 놀라 인사도 하지 못하고 그 자리에 뻣뻣하게 굳어버렸어요. 물론 각하의 얼굴은 잘 알고 있었지만, 외출할 때나 귀가할 때 현관에서 뵙는 각하는 항상 근사한 양복을 입고 계셨고, 집에 계실 때는 간소한 기모노나 평상복 차림이셨죠. 군복을 입으신 모습은 그때까지 한 번도 본 적이 없었어요.

나중에 각하의 일대기를 읽고 안 사실인데, 정계에서 물러나 잠깐 동안 군사참의관을 지내신 적이 있었다고 하더군요. 그때가 아마 딱 그 시기였을 거예요.

군적에 있는 황족을 가루이자와 역까지 맞이하러 가거나, 아니면 군 관계자와의 공식적인 모임에 참가하기 전에 약간 시간이 남아서 잠시 정원을 산책하고 계셨던 모양입니다.

어쨌든 나는 각하와 마주친 일보다 그 위엄 넘치는 육군대장 군복에 놀라고 말았어요. 각하는 무서워할 것 없다는 듯 내게 부드럽게 미소를 지어주셨습니다.

"네가 가쿠라이의 딸이로구나."

"예" 하고 나는 부동자세로 서서 대답했지요.

"공부는 잘하니?"

학교 공부를 별로 좋아하지 않던 나는 솔직하게 아니라고 대답했어요. 그러자 각하는 껄껄 웃으시면서 군복을 입은 배 언저리에 나를 안아주셨어요.

"공부가 싫으면 평소에는 뭘 하며 지내느냐?"

"정원에서 떨어진 가지를 줍고 꽃도 심고 풀을 뽑기도 합니다."

나는 있는 그대로 대답했어요.

"호, 부모님 일을 도와주다니, 착한 애로구나."

나는 그게 아닌데, 하고 생각했어요.

"돕는 게 아니라 그냥 정원이 좋아서요. 어머니랑 아버지는 저를 귀찮아하기 때문에 몰래 들어가요."

분명 시코 산장의 정원은 어린아이가 손을 댈 수 있는 곳이 아닙니다. 아무 볼일도 없이 정원에 들어가는 것을 어머니 아버지는 금하고 있었지요.

"그래, 넌 이 정원이 좋으냐?"

"예, 정말 좋아요."

"다른 집 정원하고는 다르지. 여기는 내가 영국에 무관으로 부임했을 때 모든 걸 제쳐두고 배운 가드닝의 결실이야. 네가 태어나기 전에 가쿠라이와 둘이서 땀을 흘리며 만들었어. 아직 어린 정원이지만 언젠가는 일본 최고가 될 거야. 이 정원이 그렇게 좋으면 아버지 뒤를 이어도 좋다. 영국에서는, 사람은 사십 년을 살아야 그럴듯한 얼굴을 가질 수 있지만 정원은 백 년이 지나야 겨우 제 모습을 드러낸다고들 하지. 그러니까 당대에 훌륭한 정원을 만들 순 없어. 몇 대에 걸쳐 가꿀 각오가 필요하단다."

그때 각하의 연세는 어느 정도셨을까요? 메이지 유신 공신이라고 하셨으니, 만약 유신 때 젊은 사무라이였다고 해도 쇼와* 초기였던 당시에 이미 여든은 넘었을 테지요. 그러나 결코 그 나이로는 보이지 않는 정정한 모습이셨습니다.

안아주셨을 때의 그 부드럽고 풍성한 배의 촉감이 아직도 내 볼에 남아 있어요. 가슴에 스며드는 듯한 말씀과 함께 말이죠.

나를 발견한 아버지가 낫을 버리고 달려왔어요.

어린 날의 기억은 나뭇가지 사이로 비쳐드는 햇살 속을 달려오는 아버지의 모습을 마지막으로 그만 끊어지고 말아요. 앞뒤의 일을 떠올리고 싶지만 전혀 떠오르지가 않네요.

덧붙여서, 시코(紫香)라는 이름은 정원을 만드신 각하가 특별히 담배를 좋아했기 때문에 붙여진 것이랍니다. 내 기억 속의 각하는 출퇴근 때는 늘 잎담배를, 테라스나 정원에서 한가로운 시간을 보

---

* 昭和. 일본의 연호. 1926년~1989년.

낼 때는 파이프를 즐기셨지요.

시코 산장의 이대 주인은 각하의 직속이 아니었어요.

오토와 남작. 시대가 변했으니 남작이라 해도 이미지가 떠오르지 않을 테지만, 이른바 구 귀족 출신이셨죠.

그렇지만 오토와 다에코는 그분의 혈연이 아니에요. 그녀는 그 오토와 남작의 아들이자 시코 산장의 삼대 주인인 오토와 구니다카 님의 후처였어요.

선대 오토와 남작은 귀족티가 물씬 풍기는 분으로, 평소에도 궁정언어를 사용하셨지요. 물론 정원은 즐겨 감상했지만, 정원 일에 대해선 딱히 지시도 잔소리도 없어서 그 동안 정원은 어머니와 아버지가 스스로 공부해서 자유롭게 가꾸었습니다.

주인이 바뀌어도 초대 주인인 각하가 생각했던 백 년의 정원이라는 이미지가 변하지 않을 수 있었던 것은 아버지에게는 큰 기쁨이었을 거예요. 물론 시코 산장의 정원에게도 행복한 일이었고요.

가난한 농가의 삼남으로 태어나 먹고살기 위해 군대에 지원했던 아버지는 교육도 제대로 받지 못했지만, 정원 일에 관해서만은 열성적이어서 어디서 구해왔는지 오래된 외국 책들을 밤늦게까지 보고 있곤 했지요. 물론 외국어를 모르기 때문에 그림이나 사진만 보고 있었을 겁니다. 몇 시간이고 한 장만 노려보기도 했어요.

그렇지만 아버지의 정원은 정말 멋졌어요. 패전 다음해, 어머니가 세상을 떠난 이후로 아버지에게는 나와 시코 산장의 정원이 전부였죠.

그즈음 귀족제도가 폐지되어 가루이자와의 별장 주인들 대부분이 몰락하고, 그와 함께 수많은 정원들도 폐허로 변하고 말았습니다. 다행히 오토와 남작 가문은 전쟁 전부터 자금을 잘 운용한 덕분에 남작이 세상을 떠난 후에도 시코 산장은 매각되지 않았어요.

남작의 뒤를 이은 오토와 구니다카 님은 선대를 닮은 조용한 성격의 소유자였어요.

자산가라면 반드시 그러해야 한다고 생각해요. 그분은 사업을 일으켜보겠다는 생각은 애당초 없었어요. 그렇다고 해서 재산을 지키겠다는 생각도 그리 강하지 않아 보였고요. 대학에서 강의를 하고 연구하는 것 외에는 아무 관심이 없는 분이셨지요.

그러나 정원에 대해서는 깊은 애착을 가지고 있었어요. 전쟁 후에 런던에서 유학생활을 하시다가 선대가 세상을 뜨자 귀국한 구니다카 님은 영국식 정원에 대해 잘 알고 있었지요.

지금도 시코 산장의 서쪽 끝에 남아 있는 로즈 가든은 구니다카 님이 만드신 거랍니다.

아직 첫번째 결혼을 하시기 전, 아버지와 나와 함께 셋이서 가루이자와의 기후를 견딜 수 있는 올드 로즈를 심었어요.

불과 이 년 정도 지속된 그 평온한 시대가 나에게는 가장 행복한 시절이었어요. 아마 아버지나 구니다카 님 역시 그랬을 거라고 믿고 있습니다.

구니다카 님은 밤에는 난롯가에 앉아 아버지의 장서를 읽어주었어요. 사진과 삽화만으로 내용을 상상할 수밖에 없던 영어의 해석을 들으면서 아버지는 열심히 메모를 했고요.

그런 행복한 시간을 보내던 어느 날, 낙엽송 가지를 치던 아버지가 문득 사다리를 잡고 있던 나를 내려다보며 이렇게 말했어요.

"어울리지 않는 꽃을 심어서는 안 돼."

과묵한 아버지는 어지간히 중요한 일이 아니면 입을 열지 않았습니다. 잠시 생각한 후 나는 아버지를 올려다보며 물었지요.

"장미 말이에요?"

그럴 리가 없다고 생각했어요. 우리는 열심히 힘을 모아 로즈 가든을 만들었으니 말입니다.

"아니, 그게 아니야. 아무리 아름다운 꽃이라 해도 이 정원에 어울리는 것과 어울리지 않는 것이 있다는 말이야."

아버지는 느끼고 있었던 거예요. 구니다카 님이 내게 마음을 두고 있다는 것을 말입니다.

나는 낙엽송 아래에 털썩 주저앉고 말았어요.

"그러면 안 되나요?"

"안 될 뿐만 아니라, 나쁜 일이야. 어울리지 않는 꽃을 심는 것은 꽃을 훔치는 것보다 더 나빠."

전쟁이 끝나고 세상이 바뀌었으니 옛날엔 꿈도 꾸지 못했던 일도 가능할지 모른다고, 나는 은밀히 그런 생각을 하고 있었던 거예요. 아버지는 신분의 차이를 말하는 것이 아니었어요. 그런 윤리관은 이미 무너지고 있었지요.

나는 낙엽송 뿌리께에 무릎을 끌어안고 앉아서 꿈 같은 영국식 정원을 바라보고 있었어요.

이 정원 안에서 주인과 정원사의 딸이 사랑에 빠져서는 안 된다고 아버지는 말하고 있었던 겁니다. 그것은 백 년의 정원을 파괴하는 일이라고.

그날, 눈물에 젖은 내 눈에 비친 그 정원은 세계의 그 어떤 정원과도 비교할 수 없을 만큼 완벽했어요.

완벽한 정원이란, 자연과 완전하게 동화된 정원이라는 뜻이지요.

아버지는 이름도 없는 잡초 하나에 이르기까지 필요한 것과 불필요한 것을 가려낼 수 있는 실력을 가지고 있었어요. 덕분에 그즈음 시코 산장의 드넓은 정원은 마치 신이 다듬어놓은 자연처럼 아름다웠답니다.

구니다카 님을 모시면서 나는 조금씩 아버지의 기술과 혼을 받아들이고 있었어요.

아버지가 가장 아끼던 십구 세기 때 출간된 책의 서두에는 이런 말이 적혀 있었어요.

"가드닝의 기술은 개인의 재능과 지식에 관계없이 누구나 배울 수 있다. 그러나 정원사의 혼은 천부적인 것이다. 보는 이가 감동하느냐 감탄으로 그치느냐의 차이는 바로 거기서 나온다. 가드닝이 당신의 취미에 그칠 것인가, 아니면 평생의 사명이 될 것인가, 그 선택은 당신 자신의 냉정한 분석과 판단에 맡길 따름이다. 인간의 정원으로 만족하는 것은 기쁨이며, 신의 정원을 만들려는 것은 고통이다."

시코 산장의 정원을 신의 정원으로 만들려 했던 아버지는, 구니다카 님이 구 귀족의 딸과 결혼하신 그해 봄, 활짝 핀 목련꽃 아래서 쓰러졌어요.

마치 자신의 늙은 몸을 정원의 거름으로 삼으려는 듯이 말입니다.

"낭만적인 이야기로군요" 하고 눈을 내리깔면서 회장이 말했다. "그렇지만 그저 아름답기만 한 이야기는 이 모임의 취지에 맞지 않습니다."

마치 이야기를 그만두라고 재촉하는 듯한 어투였다.

조용히 가라앉은 공기가 회장의 의견에 동의하는 것 같았다.

문득, 어둠 한켠에서 낮고 탁한 목소리가 들려왔다.

"그런데 가쿠라이 씨, 여왕님은 대체 어디로 가버린 겁니까?"

가쿠라이 시게는 사람들의 그림자를 똑바로 바라보며 말했다.

"그 이야기는 지금부터 할 생각입니다."

"부탁합니다. 나는 그 사람 팬이거든요. 요즘 어떻게 지내는지 도무지 소문을 들을 수 없어서 궁금하던 참입니다."

여기저기서 웃음소리가 들려왔다. 아무래도 오토와 다에코는 모든 사람에게 사랑받는 매력을 갖춘 여성인 것 같았다.

"오토와는 잠시 외국에서 생활하게 되었습니다."

"그건 또 무슨 말입니까?"

남자가 어이없다는 듯이 말하자 사람들은 일제히 웃었다. 그 때문에 분위기는 한층 더 부드러워졌다.

"혹시 영국인가요?"

회장이 부채를 흔들면서 물었다.

"그 행방에 관한 이야기인데, 계속해도 되나요?"

가쿠라이 시게는 외견상으로는 너무 평범해 보였지만, 말투에서는 오랜 세월 몸에 밴 귀족사회의 분위기가 느껴졌다.

"어떠신가요, 여러분?"

주인의 물음에 탁한 목소리의 주인공이 "계속하시죠" 하고 손을 내밀며 이야기를 재촉했다.

나와 구니다카 님 사이에는 아무 일도 없었어요.

이렇게 나이를 먹고 보니, 아무 일도 없었다는 것이 과연 다행이었을까 하고 괴로워하는 밤을 보내기도 해요.

그러나 구니다카 님에 대한 연정을 버리지 못해 혼자 살았던 것은 아니에요. 이미 혼기를 지난 나이였고, 세 살 많은 구니다카 님도 남자로서는 만혼이었죠. 우리 둘 다 서른 전후였는데, 당시의 사고방식으로는 그랬습니다.

　게다가 나에게는 정원을 지킬 의무가 있었고, 만일 결혼을 한다 해도 내 일을 잘 이해해주는 사람이 아니면 안 되었어요.

　정원사의 오두막에 사는 나와 함께할 각오를 해줄 남자가 있을 리 없지요. 우연찮게 그런 사람을 만난다는 것은 거의 기적에 가까운 일이에요.

　그런데……

　구니다카 님이 맞은 그 부인이 문제였어요. 물론 질투 같은 감정은 털끝만큼도 없었어요. 누가 보아도 그 부인이 문제였어요.

　두 분은 오토와 가의 종가 당주가 맺어주었는데, 아마도 구니다카 님은 그 중매를 거절할 수 없었을 거예요. 선을 보고 다음해 결혼을 할 때까지 구니다카 님은 어딘지 모르게 맥이 빠져 있었습니다. 이전보다 가루이자와를 찾아오는 날도 많아졌구요. 아마도 도쿄에 있으면 마음에도 없는 데이트를 해야 하기 때문에 매주 논문 핑계를 대고 별장으로 오신 거지요.

　고통스런 나날들이었어요. 나는 필요 이상으로 구니다카 님을 피했고, 구니다카 님도 철저히 사무적으로 대했어요.

　생각해보세요. 우리는 주종의 관계이지만 죽마고우이기도 해요. 게다가 둘 다 외동이라서 어릴 때부터 매년 여름을 같이 보내며 서로를 위해주었지요. 그런 생활은 앞으로도 변함이 없는데, 과거를 지우고 전혀 다른 두 사람의 관계를 다시 만들어야 한다는 거였어요.

산장의 일꾼 신분에 지나지 않는 나로서는 두 분의 결혼식이 어떻게 치러졌고 도쿄에서의 생활이 어떠한지 알 수 없었지요. 그리고 어느 여름날, 또 한 사람의 주인이 구니다카 님과 함께 시코 산장에 나타났습니다.

흐릿한 기억을 순서대로 더듬어보면, 이른 봄에 구니다카 님이 결혼을 했고, 그것을 기다리기라도 한 듯 5월에 아버지가 세상을 떴고, 나 혼자서 지켜가게 된 시코 산장에 부인이 처음 나타난 것은 백합이 활짝 핀 초여름이었어요.

도쿄에서 출발한다는 전화를 받았을 때, 나는 소녀처럼 가슴이 뛰었습니다. 무슨 영문인지 부인이 같이 온다는 생각은 전혀 하지 못하고, 평소처럼 구니다카 님 혼자서 내가 사는 이곳으로 온다고 생각한 거지요.

아버지도 없는 산장에서 함께 한여름을 보낸다. 태어나서 처음으로 구니다카 님과 둘만의 시간을 보낼 수 있다. 그런 꿈에 젖어 현실도 잊은 채 콧노래를 부르며 마중 나갈 준비를 했습니다.

생각해보면 정말 이상한 착각이지만, 여자는 가끔 그런 착각을 하곤 하지요. 믿기 싫은 건 믿지 않는다, 있을 수 없는 일이라도 믿고 싶은 것은 믿어버린다. 설령 그것이 아무리 진부한 망상이라 해도 말입니다.

꿈에서 깨어난 것은 도로에서 산장 현관까지 이어지는 전나무 가로수 길에 빨간 오픈카가 나타났을 때였어요.

구니다카 님이 직접 차를 몰고 가루이자와를 찾은 것은 처음 있는 일이었어요. 그리고 나뭇가지 사이로 비쳐드는 햇살을 받으면서 조약돌 위로 천천히 다가오는 그 오픈카의 조수석에는 낯선 여자가 앉아 있었어요.

무서운 기세로 다시 현실로 돌아온 나는 현관 앞에 활짝 피어 있는 백합 사이에서 바람을 맞으며 머리를 숙이고 그 차를 맞이했지요.

백여우 같은 여자. 그것이 첫 인상이었어요.

도자기처럼 새하얀 얼굴을 스카프로 두르고 여배우나 낄 듯한 선글라스를 걸치고 있었지요. 그래도 얼굴 전체의 뾰족한 윤곽은 숨길 수 없었어요.

"다녀오셨습니까."

별장에서 사람을 맞이하는 말은 옛날부터 그렇게 정해져 있었지요. 부인은 그 순간 나를 노려보았어요. 대체 그 말이 왜 마음에 들지 않았던 걸까요.

"어이, 시계짱, 잘 지냈어?"

내가 운전석 문을 열자, 구니다카 님은 재빨리 차에서 내려 조수석 문을 열어주었어요.

영국식 매너가 아니었지요. 구니다카 님은 그런 사소한 매너에 신경을 쓰는 분이 아니에요. 부인은 자기 손으로 문을 열 수 없는 사람이었던 거예요.

슬프고 안타까웠지만, 그래도 나는 부인을 향해 깊숙이 머리를 숙였지요.

"가쿠라이라고 합니다. 잘 부탁드립니다."

아랫사람의 인사에 귀족이 머리를 숙여 답례할 필요는 없지요. 그렇지만 미소 정도는 지어주는 게 예의가 아닐까요. 그 옛날 산장을 찾아온 분들은 아무리 고귀한 신분이라도 나에게 "안녕" 하고 미소를 지어주었거든요.

부인은 나를 경멸 섞인 눈길로 바라보더니 구니다카 님을 향해 참으로 심한 말을 했습니다.

"당신, 앞으로는 하인을 그런 식으로 부르지 말아요."

그 순간에는 그 말이 무슨 뜻인지 이해할 수 없었어요.

구니다카 님은 "그래" 하고 건성으로 대답하고는 부인을 현관으로 안내한 다음, 내 쪽으로 돌아왔어요.

"미안해. 원체 매사에 저런 사람이라 말야."

나는 말없이 고개를 가로저었지요. 나에게 신경을 쓸 필요는 없다는 뜻을 담아서.

내 뜻을 알아차린 구니다카 님의 슬픈 얼굴은 지금도 잊을 수 없어요.

사과하는 인간은 항상 슬퍼요. 그렇지만 사과의 말을 금지당한 인간은 더욱 슬프지요.

"어차피 높은 산의 꽃봉오리였어."

고개를 가로젓는 나에게 구니다카 님은 만감이 교차하는 어투로 그렇게 말했어요.

그 부인에게는 남편에 대한 경의라고는 눈곱만큼도 없었지요. 유서 깊은 귀족 가문이었던 부인과 오토와 남작 가문은 원래부터 격이 달랐던 겁니다. 황족의 혼담을 거절하고 오토와 가문을 선택한 이유는 미래의 경제적인 보장, 그것뿐이었으니까요.

마음을 다잡고 현관으로 들어서는데, 부인이 복도 끝에 동상처럼 우뚝 서서 나를 질책했어요.

"저기 작은 문으로 다녀."

피고용인과 주인이 같은 문을 사용해서는 안 된다는 거예요. 맞는 말입니다. 그러나 나는 다른 별장의 피고용인과 달리 이 집에서 태어나고 자란 사람이 아닌가요. 게다가 오토와 남작 가문은 선대 때부터 한 번도 그런 차별은 한 적이 없었어요.

"예, 고치도록 하겠습니다."

작은 문으로 부엌에 들어가 홍차를 끓이는데, 부인이 날카로운 목소리로 "시게!" 하고 내 이름을 불렀어요. 거실에 들어서는 순간 나는 등골이 서늘해지는 것 같았어요.

부인은 등나무 의자에 몸을 묻고 천창에서 비쳐드는 햇살로 뭔가를 읽고 있었어요. 구니다카 님은 맞은편에서 그것을 빼앗으려 하고 있었지요. 구니다카 님이 신혼여행지에서 나에게 보냈던 그림엽서. 파리의 연인들이 사람들 눈도 아랑곳하지 않고 키스를 하고 있는 흑백사진.

 글쓰기를 좋아하는 구니다카 님은 여행지에서 편지 보내는 것을 즐겼지요. 그 그림엽서도 아마 다른 뜻은 없었을 거예요. 옛날부터 하던 습관에 지나지 않았으니까요.

 참 품위가 없는 여자라고 나는 생각했어요. 적어도 세상에서 가장 아름다운 이 시코 산장의 정원에는 어울리지 않는다고.

 "뭐? 디어 시게짱? 정말 꼴불견이네. 디어 뒤에 하트를 숨긴 거 아냐? 정확히 말하자면, 마이 디어 하트 시게짱이겠지. 그런데 이 사람이 디어의 뜻을 알기나 해?"

 "그만둬" 하고 구니다카 님은 벌컥 화를 냈지요.

 "묘한 일이네. 주인이 하녀에게 그림엽서를 다 보내고. 난 당신이 언제 이런 걸 보냈는지도 몰랐는걸. 신혼여행중에 몰래 이런 걸 보냈단 말이지. 게다가 받은 사람은 이렇게 소중하게 장식해놓고. 치우는 걸 잊은 거야, 시게? 아니면 일부러 보아란듯이 놓아둔 건가?"

 "당치도 않습니다, 사모님."

 사모님이라는 호칭을 처음 입에 담았을 때, 나는 절벽 위에서 몸을 던져버린 듯한, 마치 나 자신을 나락의 심연으로 빠뜨리고 만 듯한 패배감을 맛보았어요.

 그 여자가 문제였습니다.

 아마도 정숙하지 못한 여자였을 거예요. 남자를 모르고서는 그렇게 정확하게, 그렇게 격렬하게 질투의 감정을 드러낼 수는 없죠.

당시 대부분의 구 귀족은 몰락한 신세가 되어 옛날의 직위와 화려했던 기억만을 품고 살아가고 있었어요. 그런 세상에서, 충분한 자산을 가지고 있고 옛날의 영화를 더럽힐 염려가 없는 학자라는 직업을 가지고 있는데다 잔소리할 부모나 친척도 없는 구니다카 님은 가지고 놀기에 더없이 좋은 사람으로 보였을 테지요.

그 여자는 악질이었어요. 성격은 물론이고, 외모만 봐도 악인이었어요.

무엇보다도 정원의 아름다움을 이해하지 못했어요. 부인이 정원으로 나서면 나무와 풀과 꽃이 일제히 등을 돌려버리는 거예요.

나는 정원에 대해 설명하면서 아버지의 목소리를 들었어요.

'어울리지 않는 꽃을 심어서는 안 돼. 그건 꽃을 훔치는 것보다 더 나쁜 일이야.'

부인은 정원을 걸으면서 이렇게 말하더군요.

"왜 이렇게 풀이 많니? 손질 좀 해. 너무 덥잖아. 풀을 뽑고 잔디를 심어."

자연과의 조화가 테마인 영국식 정원에 대해 부인은 무지했습니다. 아버지가 완성해놓은 시코 산장의 정원은 이름도 없는 잡초 하나까지 전체적인 미를 지탱하는 데 어떤 의미를 가지고 있는데 말이죠.

"가루이자와는 습기가 많고 토양이 나빠서 잔디가 잘 자라지 않습니다. 그 대신에 이끼를 활용합니다."

"아, 그래? 이끼라……"

자연스럽게 풀이 자라고 있는 영국식 정원을 벗어나자 이끼가 깔린 적송 숲이 나왔지요.

잔디를 깔려다 결국 실패하고, 아버지와 함께 땅을 기어다니면서 이끼를 길러낸 각하의 목소리가 들려왔어요.

'사람은 사십 년을 살아야 그럴듯한 얼굴을 가질 수 있지만, 정원은 백 년이 지나야 겨우 제 모습을 드러낸다고들 하지. 그러니까 당대에 훌륭한 정원을 만들 순 없어. 몇 대에 걸쳐 가꿀 각오가 필요하단다.'

이끼는 카펫처럼 먼지 하나 없어야 하고, 잡초는 일일이 손으로 뽑아내고 롤러를 밀어서 다져놓아야 합니다. 다만 군데군데 꽃망울을 단 엉겅퀴를 남겨두어요. 녹색 이끼 위에 피는 주홍색 엉겅퀴는 여름을 장식하는 가장 아름다운 색깔이지요.

부인은 걸어가면서 그 엉겅퀴를 짓밟았어요. 나는 꽃의 비명 소리를 듣고 눈을 꼭 감은 채 어금니를 깨물었지요.

그런 주제에 파란 투구꽃에는 입을 맞추는 것이었어요.

"그 꽃은 독초라서 만지면 안 됩니다."

"뭐!"

부인은 놀라면서 벌떡 일어서더니 나를 질책했습니다.

"왜 독초를 심은 거야!"

대답하고 싶지도 않았어요. 내가 투구꽃의 독을 심은 것이 아니라, 아름다운 투구꽃이 독을 가지고 있을 뿐이었지요.

원래 투구꽃의 독은 뿌리에서만 추출되는 것이기 때문에 잎이나 꽃은 만져도 아무 상관이 없어요. 나는 아마도 엉겅퀴를 짓밟은 부인에게 겁을 주기 위해 그런 말을 했을 겁니다.

그러다 문득 묘한 생각이 들더군요.

투구꽃은 가을꽃이에요. 나도 모르는 사이에 계절에 맞지 않는 투구꽃이 꽃을 피웠던 거예요. 마치 어둠 속에서 모습을 드러내는 자객처럼 독초가 부인을 기다리고 있었던 것 같은 느낌이 들었어요.

정원은 그 여자를 거부하고 있었던 겁니다.

부인은 불쾌한 듯, 서쪽의 로즈 가든을 향해 걸어갔어요.

"어머, 예쁘다!"

당연히 예쁘지요. 활짝 핀 그 올드 로즈는 아버지와 나와 구니다카 님이 혼을 바쳐 키운 것이니까요.

삼천 평에 달하는 신의 정원을 헤맨 끝에 사람들은 마지막으로 이 로즈 가든을 맞닥뜨리게 됩니다.

아버지의 꽃은 순백으로 빛나는 섬머 스노. 부드러운 가지를 가진 넝쿨장미이지요. 나와 구니다카 님이 힘을 모아 심은 꽃이에요.

"부인은 삼 년 후 여름에 실종되었습니다."

갑자기 이야기에서 벗어나려는 듯이 가쿠라이 시게가 말했다.

"실종? 어두운 이야기로군요."

여장 회장이 부채질을 멈추면서 말했다.

"예, 그 이유는 나만이 알고 있지요. 구니다카 님에게도 부인의 친정에도, 물론 경찰에도 알리지 않은 일인데, 듣고 싶으신가요?"

사람들은 어둠 속에서 고개를 끄덕였다.

"부인에게는 애인이 있었어요. 결혼하기 전부터 관계를 맺어왔던 질이 좋지 않은 남자였지요. 밀애의 장소는 주말의 시코 산장이었어요. 나에게 가드닝을 배운다며 부인은 매주 별장으로 와서 그 남자를 불러들였어요."

안락의자를 흔들면서 신사가 한숨과 함께 파이프 연기를 내뿜었다.

"흠, 당신은 정말 괴로운 입장이었겠소. 가문의 명예가 걸린 일이니 알면서도 발설할 수도 없었을 테고. 그러나 구니다카 씨는 알아챘을 게요. 남편이 모든 것을 알게 되자 함께 도망을 쳤겠지요."

"아니에요" 하고 가쿠라이 시게는 고개를 저었다.

"구니다카 님도 어렴풋이 짐작은 하고 있었을 테지만, 그렇다고 뒤를 캘 그런 분이 아니에요. 또한 부인도 불륜이 들통났다고 해서 도망을 칠 정도로 순수한 분이 아니었죠. 간단히 말해 도둑이었습니다."

"도둑?"

"부인은 오토와 가문의 재산을 모두 챙겨서 남자와 함께 사라진 거예요. 구니다카 님이 맡겨놓은 통장에서 돈을 빼내고, 정기예금까지 해약하고 말이에요."

"정말 지독한 여자로군."

신사는 안락의자를 우뚝 멈추고 소리를 높였다.

"그 부인은 처음부터 그럴 생각으로 시집을 온 거예요. 그 때문에 노골적으로 나를 위협해 구니다카 님과의 사이에 끼어들지 못하게 해놓았어요. 그 실종사건이 어물어물 넘어가버린 것은 구니다카 님도 가문도 대충 사연을 알고 있었기 때문일 겁니다. 양쪽 가문 다 세간의 소문을 두려워했으니까요."

"귀족의 체면을 역으로 이용한 거로군."

"그래요, 그렇게 봐야 할 거예요. 거금을 약탈당한 구니다카 님은 참 안됐지만, 위자료라 생각하고 포기해버린 거지요. 그 두 사람은 지금 어디서 뭘 하고 있는지……"

"꽤나 큰돈이었을 것 같은데."

"아마 외국에서 평생 놀고 먹을 수 있을 정도는 될 거예요. 그래도 오토와 가문이 쓰러질 정도의 금액은 아니었지요. 더 오래 살다가 이혼했더라면 그 정도로는 해결되지 않았을 거라고, 나는 구니다카 님을 위로했습니다."

"그럼 이제 슬슬 오토와 다에코 씨가 등장할 차례로군."

어둠 속에서 탁한 목소리의 주인공이 이야기를 재촉했다.

가쿠라이 시게는 홍차로 목을 축이더니 약간 피로한 기색을 보이면서 이야기를 이어갔다.

 각하와 아버지는 대체 어떤 뜻을 품고 그 정원을 만들었던 걸까요?
 시코 산장에 한 번이라도 와보신 분은 그날의 놀라움과 감동을 다시 한번 떠올려보시기 바랍니다.
 각하는 새로운 국가를 만드셨지요. 각하에게 메이지 유신이란, 본인의 표현을 빌리자면 혁명이 아닌 새로운 국가의 창조였어요.
 인간이 누릴 수 없는 백 년이란 세월이 지난 후의 이 나라의 모습을, 각하는 시코 산장의 정원에 기도하는 심정으로 담아놓으셨던 게 아닐까요.
 그곳에는 문이 없어요. 국도를 따라 전나무 오솔길을 곧장 나아가면, 찾아오는 사람을 결코 거부하지 않는 자그마한 현관이 나타나지요.
 본 건물의 동쪽을 따라가면 자작나무 숲. 그 숲을 돌아 들어가면 삼천 평에 달하는 정원이 모습을 드러냅니다. 정원의 상징인 목련 나무는 가슴 높이에서 두 갈래로 나누어져서, 두 개의 둥치가 서로 경쟁하듯 동서로 가지를 뻗쳐 둥그스름한 형태를 이루고 있지요. 아래로 늘어진 가지는 땅을 기듯 낮아서, 그 밑으로 들어가면 비도 맞지 않아요. 마치 어머니의 뱃속에 들어간 듯, 부처님의 품에 안긴 듯 안식을 누릴 수 있을 것 같은 느낌을 주지요.

목련나무를 둘러싸고 있는 영국식 정원. 자연은 모든 진선미와 조화의 근원이라는 고인의 가르침처럼, 신이 만드신 천연의 정원이랍니다.

그 앞에 보이는 적송과 흑송 숲에는 녹색 이끼가 깔려 있어요. 서쪽으로 향하면 밤나무와 호두나무가 서 있는데, 바로 그 앞에 올드 로즈가 활짝 꽃을 피우는 로즈 가든이 있지요.

정원은 아사마 산 기슭에서 아래로 조용히 흘러내리는 그 자연스런 지면의 흐름을 따라, 천천히, 단아하게 서쪽에서 동쪽으로 경사를 이루고 있습니다.

젊은 날의 각하는 런던에서 정치와 군사와 사상 분야의 공부를 하는 한편으로 가드닝을 연구하면서, 그 속에 이상국가의 이미지를 담을 수 있을 거라고 생각하셨을 테지요.

어쨌든……

다시 혼자가 된 구니다카 님과 나 사이에는 여전히 아무 일도 일어나지 않았어요.

가슴속에 타오르던 정염은 세월의 흐름과 함께 마노처럼 아름다운 줄무늬 화석이 되어 딱딱하게 굳어버렸습니다.

이제 다시 불타오를 이유는 아무것도 없었어요. 우리는 일 년 사계절을 아무 말 없이 그저 곁에 있을 수 있다는 감동을 나누면서 지내고 있었지요.

목련꽃이 정원을 화사하게 수놓는 봄날의 며칠, 짙은 녹음이 하늘을 덮는 여름의 한 달, 낙엽송 숲이 황금색으로 물드는 가을의 며칠, 그리고 정원이 눈 속에서 잠을 자는 겨울의 일주일을 우리는 함께 보냈어요.

아무것도 바라지 않았어요. 시코 산장의 정원에서 바깥 세계로 나갈 생각도 없이, 나는 다만 사랑하는 사람이 오기를 기다리고, 함께 살고, 함께 늙어갔습니다.

그 동안에도 정원은 끊임없이 성숙해갔어요. 인간은 시간과 함께 타락하고 퇴행함에도 불구하고 말이에요.

내가 하루 그 정원을 비우면, 정원은 하루분의 성장을 멈추려 해요. 그러므로 하루라도 정원에서 눈을 떼서는 안 되었습니다.

그러다 너무도 갑작스럽게 구니다카 님이 그 사람을 데리고 시코 산장으로 돌아온 것은, 그렇게 시간이 흐르던 어느 봄날의 일이었지요.

그리고 또 갑자기 이렇게 말했어요.

"시게짱, 나 이 사람과 결혼할 생각이야."

'왜?' 하고 내 가슴은 외치고 있었어요.

국립대학을 정년퇴직한 구니다카 님은 분명 가루이자와를 인생의 마지막 거처로 삼으리라고 난 확신하고 있었으니까요.

정말 아름다운 사람이었어요. 나이는 부녀지간만큼 차이가 났지만, 이 사람이라면 구니다카 님을 빼앗겨도 어쩔 수 없다는 생각이 들 정도였죠.

왜 나는 젊은 시절에 구니다카 님을 내 사람으로 만들지 못했던가 하는 후회가 일었어요.

왜?

그것은 바로 존경하는 아버지의 유언 때문이었어요.

나는 시코 산장의 정원에 어울리지 않는 꽃이었던 것입니다. 어울리지 않는 꽃을 심는 것은 꽃을 훔치는 것보다 더 나쁜 일이니까.

때문에 나는 일생 동안 이 정원에 심기지 않고, 다만 정원을 지키려 했던 것입니다.

아버지의 말이기 때문에 무조건 믿었던 것은 아니에요. 그것은 진리였어요.

나는 시코 산장의 정원지기. 정원의 성숙을 위해 지혜와 기술을 다하여 혼을 바치는 정원사. 그런 내가 스스로 꽃이 되어 정원에 피어 있어서는 안 되었습니다.

그 아름다운 사람은 구니다카 님의 제자였어요. 다에코, 그녀가 오토와 다에코라는 이름으로 시코 산장의 새로운 주인이 된 것은, 이끼 긴 정원 한구석에 파란 투구꽃이 활짝 핀 그해 가을의 일이었지요.

나는 천성이 질투라는 것을 모르는 사람이에요.

어차피 산장지기의 딸, 다른 사람의 행복을 부러워하는 그런 마음은 어린 시절부터 가슴에서 지워버렸으니까요.

그리고 아름다운 것을 일일이 질투하다가는 한 송이 꽃도 키울 수 없었겠지요.

 아름다운 것은 솔직한 마음으로 사랑한다, 존경하기에 합당한 것은 높이 우러러보아야 한다, 그리고 추한 것, 천박한 것은 모두 제거해야 한다. 그런 마음으로 정원을 지켜왔습니다.

 그러므로 새로운 사모님 오토와 다에코를 원망한 적은 없었어요. 그러나 도저히 용납할 수 없는 것이 있었지요.

 나이가 들어 오토와 다에코를 사랑한 구니다카 님은 추하고 천박해 보였습니다.

 그분은 신의 섭리를 거부했어요. 늙는다는 것, 즉 성숙에 등을 돌린 거지요.

 시코 산장의 주인에 어울리게 햇볕이 내리쬐는 테라스에 앉아 책을 읽으면서, 그분은 나와 함께 조용히 늙어가야 했어요.

 폴로 셔츠 옷깃을 세우고 다에코의 손을 잡고서 테니스 코트로 향하는 그 사람의 뒷모습은 이끼 낀 정원에 괴물처럼 잎을 펼치고 있는 들꽃보다도 추해 보였어요.

 밤마다 침실 창에서 들려오는 그 사람의 속삭임은 낙엽송 가지에 둥지를 튼 까마귀의 울음소리처럼 불결했어요.

 나는 마음속으로 기도했습니다.

 시코 산장의 정원이 태어난 지 곧 백 년이 된다, 각하와 아버지의 뜻을 완성하기 위해서는 저 남자를 없애지 않으면 안 된다, 라고.

 그리고 다에코라는 아름다운 주인과 함께 백 년의 정원을 만들어가야 한다고.

다행히 다에코는 정원에 대해 깊은 관심을 가지고 있었어요. 상류계급의 나태한 관습에 물들지 않고 육체노동을 즐거워하는 건강하고 강한 여자였어요.

그녀는 자식이 없던 내가 바라 마지않던 시코 산장의 후계자였습니다.

그리고 삼 년 후 하늘은 나의 바람을 들어주었어요. 오토와 구니다카는 그해 여름, 가루이자와에서 도쿄로 돌아가는 기차 안에서 심장 발작을 일으켜 영원히 돌아오지 못할 길을 떠나고 말았지요.

하루도 정원을 떠날 수 없었던 나는 부고를 접했을 때도, 장례식 날에도 추억의 로즈 가든에 앉아 있었어요.

그분의 꽃은 연분홍색 샤포 드 나폴레옹. 1827년에 개발된 모스 로즈 종이지요.

"당신 이야기는 너무 음침해요."

한 남자가 탁한 목소리로 메인 테이블의 촛불에 얼굴을 들이밀고 짜증스럽게 말했다.

"글쎄요, 나는 다만 있는 그대로 숨김없이 이야기할 뿐입니다."

가쿠라이 시계의 표정에는 전혀 인간의 감정이 드러나 있지 않았다. 사람들이 한결같이 느끼는 짜증이나 음침한 기분은 그 이야기의 내용 때문이 아니었다.

"당신 얼굴을 보고 있자니 왠지 인간이 아닌 다른 존재와 같이 있는 듯한 느낌이 드는군요."

"난, 인간입니다."

아무도 웃지 않았다. 모든 사람의 귀에는 그 말이 마치 '난 인간이 아닙니다'라는 말로 들렸다.

가쿠라이 시게는 마치 밤의 정원을 바라보듯이, 충혈된 눈으로 실내를 둘러보았다.

"인간은 식물도 생명체라는 것을 자각하지 못하고 있어요. 당신도, 당신도, 그리도 저기 있는 당신도. 풀을 뽑는 것은 인간의 목을 따는 것과 하등 다를 바가 없어요. 그리고 씨앗을 뿌리고 묘목을 심는 것은 하나의 생명을 낳는 고귀한 행위지요. 나는 신의 마음으로 정원을 돌보고 있습니다."

"당신이 신이라고 생각하시오?"

"아니, 그렇지 않아요. 오히려 나는 정원의 종이에요."

남자는 잠시 촛불 너머로 가쿠라이 시게의 무표정한 얼굴을 빤히 쳐다보았다.

"알겠소, 당신은 이미 인간이 아니오. 식물이 되어버린 거요."

"하지만 꽃도 웃는답니다. 햇빛이 닿으면 방긋 웃어요. 슬프면 울고 괴롭히면 화를 내구요. 당신이 그것을 모르고 있는 것뿐이에요."

남자는 화가 난 것이 아니라 겁을 먹고 있음이 분명했다. 상식적인 인간일수록 가쿠라이 시게의 평온한 무표정 앞에서는 두려움을 느낄 것이다.

잠시 침묵을 지키다가 가쿠라이 시게는 이렇게 말했다.

"내가 가루이자와를 떠난 것은 오늘밤이 태어나서 처음이에요."

놀란 목소리들이 터져나왔다.

"설마?" 하고, 잠시 틈을 두고 안락의자의 신사가 중얼거렸다.

"정말 처음이에요. 모임 연락을 받고 도저히 가만있을 수 없어서요."

"정원이 외로워할 텐데."

신사가 놀리듯이 말했다.

"신칸센을 타면 한 시간이면 올 수 있으니까요. 정원이 자고 있을 때 산장을 나와서 내일 아침 첫차로 돌아가면 불만이 없을 겁니다."

"불만이라니, 누가 말이오?"

"풀과 나무와 꽃이요."

아무 소리도 나지 않았다. 가쿠라이 시게는 다시 이야기를 시작했다.

오토와 다에코는 고생을 많이 한 사람이었어요.

세간에는 오토와 남작 가문의 독신 공주님으로 알려져 있지만, 그것은 반은 거짓이고 반은 진실입니다. 오토와 가문은 다에코에게 이름만 남겨주고 혈통이 끊어지고 말았으니까요.

그러고 보니 언젠가 다에코가 텔레비전 인터뷰에서 멋진 말을 하더군요.

"천 년 넘게 이어져내려온 오토와 가문이지만 내 대에서 끊어져도 괜찮다는 생각이 듭니다. 그런 병약한 혈통이었기에 아름다운 것을 남길 수 있었으니까요."

누군가의 말을 흉내낸 걸지도 모르지만, 너무도 멋진 말이라고 생각했어요. 끊어져도 괜찮다니. 오토와 가문의 혈통은 벌써 끊어져버린걸요.

그래요, 선대부터 모셔봐서 잘 알지만, 병약한 혈통이란 건 너무도 정곡을 찌른 표현이에요. 아무리 큰 나무도 수명이 있듯이, 사람의 혈통에도 쇠약과 죽음이 있죠.

천 년의 세월을 지나 고목이 되어버린 오토와 가문은 이상할 정도로 불행이 한꺼번에 겹쳐, 가지 하나 남기지 않고 메말라버린 겁니다.

자식이 생기지 않고, 겨우 하나 태어나면 요절해버리고, 그런 불행이 겹치고 겹쳐서 구니다카 님은 천애고아 당주가 되어버렸습니다.

오토와 다에코가 처신을 잘한 것도 그녀가 고생을 많이 한 사람이기 때문이에요. 그 생애는 공주님이란 단어와는 전혀 무관했죠.

어릴 적에 아버지와 생이별을 하고, 젊어서 어머니를 잃고, 고생을 하면서 대학을 나왔죠. 말 그대로 미인박명이라 할 수 있는 다에코의 반생은 로맨티스트인 구니다카 님의 취향에 너무 잘 맞아떨어진 겁니다.

세상 고생을 모르고서는 정원을 가꿀 수 없어요. 기쁨이나 슬픔을 아무에게도 말할 수 없어서 한 송이 꽃에게 말을 걸어본 경험이 있는 사람만이 할 수 있는 일이니까요.

마음으로 말을 걸면 나무와 풀은 거기에 대답을 해줘요.

또한 증오심을 모르면 잡초를 뽑을 수 없습니다. 뿌리째 잡초를 뽑을 때, 풀은 제발 그만두세요, 하고 외치니까요.

다에코는 정원사의 자질을 갖추고 있었어요.

그렇지만 단 한 가지, 단점이 있었습니다.

다에코는 꽃을 가꾸려 하지 않고 자신이 꽃이 되려 했던 겁니다. 그 욕망만은 결코 가져서는 안 될 것이었어요.

꽃과 풀을 좋아하고, 머리도 좋고, 손재주도 뛰어난 오토와 다에코는 감탄을 자아내는 정원을 만들 수 있었지요. 그러나 감동을 주는 정원은 만들 수 없었어요.

자신이 꽃이 되려 했기 때문에.

자신이 화려하게 꽃피어 사람들 눈길을 끌고 싶어했기 때문에.

정원사는 자연을 지배하는 신이 아니에요. 자연을 섬기는 종일 뿐이죠.

피부는 햇살에 그을고, 손톱과 손바닥이 흙색깔로 변하고, 무릎과 팔꿈치에 딱딱한 굳은살이 박일 정도로 벌레처럼 정원을 기어다녀야 하는 정원의 노예예요.

다에코는 정원사라는 명함과 오토와 남작 가문의 공주님이라는 수식어를 달고 데뷔했지요.

눈에 띄게 수려한 미모, 게다가 가드닝의 유행. 세상은 그녀를 놓치지 않았어요.

여러분, 어떠세요? 이렇게 폭로해버리면 오토와 다에코의 그 불가사의한 매력의 정체를 알아차릴 수 있으실 테지요.

여왕이라는 존칭은 좋은 의미로건 나쁜 의미로건 그녀에게 너무도 잘 어울려요.

여왕은 결코 아부를 하지 않죠. 그러니 주위 사람은 접근하기 힘들어요. 그러나 그 여왕님은 모든 사람에게 친근하게 말을 걸어줍니다.

귀족은 나태해요. 내가 아는 시코 산장의 역대 주인들 모두 그랬습니다. 그러나 그 공주님은 훌륭한 일꾼이었죠.

아름답고 재능 있고, 고귀하기까지 한 그 여성에게 사람들은 벌떼처럼 모여들었어요. 이른바 덕망과는 아무런 관계 없이 말이죠.

다에코는 정확히 말하자면 여왕님이 아니라, 여왕이기를 갈망하는 서민의 한 사람이었답니다.

오토와 다에코의 명성은 언론의 힘을 통해 저 혼자 걸어가기 시작했지요.

다른 취미나 특기라면 노력 여하에 따라 명성에 걸맞은 실력을 키워갈 수도 있을 테지요. 그러나 정원사의 길은 그리 호락호락하지 않아요. 힘을 기를 수 있는 장소는 정원 외에 아무 데도 없으니까요.

그래도 다에코는 두려워하지 않았어요. 불가능을 가능으로 바꾸는 방법을 알고 있었거든요.

또 한 명의 오토와 다에코. 그 명성을 충분히 지탱해줄 만한 실력을 갖춘 사람이 바로 곁에 있었으니까요.

정원에 관련된 오토와 다에코의 저서는 스무 종을 넘죠. 하나같이 베스트셀러가 되었고, 요즘에는 간행과 동시에 해외에서 출판 계약을 의뢰하는 출판사들이 줄을 서고 있어요.

그 내용은 모두 내가 시코 산장의 벽난로 곁에서 이야기해준 것들입니다. 다에코는 녹음기를 틀어놓고 노트에 내 말을 빠짐없이 받아적었어요.

텔레비전에 나갈 때면 큰 소동이 벌어졌죠. 대본을 미리 건네받아서 질문에 대한 대답을 전부 내가 미리 준비해주었어요. 때문에 다에코는 생방송에는 절대로 출연하지 않았지요.

예를 들면, 이런 식이에요. 원예 프로그램의 주제가 '자란(紫蘭)'이라고 합시다.

자란은 원래 습생식물이라 적당한 습기와 그늘이 있어야 하므로 연못가나 돌 사이, 나무 그늘 아래 심기에 적합한 꽃이에요. 저녁노을이 지는 나무 아래, 흰색 또는 분홍색 꽃이 핀 줄기가 뻗어 있는 모습. 그런 이미지가 자란의 아름다움이지요.

추위에는 강하지만 건조함에는 약해요. 특히 여름 햇살이 물기를 증발시키면 금방 뿌리가 상해버리고 말아요. 겨울에 잎이 마르기 시작하면 짚을 깔아서 건조를 예방하고, 이삼 년에 한 번씩 분갈이를 해주어야 합니다.

삼십 분 정도의 프로그램에는 이 정도의 지식이면 충분해요.

또 예를 들어, 튤립.

화단의 주역이라 할 수 있는 화려한 꽃이므로, 가을에 뿌리를 잘못 옮겨심으면 다음해 봄에는 화단이 엉망이 되고 말겠죠.

반드시 조생(早生), 중생(中生), 만생(晩生)을 가려낼 줄 알아야 해요. 조생은 키가 작아 아래쪽에서 피기 때문에 화단 가에 심어야 하고, 중생은 그 안쪽에, 만생은 그보다 더 안쪽에 심어두면 3월에서 4월 말까지 아름다운 꽃을 피워 사람의 눈을 즐겁게 해주지요. 물론 이 방법은 정원의 깊이를 드러내는 원근법에도 적용돼. 구근은 크기의 세 배 정도 되는 깊이에 심고, 꽃이 지면 반드시 비료를 주어야 합니다.

잡지의 컬러 화보 몇 장 정도는 이런 지식만으로 충분해요.

델피니움은…… 아, 이 정도로 해두지요. 여러분께는 지겨운 이야기일 테니까요.

글을 쓰는 사람들의 세계에서는 문장이 좋지 않은 유명인사를 위해 은밀히 대필을 해주는 고스트 라이터가 있다는 말을 들은 적이 있는데, 나야말로 오토와 다에코의 고스트 정원사라 할 수 있을 겁니다. 세상 사람들이 오토와 다에코의 지식이라고 믿었던 것은, 내가 시코 산장의 정원에서 칠십 년간 터득해온 자연에 대한 의례였습니다.

물론 그것이 나의 모든 것은 아니에요. 가드닝이라는 장엄한 의식의 극히 일부분만을 가르쳤을 뿐이었지만, 그것만으로도 다에코를 세계적인 명사로 만들기에 충분한 것이었죠.

텔레비전이나 잡지에 등장하는 오토와 다에코는 늘 꽃처럼 웃고 있지만, 나는 정원에서 웃은 적이 없어요. 그곳은 절대로 인간의 감정을 드러내서는 안 되는 신들의 정원이니까요.

자작나무 숲을 빠져나와 정원으로 들어서면 나는 내가 나라는 사실을 잊어버려요. 목련나무 건너편의 오솔길을 따라 새하얀 옷을 걸치고 무릎으로 걷는 고대의 신관처럼 모든 인간적인 감정을 버리고 나는 걸어갑니다.

신이 머무는 나무는 둥그런 몸을 흔들면서 말을 걸어와요.

너희 인간은 진화한 것이 아니다, 자연의 순리를 벗어난 그 순간부터 끝도 없이 퇴행하고 있는 것이다, 퇴화하고 있는 것이다, 라고.

나는 그런 인간의 어리석음을 사죄하면서, 어리석은 인간을 신의 정원에 제물로 바쳐오고 있습니다.

이른바 가드닝의 지식은 그런 의식의 대가였던 거예요. 그러므로 잡초 씨앗을 마구 뿌리듯 나의 지식 한 조각을 던져준 것만으로도 오토와 다에코는 가드닝의 여왕이라 불릴 수 있었던 거지요.

나는 다에코를 사랑했습니다. 피를 나눈 자식처럼, 언젠가 시코 산장의 정원을 물려줄 정통 후계자로서.

그러나 명성이 높아짐에 따라 다에코는 변해갔지요.

머리가 좋은 그녀는 내가 가르친 지식을 잊지 않고 하나하나 쌓아갔어요. 그리고 그것들을 가르쳐준 것은 나라는 사실만을 잊어갔습니다.

세월이 흐르면서 다에코는 나를 부정하기 시작했어요. 나의 지혜를 빌리지 않고 제멋대로 떠들어대기 시작했죠.

그리고 결국에는 내가 현관 옆에 정성껏 가꾸어둔 로벨리아 화단을, 형형색색의 비올라와 팬지로 바꾸어버렸어요. 오로지 분위기가 밝아진다는 이유만으로. 개화 기간이 길다는 이유만으로.

내가 죽으면 다에코는 시코 산장의 정원을 마음대로 바꿀 테지요. 이제 곧 백 년이 지나 각하가 만족할 만한 모습을 갖추게 될 그 정원을. 최선을 다해 하나하나 쌓아올려 마침내 내가 고개를 끄덕일 수 있는 그런 모습을 갖추어가고 있는 이 시점에서.

나는 정원지기입니다.

오토와 다에코도 아니고 가쿠라이 시게도 아니며, 그렇다고 정원사는 더더욱 아닌, 시코 산장의 정원지기에 지나지 않아요.

앞으로도 계속, 지구상에서 풀과 나무와 꽃이 사라질 때까지 영원히.

다에코의 장미는 먹고 싶을 정도로 아름다운 마틸다. 봄에서 가을까지 엷은 분홍색 꽃을 피우는 플로리반다의 명품종이지요.

사람들은 어둠 속에서 손가락 하나 까딱하지 않고 가쿠라이 시게의 무표정한 얼굴을 응시하고 있었다.

"······살인자."

두려움에 가득 찬 여자의 목소리가 들렸다.

"예, 그래요."

가쿠라이 시게는 칼이 떨어지기를 기다리는 사람처럼 목을 축 늘어뜨렸다. 그러나 목소리는 다시 들려오지 않았다.

"나는 이 모임의 뜻을 잘 알고 있기에 있는 그대로를 말씀드렸어요. 여러분도 이 이야기를 가슴속에 깊이 묻어주시기 바랍니다."

고개를 숙인 채 가쿠라이 시게는 그렇게 말했다. 그림자들은 희미하게 고개를 끄덕였다.

"정원에 들어서면 내 몸은 걸음을 내디딜 때마다 점점 줄어들어서 마침내는 옛날이야기에 나오는 숲의 요정처럼 작아져버려요. 인간은 다 똑같아요. 자신은 느끼지 못할지 몰라도, 뒷모습을 보면 잘 짜여진 원근법처럼 몸이 작아져서, 목련나무 아래서는 누구나 소녀가 되고, 적송의 이끼 정원에서는 다람쥐가 되고, 밤나무와 호두나무 숲으로 들어가면 작은 새가 되며, 로즈 가든에 이르러서는 마치 무당벌레처럼 작아져버리고 말아요. 그러다가 사라져버린다 해도 전혀 이상하지 않을 정도로······"

인간이 아닌 다른 무엇인 듯한 얼굴을 숙이고, 가쿠라이 시게는 이야기의 마무리를 이어나갔다.

오래 전에 조성된 남 가루이자와의 숲은 자칫 잘못 들어가면 방향을 잃어버릴 정도로 나무가 무성합니다.
길잡이가 되어줄 아사마 산이나 하나레 산도 나무들에 가려 보이지 않아요.
끝도 없는 낙엽송 숲을 헤매다 갑자기 눈앞에 로즈 가든이 나타나면 사람들은 입을 쩍 벌리고 말지요.
가루이자와의 토지와 기후에서 자라기 힘든 장미가 그곳에 기적처럼 피어 있으니까요.
충분한 일조량과 구충작업. 그리고 충분한 비료.
아사마 산의 기슭에서 뻗어내려오는 완만한 경사에 화사한 장미가 흐드러지게 피어 있답니다.
오토와 다에코는 마틸다. 구니다카 님은 샤포 드 나폴레옹. 전 부인은 새빨간 하이브리드 티로 모습을 바꾸었어요.
그리고 가장 오래된 아버지의 꽃은 무성한 넝쿨 한쪽에 순백의 꽃을 가득 피우는 섬머 스노.
하늘에서 떨어져내리는 올드 로즈의 그러데이션.
초여름의 하루, 나는 로즈 가든을 질리지도 않고 바라보다가 정원으로 돌아옵니다.
여기저기 떨어져 있는 나뭇가지를 줍고 풀을 뽑고 벌레를 쫓으면서 천천히 걸어요.

쓰르라미가 시끄럽게 울어대는 저녁나절, 목련나무 아래에 이르면 각하가 기다리고 계십니다.

오늘도 육군대장 군복 차림으로, 금색 술이 달린 대도를 지팡이 삼아 부드러운 웃음을 머금고 나를 바라보고 계세요.

"각하, 백 년이 지났어요. 어떠세요?"

가슴에 가득 단 훈장을 낙엽송 나뭇가지 사이로 비쳐드는 햇살에 빛내면서 각하는 만족스럽게 고개를 끄덕이지요.

"정말 근사하구나. 이 나라는 생각대로 되지 않았지만, 이 정원은 세계 어디에 내놔도 손색이 없어."

"어머, 세계 최고라는 말씀은 안 해주시네요? 저는 그럴 각오로 정원을 가꾸어왔는데……"

"내가 전 세계의 정원을 다 살펴본 건 아니지 않느냐. 그건 궤변이야."

각하는 아무리 시간이 흘러도 절대로 세계 최고라고 칭찬해주시지는 않을 테지요. 보다 더 높은 곳을 바라보라고 암암리에 명령을 내리시고 있는 거예요.

"저도 많이 지쳤답니다. 상을 주세요. 피로가 가실 수 있게요."

각하는 흰 장갑을 낀 두 손을 내밀어 군복을 입은 가슴으로 내 작은 몸을 껴안아줍니다.

피로가 말끔히 가셔버리죠. 저녁노을과 함께 목련나무는 둥근 지붕을 달아 우리를 백 년의 장막으로 가려줍니다.

"너는 이 정원이 좋으냐?"

"예, 정말 좋아요."

"얼마나 좋으냐?"

"뼈를 묻고 싶을 정도로요."

쓰르라미의 울음소리가 그치고 밤의 침묵이 정원을 적실 때까지 자그마한 나는 각하의 가슴에 매달려 있어요.

나는 시코 산장의 정원지기. 풀을 뽑고 벌레를 쫓고 꽃을 피우는 정원사.

그렇지만 요즘 들어 묘한 생각이 들어요.

혹시 나는 인간이 아니라 목련 곁에 붙어 서 있는 작은 단풍나무가 아닌가 하는……

이야기를 끝낸 노파는 햇살에 그은 작은 얼굴을 들어올리고는, 짙은 주홍색으로 물든 단풍잎이 흔들리는 듯한 엷은 미소를 지었다.

비 오는 밤의 자객

시곗바늘은 한시를 지나고 있었다.

하나의 이야기가 끝나자 실내에는 금방 활기가 되살아나며 여기저기서 담소를 나누는 소리가 들려왔다. 간식을 먹으면서 잔을 기울이는 사람들의 표정에는 이야기를 듣고 있을 때의 엄숙한 분위기는 조금도 찾아볼 수 없었다.

"그런 대범함이 없었다면 명성을 얻을 수 없었을 테지요."

희미한 어둠 속 사람들의 그림자를 바라보며 오히나다가 말했다.

"아뇨, 자질의 문제가 아니라 명성을 얻었기 때문에 그 결과로 대범함을 지니게 된 게 아닐까요?" 하고 나는 대답했다.

아마 우리 둘 다 틀렸을 것이다. 그 사실은 잘 알고 있었다. 이 사람들은 단지 일상이 지겨운 것뿐이지만, 사람들의 존경을 받는 이

들이 그런 권태를 드러낼 수는 없다. 모임의 회원들은 어린아이처럼 그렇게 자신의 일상을 지겨워하고 있는 것이다.

"재미있으세요?"

오히나다는 내 얼굴을 살피며 조심스럽게 물었다.

"물론입니다. 전부 재미있었어요. 내 가슴에만 묻어두기 아까울 정도로요."

"그럼 잊어버리면 되죠."

오히나다는 얇은 입술 끝을 끌어올리며 웃었다. 그때 문득 나는 이야기와 이야기 사이에 사람들이 이렇게 웅성거리는 것은 그들이 대범하지 못하단 뜻이며, 단지 일상이 지겨워서 이런 모임에 참가하고 있는 게 아니라는 사실을 깨달았다.

일단 들은 이상 누군가에게 전하지 않고는 배길 수 없을 정도로 재미있는 이야기들을 이런 막간의 담소를 통해 잊어버리려 하는 것이다. 그것이 모임의 규칙을 어기지 않는 가장 현명한 방법일 테니까.

"오늘도 이렇게 사고루를 찾아주셔서 감사합니다."

어느새 전통복장으로 갈아입은 회장이 원탁의 상좌에서 입을 열었다. 연두색 기모노의 가슴팍에 장미 혹은 목단으로 보이는 커다란 꽃문양이 그려져 있었다.

"어느새 밤도 깊었습니다. 이번 이야기를 끝으로 오늘 모임은 마치도록 하겠습니다. 자, 어서 자리에 앉아주시지요."

사람들은 제각기 원탁 주위나 라운지 여기저기에 흩어져 있는 소파와 의자에 앉았다.

사람들이 자리잡기를 기다렸다가 여장 회장이 말했다.

"이야기를 하시는 분은 절대로 과장이나 미화를 해서는 안 됩니다."

그때 갑자기 굵직하고 탁한 목소리가 회장의 말을 가로막았다.

"이야기를 들으신 분은 꿈에서라도 발설해서는 안 됩니다. 있는 그대로를 말씀하시고, 바위처럼 입을 굳게 다물어야 합니다. 이것이 바로 이 모임의 규칙입니다. ……아, 어느새 외워버렸군. 이런 번거로운 서론은 생략하고, 바로 이야기로 들어가죠."

"아, 이런……"

회장은 쓴웃음을 지었다.

"남에게서 소개받으면 영 낯간지러워서. 나에 대해 이러쿵저러쿵 말하는 것도 싫고 말이오."

"그럼 편하신 대로 하시죠."

회장은 약간 불쾌한 표정으로 손을 내밀었다.

"그럼 시작하지요. 보시다시피 나는 여기 계신 분들과는 태생도 성장도 다른 놈이라오. 다만 하는 일이 이렇다보니 거짓말은 못 하죠. 부디 지겨워하지 말고 들어주십시오."

남자는 굵은 목을 감고 있는 넥타이를 느슨하게 풀고는 긴장한 듯 담배에 불을 붙였다. 담배연기에 미간을 찌푸리자 눈꼬리에서 입술까지 뻗어 있는 오래된 칼자국이 한층 더 추하게 일그러졌다.

사람들 앞에서 이야기를 할 기회가 잘 없는지라 좀 떨리는군.
야쿠자 가운데는 의외로 소심한 사람이 많소. 허세를 부리고 있어도 내면은 콤플렉스 덩어리지.
어릴 때도 골목대장이었던 놈은 찾아보기 힘들고 오히려 괴롭힘을 당하는 입장이었던 경우가 대부분이오. 물론 나도 그렇고. 집이 가난해서 부모가 제대로 신경도 못 써주고, 학교에선 따돌림을 당하고, 성격이 위축될 대로 위축된 아이가 세상을 비관하여 야쿠자가 된다. 열 명 중 여덟아홉은 그런 식이라오.
그러니 야쿠자라고 절대 겁먹을 필요가 없소이다. 어이, 하고 시비를 걸면 더 큰 목소리로, 왜! 하고 되받아쳐보십쇼. 상대가 먼저 겁을 먹고 물러설 테니까.
겉모습은 이래도, 나는 그 소심한 야쿠자의 대표선수 격이라오. 맨날 어깨에 힘주고 다니다보니 어느새 이런 분위기가 몸에 배긴 했지만, 타고난 성격은 어쩔 수 없는 모양이오. 지금 이렇게 이야기를 하면서도 테이블 아래 다리는 달달 떨고 있거든.
따지고 보면 우리가 험악한 인상을 쓰면서 어울리지도 않는 외제차를 굴리고 지폐 다발을 마구 뿌리고 하는 것도 전부 열등의식의 발로 같은 거요.
이름은…… 뭐, 이름이 뭐든 무슨 상관인가. 반드시 이름을 대야 한다는 규칙은 없지 않소?

동료들은 나를 '다쓰'라고 부르오. 자축인묘 할 때의 진(辰)자.

이 바닥에서는 나름대로 출세를 했으니, 이젠 아무도 그렇게 함부로 부르진 않지만 말이오.

일명 '오야붕'이란 작자들은 '사장님'이나 마찬가지로 어딜 가도 빗자루로 쓸어담을 정도로 넘쳐나지만, 나는 그 앞에 '대(大)'자가 하나 더 붙는 입장이라오.

오 년 전 선대가 세상을 떠났을 때, 난 뒤를 이를 그릇이 못 된다고 한사코 사양했지만 변호사가 관리하고 있던 선대의 유언장에 칠대 오야붕은 나라고 씌어 있어 어쩔 수 없었소. 요즘 세상에 싫어도 부모가 하라는 대로 하는 자식이 어디 있겠냐만, 우리 세계에서는 절대적이지. 그래서 졸지에 삼천 명의 꼬붕을 거느리는 입장이 되어버렸다오.

생각해보면 참 신기하지. 나는 천성적으로 야심이나 출세욕이 눈곱만큼도 없을뿐더러, 특별히 잘하는 게 있는 것도 아니었거든.

굳이 특징을 찾는다면, 요령이 없다는 걸 들 수 있겠군.

머리도 얼굴도 그리 나쁜 편은 아닌데, 잔머리를 잘 못 굴려서, 사건이 터지면 다 도망가고 나 혼자 눈치 없이 남아 있다가 잡혀버리곤 했소. 젊은 시절부터 그랬죠.

입은 무거운 편이니 그냥 나 혼자 죄를 뒤집어쓰고 마는데, 그러면 동료들은 내게 빚을 진 걸로 생각한다오. 의리 운운하는 걸 싫어

하는 나는 마음에 두지 말라고 하고, 그러면 또 아량이 넓다는 오해를 사게 되는 거요.

아마도 그런 오해가 쌓이고 쌓여, 당사자인 나는 전혀 눈치채지 못하고 있는 사이에 칠대 오야붕으로 낙점된 모양이더군.

꼭대기까지 올라와서야 알게 된 건데, 공중에 붕 떠 있는 어중간한 오야붕만큼 고생스런 자리도 없다오.

회사든 어디든 마찬가지일 거요. 책임을 져야 하는 위치는 참으로 괴롭기 그지없소. 그런데 막상 사장이 되고 나면 의외로 할 일이 없지. 우리처럼 거대한 조직은 이래라저래라 일일이 지시할 필요가 없다오. 다들 말하기 전에 알아서 처리해버리니까.

게다가 회사와 달리 주주나 노조가 없으니 윗사람에게 책임을 묻는 일은 있을 수 없고, 이런 위치까지 오면 경찰에 잡힐 염려도 없소. 남은 건 목숨을 위협받지 않도록 조심하는 것뿐이오. 하지만 원체 간이 콩알만한 인간이라 늘 습관적으로 조심하고 있으니까 굳이 고생이랄 것도 없지.

아, 개인적인 얘기만 해서 미안하군요. 이야기하는 요령도 없어서 말이지. 양해해주시오.

나는 집단취직으로 상경해서 아라카와의 도금공장에서 일하다가 일 년도 안 되어 그만두었소. 참을성이 없어서가 아니라 단조로운 직공 일이 성격에 맞지 않아서였지.

중졸 노동자가 환영받던 시절이었지만, 대부분은 나와 같은 상황이었다오. 당시의 집단취직이라는 건 자신의 의사로 직장을 정하는 것도 아니고, 양식을 축내는 입을 하나 줄이거나 동생들을 고등학교에 보내기 위해 거의 내쫓다시피 상경시키는 식이었으니까. 일단 취직해서 잠깐 의무를 다하면, 그 다음엔 어떻게 살아가든 상관할 사람이 없었지.

전국이 도쿄 올림픽 유치를 목표로 고도성장의 파도를 타기 시작하던 시절이었지. 세상은 눈알이 팽팽 돌 정도로 급속하게 바뀌어가는데, 직공이나 점원과 같은 단조로운 일을 하고 있자니 마치 시간의 흐름에 뒤처지는 것 같은 느낌이 들었던 거요.

그렇지만 중졸 촌뜨기 꼬마가 직장을 그만둔다 한들 비슷한 일거리밖에 찾을 수 없지 않겠소. 그런 일들을 피하다보면 결국에는 물장사 쪽으로 흘러들게 마련이오.

여자는 참 좋겠다고 생각했지요. 커피숍 웨이트리스로 출발해서 촌티를 벗으면 바에서 아르바이트를 하고, 그러다 손님 다루는 솜씨를 익히게 되면 카바레 호스티스가 되는 식이오. 보통 사람들이 보면 점점 타락하는 걸로 보이겠지만, 확실히 들어오는 돈이 달라지니 나쁠 게 없지. 또 여자는 돈이 있는 만큼 점점 예뻐지니까 말이오.

그러나 남자는 그렇지가 않다오. 커피숍 웨이터로 출발해서 카운터 일을 배우고, 그러다 칵테일을 만들 줄 알게 되면 바텐더. 그러면 거기서 스톱. 게다가 벌이도 그리 신통치 않죠.

하나의 가게를 도맡아 경영하는 매니저가 되려면 일단 어느 정도 나이가 있어야 해요. 적어도 서른이 넘거나 가정이 있는 사람이 아니면 가게의 매상을 맡길 만한 신용을 가질 수 없는 거지.

내가 물장사에 발을 들여놓은 것이 열여섯 정도였을 때니, 앞날을 생각하면 참으로 막막하기 그지없었소.

아니, 사실 심각하게 생각하지는 않았을지도 모르겠군. 밤낮이 뒤바뀐 생활도 그 나이 때는 별로 힘든 일이 아니었고, 물장사 쪽 동료나 선배들은 잔소리 많은 공장 직공들보다 훨씬 친해지기 쉬웠으니까. 그리고 무엇보다 젊고 예쁜 여자들이 주위에 가득하니 즐거울 수밖에.

땅값이 급등하기 전 도쿄에는 사방이 커피숍이었다오. 아무 데나 돌을 던져도 커피숍 유리창이 깨질 정도였지. 때문에 바텐더나 웨이터 일자리는 구하기 쉬웠고, 오히려 한 곳에서 일 년 이상 일하는 게 이상할 정도였지. 들어가자마자 조금이라도 조건이 좋은 다른 가게를 찾는 식이었으니, 신문의 구인광고를 보는 것이 하루 일과였소.

나도 이 년 남짓 그 바닥에 있으면서 대체 몇 군데나 옮겨다녔는지 모르겠군.

그렇지만 이상하게도 거의 우에노 지역이었소. 중졸 촌뜨기의 눈으로 보면 열차에서 맨 처음 내린 우에노라는 역이 고향이나 마찬가지였거든. 고향에서 가까워서가 아니라, 그곳이 바로 도쿄 안에서의 고향이었지. 우에노와 아사쿠사, 간다, 니혼바시. 하지만 그 주위긴 해도 긴자에는 가지 않았다오. 왠지 접근하기가 힘들었지.

얼마간 그 주위를 오가다가 신주쿠의 음악다방에 취직했을 때 비로소 나도 이제 도시 사람이 되었다는 느낌이 들더군.

이제는 음악다방을 찾아볼 수 없겠지. 어두컴컴하고, 넓고, 추울 정도로 냉방이 잘 되고, 하루 종일 우울한 클래식만 트는 곳. 일층과 이층이 일반석이고 삼층이 동반석인데, 여긴 주로 아베크족들이 애정행각을 벌이던 곳이었다오.

내가 일하던 가게에는 지하층이 있었는데, 그게 원흉이었소. 그 지역을 어슬렁거리는 야쿠자 똘마니들의 소굴이었거든. 어느 조직이건 사무실에 있으면 심부름만 하는 신세니 이런 데 와서 죽치고 앉아 있는 거지.

그런 처지에 다른 사람들과 말썽을 일으킬 수 없으니 다들 얌전하게 앉아 있지만, 우리 입장에서 보면 아무래도 무서울 수밖에 없었소. 같은 웨이터라도 고참은 삼층 동반석, 그 다음은 일층이나 이층의 일반석, 나 같은 신참은 지하에서 일했는데, 아까도 말했듯이 천성이 소심한지라 매일 잔뜩 겁에 질려 있었지.

그 음악다방에 취직한 지 며칠 안 된 어느 날의 일이오. 구석 자리에 아이스커피를 가져갔는데, 화려한 알로하 셔츠를 입은 야쿠자가 갑자기 내 손을 덥석 잡는 거요. 내가 무슨 잘못이라도 했나 하고 간이 콩알만해졌는데, 그게 아니더군.

"어이 다쓰짱, 나야, 나."

겉모습이 너무 변해 있어서 바로 알아보지 못했지만 그 사람은 우에노의 커피숍에서 몇 달 같이 일했던 시마라는 사람이었소. 나이는 나보다 두세 살 정도 위였을 거요.

"어, 시마 씨?"

"오랜만이야. 여전히 이런 데 처박혀 있었구만."

별로 상대하고 싶지 않았지만, 호탕한 성격에 예전에 밥도 많이 사주고 했던 사람이라 무시할 수만은 없었다오.

생각해보면 시마를 만났던 그날이 운명의 갈림길이었던 것 같소. 자신의 앞길은 스스로 개척해야 한다, 나도 젊은 애들에게 자주 그렇게 설교하지만 인생이란 그리 호락호락하지가 않죠. 운명의 갈림길에는 늘 누군가 타인이 서 있소. 그리고 이쪽으로 오라고 팔을 잡아끌지.

그 타인이 제대로 된 사람이면 문제가 없는데, 그게 꼭 그렇지만도 않소. 그 갈림길에 서 있는 인간은 신이 대충 성의 없게 정해주는 건지도 모르오. 선악이나 능력 같은 건 전혀 관계없지. 그런 별 볼일 없는 인간에 의해 인생의 행로가 결정되고 마는 거요.

그 사람을 만나지 못했다면 지금의 내가 없었다고 할 만큼 고마운 사람이 있는가 하면, 그놈만 없었어도 내 인생이 이렇게 되지는 않았을 거라고 평생 후회하는 경우도 있지.

'키 퍼슨(key person)'이라고 하던가? 살아가면서 만나는 사람중에 누가 그런 키 퍼슨인지를 알 수 없다는 것이 인생의 무서운 부분이라오.

그 시마라는 남자는 특별히 나와 친했던 것도 아니고, 긴 인생 속에서 보자면 잠깐 스쳐간 사람에 지나지 않아. 그 사람에게도 마찬가지였겠지. 그러나 나는 그 사람 때문에 인생이 바뀌어버리고 말았소.

"어이, 다쓰. 나 지금 마부치에 신세지고 있어. 아직 정식으로 입문은 안 했지만 말이야, 봐봐."

그러고는 보아란듯이 호주머니에서 배지를 꺼내더군. 마부치 파는 그즈음 신주쿠 가부키초의 한 구역을 점령하고 있는 도박계 야쿠자 일가였다오.

지금 생각해보면 정식으로 입문도 하지 않은 똘마니가 배지를 가지고 있다는 것 자체가 이해하기 힘든 일이지만, 야쿠자가 당당하게 길거리를 활보하던 시대였으니 배지를 들이대면서 조직에 들어오라고 꼬셨을지도 모를 일이오. 요즘 젊은이들이 명품을 갖고 다니듯이 그즈음의 젊은이들은 그런 것을 동경했으니까.

그때는 나도 눈을 동그랗게 뜨고 감탄했다오.

시마에게는 나를 야쿠자 세계로 끌어들이려는 악의 같은 건 전혀 없었을 거요. 그냥 약간 안면이 있는 나를 데리고 다니면서 형님 행세를 하고 싶었을 뿐이었겠지.

마침 교대시간이라 근무가 끝나고 나서 둘이 신주쿠 역 서쪽 출구 쪽에 있는 정식집으로 밥을 먹으러 갔소. 거기서 내가 먹던 메뉴는 고작해야 고로케와 감자 샐러드 정도였는데, 시마는 이것도 먹어라 저것도 먹어라 하면서 잔뜩 시켜주고는, 계산대에 가서는 천 엔짜리 지폐를 내던지면서 거스름돈은 필요 없다고 당당하게 말하는 거요.

배가 불룩해져서 밖으로 나오니 알로하 셔츠에 파나마 모자를 쓴 똘마니가 위세 당당한 형님으로 보이더군.

요즘 젊은이들은 하나같이 돼지처럼 뚱뚱한 놈들뿐이라 먹는 걸로 꼬신다는 건 불가능한 일이지만, 당시에는 배 터지게 밥을 얻어먹는다는 건 어마어마한 은혜를 입는 거나 마찬가지였소.

그날 밤 시마는 사무실 당직이었소. 야쿠자와 깊이 사귀어서는 안 된다는 생각을 하면서도 나는 그가 이끄는 대로 마부치 파의 사무실로 갔지. 무서운 것일수록 보고 싶어하는 호기심에서였을 거요.

해가 떨어진 지 얼마 되지 않은 때였지만, 무슨 중요한 일이 있는지 고참들은 다 자리를 비우고 똘마니 세 명만이 사무실을 지키고 있었다오. 모두 음악다방 지하에서 보았던 얼굴들이었소.

"얘는, 고향 동생 다쓰야."

시마는 거들먹거리며 나를 소개하더군.

"고향 동생? 이녀석 '사텐'의 웨이터 아냐?"

똘마니 하나가 시마를 무시하듯이 말하자 그 말투가 신경에 거슬

렸는지 이녀석이 꽤나 과장된 말들을 쏟아내는 거요.

"내가 이전에 데리고 있던 앤데 말이야, 왜 소식이 없나 했더니 사텐에서 웨이터를 하고 있더라구. 우에노에 있을 때는 동네 깡패들과 자주 붙곤 했는데, 이녀석 깡다구 하나는 알아줬어. 내일이라도 형님에게 소개할 생각이야."

'무슨 소리야, 하고 나는 속으로 외쳤지. 괜히 말려들어갔다가 나중에 빼도 박도 못 하면 어쩌나 싶더군.

하지만 별로 무섭지는 않았어. 어차피 갈 곳 없는 신세니, 혹시 곤란해지면 미련 없이 이곳을 떠버리면 그만이니까.

그날 밤은 고참들이 다시 안 들어온다기에 네 명이서 화투를 쳤다오. 아래층 빠찡꼬 가게에서 백 엔짜리 지폐를 동전으로 바꾸어 진짜 도박판 같은 분위기를 내면서.

그러다 밤중에 이상한 전화가 걸려왔소. 시마가 수화기를 놓더니 고개를 갸우뚱하면서 이렇게 말하더군.

"오야붕 있냐, 는데? 친한 것처럼 말하던데, 혹시 누구 스즈키라는 사람 알아?"

"스즈키라는 놈들은 많이 알지만 오야붕에게 반말하는 스즈키는 모르겠는걸."

그렇게 대답한 똘마니는 담배를 사러 나갔다가 그대로 돌아오지 않았소.

잠시 후 또 전화가 걸려왔지.

"당직이요? 예, 지금 세 명 있습니다. 아, 그런데 그냥 스즈키 씨라고만 하면 잘 모르겠는데요? ……쳇, 끊어버렸네."

그러자 다른 똘마니 하나가 여자와 약속이 있다면서 다른 한 명을 데리고 나가버렸어. 사무실에는 시마와 나 둘만 남았지.

"금방 돌아올게. 사무실 잘 지켜, 시마."

"응" 하고 건성으로 대답하면서 동료를 내보낸 시마는 혀를 차며 말했소.

"너랑 내가 계속 돈을 따니까 기분이 상했나보군. 둘이서 하자."

그러고 보니 판돈은 거의 다 시마와 내 앞에 쌓여 있었다오.

그로부터 십 분 정도 지났을까, 갑자기 누군가 사무실 문을 세차게 두드리는 거요.

"열어, 열어! 빨리 열지 못해!"

나는 고참이 온 줄 알고 잔뜩 겁을 먹었지. 일단 테이블 위의 화투와 돈을 치우려는데, 어느새 시마 이놈이 사라져버린 거요.

뒤를 돌아보니 안쪽 화장실로 뛰어들어가는 시마의 뒷모습이 보였소.

"야, 어디 가는 거야!"

서둘러 뒤를 따라갔더니 시마 놈은 화장실 창문으로 빠져나가 이웃집 지붕으로 뛰어내려서는 걸음아 날 살려라 도망가버리는 거요. 뭐가 뭔지 모르겠지만 어쨌든 큰일인가보다 하고 나도 화장실 창문으로 도망치려는데 누가 뒤에서 발을 잡고는 끌어내려서 수갑을 채

우더군.

"경찰이다. 꼼짝 마! 도박현행범으로 체포하겠다. 너 혼자냐?"

세상에 혼자서 도박하는 놈이 어딨겠나. 화장실 밖으로 끌려나와보니 사무실에는 사복 경찰 몇 명이 들어와서 사방을 뒤지고 있었소.

"아까 전화로는 세 명이라고 했는데, 다른 두 놈 이름은 뭐냐?"

나는 있는 그대로 설명했다오. 당직은 세 명이었고, 나는 조직의 사람이 아니다. 한 사람이 없어진 다음 두번째 전화가 왔었고…… 너무 당황한 탓에 있는 그대로 말을 할수록 일은 점점 더 꼬여버렸지.

내가 처음으로 경찰 신세를 진 사건의 전말은 이렇소. 정말 시시한 내용인데, 여러분은 이 이야기에 숨겨져 있는 트릭을 눈치챘소?

"글쎄……"

사람들의 얼굴을 한 번 빙 둘러본 다음 여장 회장이 말했다.

"트릭이라, 이야기에 이상한 점은 없는 것 같은데요."

"조직과 아무 관계도 없는 내가 왜 혼자 체포되었느냐는 겁니다."

"운이 없었다고 할 수밖에 없군요."

"그렇지 않소이다" 하고 남자는 담배에 불을 붙이고 말을 이었다.

"야쿠자는 여러분이 생각하는 것만큼 바보가 아니오. 그때만 해도, 야쿠자는 일종의 필요악이라는 인식이 있었습니다. 때문에 관할 경찰서와 의외로 친했던 겁니다. 하기야 그런 사정은 지금도 별

비 오는 밤의 자객

다를 바 없지만."

테이블에 앉은 한 신사가 "필요악이란 말이죠?" 하고 퉁명스럽게 말했다.

"나는 이 세상에는 필요한 악 같은 건 있을 수 없다고 생각하오."

다쓰라는 남자는 시간이 지날수록 안정을 찾아 점점 '대 오야붕' 다운 분위기를 풍겼다. 딱 벌어진 어깨와 체격 때문에 젊어 보이지만, 이야기의 내용으로 봐서는 꽤 나이가 들었을 것이다.

"내버려두면 무슨 짓을 할지 모를 어린것들을 한데 모아 일종의 교육을 시키는 거죠. 야쿠자 조직들은 관록과 실력으로 서로 안정된 파워 밸런스를 유지하고 있소. 경찰 입장에서도 그게 편하지."

총명한 회원들은 어둠 속에서 일제히 고개를 끄덕였다.

"나중에 안 일이지만, 그날 밤의 트릭은 이런 거였소. 경찰은 일년에 한두 번 관할 내의 조직 사무실을 수색하오. 평소 아무리 친하게 지내는 사이라 해도 그 정도 일은 해야 하니까. 모월 모시에 이러저러한 용의로 급습할 테니 젊은 애 한둘 정도 준비해두라고 오야붕이나 고참에게 미리 연락을 해두는 거죠. 짭새의 체면을 세우기 위한 제물이라 보면 되오. 내 생각으로는 사무실에 있던 똘마니 세 명은 자신들이 희생양임을 알고 있었어. 적어도 처음에 담배를 사러 나갔다가 돌아오지 않은 놈이 시마한테만 뒤집어씌우자고 다른 놈들과 짠 거지. 그래서 일부러 백 엔짜리 지폐까지 준비해서 노름을 시작한 거요. 성냥개비로 노름을 해서는 현행범이 될 수 없으니까."

"호오" 하고 신사가 감탄하며 말했다.

"그렇다면 우연히 그날 밤 사무실에 간 당신은 정말 운이 나빴던 게로군요."

"아니지, 그게 아니오. 시마는 보기보다 눈치가 빠르고 교활한 놈이었어. 아무래도 불길한 예감이 들어서 나를 데리고 갔던 게 분명하오. 여차하면 나를 대신 들이댈 생각이었을 거요. 어차피 누구 하나는 잡혀가야 일 년에 한두 번 벌어지는 이 소동이 그럴듯해지니까. 혹은 고참 하나가 시마에게, 네가 잡혀가기 싫으면 대신할 놈을 하나 데리고 오라고 했을지도 모르지."

"아!" 하고 여기저기서 감탄하는 소리가 한숨으로 바뀌었다.

"여러분, 야쿠자 세계는 그처럼 한시도 마음을 놓아서는 안 되는 곳이라오. 오야붕이니 꼬붕이니 하면서 형제처럼 지내지만 언제 목에 칼이 들어올지 모릅니다. 운이 좋으니 나쁘니 하는 건 당신네들같이 맘 편한 사람들 얘기고, 야쿠자가 그렇게 안일하게 살다가는 목숨이 몇 개라도 모자라지. 어쨌든……"

다쓰는 와인으로 입술을 적시고는 계속해서 사건의 후일담을 이야기했다.

"내가 요도바시 경찰서에 잡혀들어가자 기다렸다는 듯이 조직의 고문변호사가 달려왔소. 나를 접대실로 데리고 가선, 뭘 물어도 입꾹 다물고 있어라, 그렇게만 하면 모든 게 순조롭게 풀릴 것이라고

하더군. 쓸데없이 주절거리다가는 험한 꼴을 당한다는 소리였지. 나는 명령대로 묵비권을 행사했고, 어차피 연례행사에 불과한 사건이니 서에서도 각본대로 조서를 작성해서 재빨리 수사를 완결했소. 나는 한마디도 하지 않고 송치되었고, 검사에게 잔소리 몇 마디만 듣고 기소유예 처분을 받았지요. 그리고 신병인도인으로 등장한 변호사와 함께 두 번 다시 가고 싶지 않은 마부치 파의 사무실에 들어갔소. 고참들이 수고가 많았다며 용돈도 주고, 입이 무겁다고 칭찬도 하고, 여기서 좀 놀다 가지 않겠냐면서 손을 잡는 거요. 그렇게 해서 정말 우연하게 그 세계에 발을 들이게 된 거죠."

다쓰는 볼을 가로지르는 흉터를 일그러뜨리면서 음침하게 소리 높여 웃었다.

마부치 파의 오야붕은 다른 조직에서는 '등잔불'이라는 별명으로 통할 만큼 얼빠진 사람이었어. 있으나 없으나 별 상관 없을 정도로 말이지.

그래도 도박장을 세 군데나 갖고 있고, 가부키초의 음식점이나 술집 등에서 꽤 많은 금액을 상납받고 있던 터라 형편은 나쁘지 않았소. 그러나, 실제로 그 모든 업무를 처리하는 사람은 사노라는 가시라(若頭)였다오.

'가시라'는 관서 지방에서 부르는 호칭이고, 그즈음 관동에서는 다이가시(代貸)라고 했소. 오야붕은 가시모토(貸元)라고 했고.

군인 출신인 사노는 서른이 조금 넘었었는데, 영화배우 뺨치는 미남이었지. 군대도 못 가고 징역을 살았던 오야붕과는 하늘과 땅 차이로, 풍채도 좋고 분위기도 있고 머리도 좋았어. 옆에서 보면 오야붕은 장식품에 불과했고, 젊은 애들은 하나같이 그 가시라를 따랐다오.

나는 시마와 함께 사노의 집에서 살고 있었소. 얹혀살면서 청소에서 취사까지 잡일을 책임지는, 일명 야쿠자 견습생이었지요. 원래 신참은 오야붕 집에 사는 게 관례지만, 마부치 파의 오야붕은 대낮부터 술만 마시고 무슨 일이 터져야만 겨우 정신을 차리는 사람이라 꼬붕들의 교육까지 모두 사노가 담당했던 거요.

정말 훌륭한 사람이었소. 그런 오야붕에게 충성을 바친다는 건 보통 일이 아니었을 거요. 관록만 있지 아무 쓸모 없는 오야붕을 열심히 먹여살린 거나 마찬가지였다오. 나도 후에 일가를 이루게 된 다음에 쓸 만한 부하가 없어 고민할 때마다 당시의 사노를 떠올리곤 했소. 아, 그런 젊은이가 하나 있으면 얼마나 좋을까, 하고 말이오.

같은 집에 사는 신참 중에도 당연히 서열이 있소. 내 바로 위가 시마, 그 위가 아까 말했던, 그날 밤 담배 사러 가는 척하며 도망친 다니구치라는 놈이었지.

하기야 애당초 서로를 신뢰하는 관계가 아니고, 아까도 말했다시피 형제의 의리라는 건 겉치레뿐이오. 서로의 속을 빤히 들여다보고 있으니까.

수금은 형님들의 일이고, 우리 같은 똘마니들한테는 돈을 만지게 해주지 않았소. 우리가 하는 일은 매월 5일에 열리는 도박장에 손님을 모으는 거였소. 이삼 일 전부터 자전거에 선물을 싣고 단골손님 집을 돌아다니는 거요.

메모 같은 걸로 증거를 남겨서는 안 되니까 손님 이름과 얼굴, 주소를 하나하나 외워가서 직접 개장을 알렸다오.

개장하면 시마와 나는 보초를 섰소. 전봇대 뒤에 서서 밤새도록 경찰이나 훼방꾼 같은 놈들이 오지 않나 감시하는 역할이었지.

다니구치는 신발 정리. 이쪽은 손님에게 팁도 받을 수 있고, 겨울에 추위에 떨 염려도 없었소. 그리고 그 위의 형님들은 접대 역. 이 단계부터 비로소 도박판을 구경할 수 있다오.

그리고 자리에서 직접 손님들 시중을 드는 보조 역, 딜러, 도박장을 총괄하는 다이가시가 있지. 오야붕은 보통 도박장에 얼굴을 드러내지 않소. 만에 하나 경찰에 걸리기라도 하면 체면이 말이 아니니까 말이오.

하기야 경찰과의 관계는 앞에서 말한 대로니까 사전 연락이 없는 습격은 있을 수 없는 일이지만, 그쪽에도 나름의 사정이 있어서 경시청의 집중검거작전이 실시되거나 세상 물정을 모르는 서장이나 형사부장이 부임하면 갑자기 습격을 할 때도 있지.

그럴 때는 보초, 신발 정리, 접대 역 똘마니들이 필사적으로 막고 있는 동안 손님들과 다른 형님들은 사다리를 타고 지붕 위로 올라가서 도망간다오. 만일 손님이 하나라도 경찰에 잡히면 그건 우리 똘마니들이 잘못한 탓이 되지.

그러나 사실 경찰의 습격 따위는 별 문제가 못 돼. 체포되어봐야 벌금형 정도로 끝나니까 말이오.

문제는 훼방꾼이오. 신주쿠 일대는 옛날부터 구역이 마구 얽혀 있어서, 도박판을 개장하는 여관이나 음식점이 동시에 여러 조직에 상납을 하는 경우가 있었소. 물론 좋아서 장소를 빌려주는 게 아니고 강요를 거절할 수 없는 것뿐이지.

상납을 받고 있으니 자기들 구역이라 생각하고 도박판을 개장하면, 그 장소에서 상납을 받는 또다른 조직이 훼방을 놓는 거요. 저쪽에서 보면 구역 침범, 우리 쪽에서 보면 훼방꾼인 셈이오.

그럴 때도 도박장으로 돌격해오는 놈은 똘마니, 그걸 막는 우리도 똘마니. 물론 양쪽 다 흉기를 들고 싸우니까 당연히 부상자가 나오고 때로는 죽기도 하오. 그 정도까지 가지 않으면 패기가 없다는 소리를 듣게 되고, 똘마니들이 피를 흘리고 나서야 겨우 상황이 정리된다오.

오야붕끼리의 담판은 참으로 간단하지.

"이번에 우리 애들이 소동을 피웠다더군요."

"별말씀을. 우리 애들이 버릇없게 군 게죠."

이런 식이오.

정말 불쌍하지. 열대여섯밖에 안 된 풋내기들이 울음을 터뜨리면서 달려들어. 소리를 지르며 기합을 넣는 게 아니라, 눈물까지 흘리면서 진짜로 엉엉 우는 거요. 그러면 이쪽도 같이 울면서 싸우지. 재수 없게 칼에 맞은 놈은 죽고 찌른 놈은 살인범이 되는 거요.

나에게 일어난 일생일대의 사건도 이런 '애들 소동'이 발단이었다오.

내 얼굴의 흉터도 그때 생긴 거요. 울면서 달려드는 놈에게 나도 울면서 붙었더니 일본도로 죽 그어버리더군.

뭐 그건 별 상관없는 얘기고, 문제는 그 소동의 수습이 잘 되지 않았다는 데 있었소.

처음부터 사노가 나서서 대화로 풀면 됐을 것을, 술에 취한 오야붕이 상대를 깔보고 나선 것이 화근이었지. 게다가 상대는 도박판 야쿠자가 아니라 불량배 패거리였다오.

야쿠자는 크게 도박판 계열과 암시장 계열로 나뉘는데, 이 두 부류는 업종이 다르니 부딪칠 일이 없소.

그러나 전쟁 후에 여기저기서 생겨난 불량배 조직들은 그런 개념이 없다보니 암시장이고 도박장이고 닥치는 대로 치고 들어간 거요.

불량배라면 왠지 얕잡아보기 쉽지만, 그 가운데는 야쿠자를 우습게 보는 자들이 꽤 많았거든.

그럴 만도 하지. 야쿠자 똘마니들이란 나만 봐도 알 수 있듯이 나약하고 열등의식 강한 놈이 자기도 모르는 새 이 세계에 흘러들어온 케이스가 많았으니까.

그런 점에서 볼 때 불량배는 확신범이라 할 수 있을 거요. 대학에서 럭비나 복싱 같은 것을 배우고, 주먹과 근성으로 살아가는 놈들이니 말이오.

징집병과 지원병의 차이라 생각하면 될 거요.

마부치 오야붕은 그런 불량배들을 얕잡아보고는, 간만에 건수를 올려서 꼬붕들한테 관록이 뭔지 보여주겠다며 달려들었다가 되레 호되게 당하고 말았소. 눈 아래가 시퍼렇게 멍이 들고, 몇십만 엔을 뜯긴데다가 결국에는 빌면서 용서를 구하기까지 했으니 참으로 꼴이 말이 아니었지.

물론 오야붕은 그런 내색을 하지 않았소. 놈들이 용서를 구하기에 용돈이나 좀 주었고, 어쩌다 날아오는 주먹에 맞아 멍이 들었을 뿐이라고만 했지.

우리도 좀 이상하다는 생각을 하긴 했는데, 결국 오야붕의 거짓말은 금방 들통나고 말았소. 그놈들이 마부치 등잔불의 무릎을 꿇리고 사과의 뜻으로 돈까지 받았다며 사방에다 떠들고 다녔으니까.

그리고, 그로부터 며칠 지나지 않아 사노가 본가로 불려갔소. 물론 오야붕에게는 비밀리에 말이오. 그 사건 전에도 마부치 오야붕은 이래저래 문제적인 존재였다오.

사노는 그날 밤 늦게 새파랗게 질린 얼굴로 돌아오더군.

집에 얹혀사는 부하들이 셋이나 있는데다 일가를 이루고 있는 것도 아니니 사노의 생활은 그리 풍족하지 못했다오. 일흔이 넘은 어머니는 오쿠보의 뒷골목에서 담뱃가게를 하고 있었고, 그 뒤에 붙어 있는 다다미 세 장짜리 방을 우리 셋이 쓰고 사노는 부인과 이층에서 살았소. 사노는 사형제 중 막내였는데, 위의 형 셋은 죄다 전사해버린 딱한 집안이었지.

집에 돌아오자마자 사노는 나와 시마를 이층으로 불렀소. 그리고 사무실에서 당직중이었던 다니구치에게도 집으로 오라고 전화를 해서, 셋이 다 모인 자리에서 이야기를 시작했다오.

사노의 얼굴도 새파랗게 질려 있었지만, 우리 얼굴 역시 백지장처럼 창백했지.

간단히 말하면 이런 이야기였소.

"너희, 마음 단단히 먹고 들어라. 방금 본가에 불려가서 명령을 받았다. 본가 입장에서는 불량배들에게 당하고 잠자코 있을 수 없지. 처리는 하시모토 형님이 하실 거야."

등골이 서늘해지는 느낌이더군. 하시모토는 마부치 오야붕과는 의형제 사이면서, 울던 아이도 이름을 들으면 울음을 그치는 과격파로, 일명 '죽음의 하시모토'라 불리는 사람이었어. 조직원은 백 명이 조금 못 되지만 하시모토 파가 일단 나섰다 하면 그 불량배들은 모두 죽은 거나 다름없었지.

"알겠나. 원래는 우리 내부에서 처리해야 하는 일이지만…… 다이가시인 내가 일을 저질렀다면 또 모를까, 상대가 오야붕이니 어쩔 수 없어."

거기까지 이야기하고, 사노는 계단 앞에서 아기를 어르고 있는 부인에게 고함을 질렀소. 왜 그리 눈치가 없느냐, 빨리 애를 데리고 바깥으로 나가지 못하겠느냐고 말이지. 평소 부인과 아이에게만은 따뜻하게 대하는 사람이었는데, 그렇게 화를 내니까 어찌할 바를 모르겠더군. 이거 아주 심각한 이야기구나 싶었어.

부인이 계단을 내려가자 사노는 문을 닫고 목소리를 낮추었소.

"잘 들어, 다니구치, 시마, 다쓰. 이제 녀희에게 도리에 어긋나는 명령을 내릴 생각이야. 듣고 싶지 않으면 지금 배지를 내놓고 여기서 나가라. 억지로 들을 필요는 없어."

우리는 서로의 얼굴을 마주 보았소. 도무지 무슨 이야기인지 짐작을 할 수 없었어. 그렇다고 이야기를 듣기도 전에 나가버릴 수야 없지 않겠소.

창 밖의 빨랫줄 옆에는 사노가 기르는 애완용 비둘기가 구구구 하고 울고 있었소. 나는 아직도 공원 같은 데서 구구구 하는 비둘기 울음소리를 들으면 그날 밤의 광경이 떠올라 으스스해진다오.

"모레 밤에 하시모토 파가 출동할 거야. 놈들의 소굴은 이미 다 파악했어. 적어도 우두머리 격 일곱 명은 절대 도망치지 못해. 그리고, 너희는 그 시각에 히가시나카노로 가는 거다."

"알겠습니다" 하고 시마가 재빨리 대답하더군. 하하, 이녀석, 착각하고 있었지. 히가시나카노라면 오야붕의 집이 있는 곳이니, 시마는 오야붕을 지키러 가라는 명령이라고 단순하게 생각한 거요. 그럴 리가 없지 않소. 그렇다면 도리에 어긋나는 명령일 리 없으니까.

"시마 너, 내 말을 알아듣긴 한 거냐?"

사노는 눈을 가늘게 뜨고 시마를 노려보았지. 그제야 시마는 사태를 깨닫고 숨을 삼키면서 바닥에 털썩 주저앉더군.

"역연(逆緣)은 이 바닥에서는 결코 있어서는 안 될 일이야. 그건 이십 년 넘게 도박판 바닥에서 밥을 빌어먹은 내가 누구보다 잘 알고 있다. 부모가 검은 까마귀를 희다고 하면 자식은 누가 뭐래도 희다고 말해야 해. 전 세계를 적으로 돌리는 한이 있어도 부모의 말에 따라야 하는 거다. 내가 오야붕의 뜻에 따라 검은 까마귀를 희다고 하면서 버텨왔다는 건 너희도 잘 알고 있겠지."

"예" 하고 우리는 한 목소리로 대답했소. 예전부터 사노는 설교 한마디 제대로 못 하는 오야붕을 대신해서 젊은 부하들에게 그런 교육을 철저히 시켜온 사람이었소.

"오야붕에게 손을 대는 건 분명 역연이지만, 이번 일은 쿠데타가 아니다. 가문에 먹칠을 한 부모의 잘못을 자식의 손으로 처리하는 것이야. 내가 너희 세 명을 자식으로 생각하고 있기에 하는 말이다."

분명히 본가의 명령이었음에도 불구하고 사노는 자신이 결정한 일인 양 말했다오.

거기까지 이야기를 들은 이상 싫든 좋든 피할 수 없는 일이었지. 이 작전에는 아주 치밀한 계략이 숨어 있었어. 모레 밤이 되면 불량배 간부들은 하시모토 파의 급습으로 말살될 테니, 그와 때를 같이 하여 마부치 오야붕을 죽이면 결정적인 단서가 없는 한 사람들은 그 불량배들이 보낸 자객의 짓으로 생각할 거요.

"간단한 일이야. 다른 사람 눈에 띄지 않게만 해치우면 돼. 경찰도 다른 조직원들도 역연이라고는 꿈에도 생각 못 할 테니까."

그렇소. 다만 만에 하나 삐끗하거나 다른 사람 눈에 띄면 그땐 끝장이오. 사노도 본가도 모른 척할 것이 분명하니, 우리는 조직의 누군가의 손에 죽든지, 절연당하고 살인죄로 잡혀들어갈 거요.

"잘 알겠습니다" 하고 다니구치가 두 주먹을 바닥에 대고 머리를 숙이더군.

일단 일을 벌이기로 했으면 조금이라도 밥그릇 수가 많은 다니구치가 리더가 되는 거요. 놈은 체격도 좋고 얼굴도 말쑥해 시마나 나보다 훨씬 그럴듯한 젊은이였고, 또 이 바닥에 뼈를 묻겠다는 각오도 지니고 있었어.

그러고 나서 사노는 한마디도 하지 않았소. 이런 위험한 일을 떠안은 이상 자잘한 부분은 너희가 알아서 해야 한다는 거지. 어떤 경우라도 사노나 본가에 누를 끼쳐서는 안 돼. '잘 알겠습니다' 라는 말에는 그런 의미가 담겨 있기에 사노는 더이상 아무 지시도 내리지 않은 거요.

우리는 열 장씩 묶은 천 엔짜리 지폐를 세 묶음씩 받았다오. 삼만 엔. 도쿄 올림픽 전이었으니 보통 회사원의 한 달 봉급쯤 되는 액수였지.

이대로는 잠이 안 올 것 같아 신주쿠로 가서 술 먹고 여자들과 놀다 돌아와보니, 반듯하게 개어진 이부자리 안에 권총 세 자루가 들어 있는 거요.

삐까번쩍한 사십오 구경 콜트였소.

사노는 아무 말도 하지 않았지만, 어지간히 고민했을 게 분명해. 그건 통칭 거버먼트라 불리는 미군의 권총이었다오. 때문에 만일 경찰에 잡히더라도 출처가 어딘지 둘러대기 수월했지. 주둔군에게 샀다고 하면 되니까. 다치가와의 미군 캠프는 치외법권 지역이니, 경찰의 입장에서 볼 때 '미군에게서 샀다'라는 건 '하늘에서 떨어졌다'라는 말이나 마찬가지라오. 더이상 수사하기란 불가능하지.

그런 고급 권총은 여태 사노의 집이나 사무실에서도 본 적이 없었으니 아마 본가에서 마련해주었을 거요.

"이런이런, 이번에도 살인 이야기로군요."

여장 회장이 새빨간 립스틱을 칠한 입술을 비틀며 한숨 섞인 목소리로 말했다.

"여러분이 듣고 싶지 않다면 그만두겠소이다."

그러자 사람들은 중간에 끼어든 회장에게 불평조로 말했다.

"계속합시다. 여기서 그만두면 사람을 죽인 이야기를 산 채로 매장하는 꼴이 돼요."

"아, 죄송합니다. 전 단지 개인적인 취향을 말씀드린 것뿐이랍니다."

회장의 익살스런 대꾸에 분위기는 다시 누그러들었다. 하지만 다쓰는 코웃음을 치면서 회장을 노려보았다.

"당신, 사람 죽여본 적 없소?"

"무슨 말씀, 살인이라뇨."

"누군가를 죽이고 싶다는 생각은 해본 적 없나?"

회장은 잠시 망설이며 생각에 잠겼다.

"난 거짓말은 하지 않소. 그렇다면 듣는 사람도 진실을 말하는 것이 이 모임의 규칙 아니오?"

이야기를 시작할 때만 해도 위축되어 보이던 다쓰는 어느새 어두운 기하학 무늬 날개를 활짝 펼친 커다란 새처럼 사람들을 압도하고 있었다. 탁한 목소리에도 점점 맑고 힘찬 기운이 스며들어 구석자리에까지 또박또박 울렸다.

"물론 죽이고 싶을 정도로 미워했던 사람은 있었지요."

"그런 말이 아니오" 하고 다쓰는 큰 소리로 회장을 나무랐다.

"미워서가 아니라, 내가 살기 위해서 누군가를 죽이려 한 적이 있느냐는 거요."

"그거야…… 없다고 하면 거짓말이겠지요."

"그렇지. 당신이나 나나, 자신의 자리에서 나름대로 성공을 거둔 사람들은 항상 목숨을 걸 각오를 하고 지금까지 살아왔을 거요. 죽느냐 죽이느냐의 갈림길을 몇 번이고 지나왔을 거요. 그 와중에서 다행히도 사람을 죽이지 않고 살아올 수 있었던 것은……"

"운이 좋아서였을까요?"

"그런 게 아니오."

다쓰는 뱃속 깊은 곳에서 짜내는 듯한 소리로 내뱉었다.

"그런 게 아니라고 했잖소. 아까도 말했듯이 인생에는 운이 좋고 나쁘고가 없단 말이오. 당신뿐 아니라 누구든 사람을 죽이지 않고 살아올 수 있었던 것은 사람을 죽이기가 생각만큼 쉽지 않은 일이기 때문이오."

실내에는 긴장된 고요가 가득했다. 아마 그 순간 모든 사람이 자신의 인생을 되돌아보고 있었을 것이다.

"그럼 이야기를 계속하겠소."

의자를 조금 뒤로 빼서 다리를 꼬더니, 다쓰는 이야기를 이어갔다.

이야기가 조금 거슬러올라가는군. 사노에게 삼만 엔씩 용돈을 받은 우리는 계획을 짜기 위해 함께 가부키초 한구석에 위치한 음식점으로 갔소.

사노의 집을 나온 이후로 아무도 입을 열지 않았지. 머릿속이 새하얗게 변해버린 것 같았거든.

우리 구역 내에 있는 그 세련된 음식점은 우리가 가면 꼭 구석 자리 아니면 이층으로 안내했다오. 아까도 말했듯이 구역이 마구 엉켜 있어서 손님도 야쿠자나 그에 관련된 놈들뿐이라 가게 안에서 말썽이 일어날 가능성이 있으니까, 우리 같은 똘마니들이 들어가면 곧장 격리시켜버리는 거요.

"어서 옵쇼. 다니짱, 시마짱, 다쓰짱, 안쪽 자리로 가시지요."

주인은 이렇게 친한 척 공손한 척하지만 떨떠름한 표정만은 감추지 못했다오. 배가 터지도록 먹고 마시고도 계산은 두 번 중 한 번 할까 말까 하니 말이오.

아, 그런데 왜 기억 속의 장면들은 모두 흑백이지?

그날 밤의 기억은 아무리 떠올리려 해봐도 빛과 그림자밖에 없는 흑백화면이오. 옛날 영화처럼 비까지 내리고 있소.

여름이었던 것만은 분명하오. 우리 모두 당시 유행하던 화려한 알로하 셔츠를 입고 있었으니까. 그러나 기억 속에선 그 셔츠마저 색이 사라져 보이는군.

여주인이 맥주를 가져오자, 다니구치는 돈다발을 꺼내면서 예의 바르게 말했소.

"아줌마, 오늘은 이걸로."

"어머, 계산 안 해도 되는데. 우리집 안주는 별로 비싸지도 않은데 이런 큰돈을 받으면 어쩌나."

"괜찮아, 평소에 신세 많이 졌잖아."

말 그대로 평소에 안 하던 짓을 하고 있었지. 가슴이 덜컥하더군. 사건이 일어난 다음 형사들이 탐문수사를 벌일 때 괜한 의심을 받게 되는 게 아닐까 하고 말이오. 물론 쓸데없는 걱정이었지만, 그 정도로 내 신경은 곤두서 있었던 거요.

음식이 나올 때까지 좁은 방에서 벽에 등을 기대고, 우리 세 사람은 아무 생각 없이 멍하니 담배만 피워댔다오.

아니, 멍하니 있는 것처럼 보였지만 사실은 셋 다 똑같은 생각을 하고 있었소.

마음만 단단히 먹으면 된다는 사노의 말과 달리 실제로는 그리 간단한 일이 아니었소. 마부치 오야붕이 밤중에 혼자 있을 리 없으니 말이오.

우선 일주일마다 교대하는 당직이 있지. 집에서 먹고 자고 하는 부하가 없는 대신 시중을 들 젊은이 하나를 항상 데리고 다녔소. 당연히 그 부하는 권총을 갖고 있었지.

오야붕이란 놈이 어찌나 성격이 개차반인지, 당직 순서가 돌아오면 넌더리를 내곤 했다오.

"어이, 모레 밤 당직은 누구야?"

방 기둥에 기댄 채 다니구치가 물었어. 나도 그 생각을 하고 있었지.

"욧짱일 거야. 사무실에 명패가 걸려 있었어."

시마가 대답하자 기억이 나더군. 사무실 근무표에 분명 '나카무라 요시지'라는 명패가 걸려 있었소. 히가시나카노 당직, 나카무라 요시지. 틀림없었소.

그 친구는 다니구치보다 선배였지만, 나이만 먹었지 일도 제대로 못 하는 멍청이라 선배 대접도 못 받았소. 나이를 먹었다고 해도 아마 스무 살 정도였겠지만.

풍선처럼 둥그렇고 허여멀건 얼굴로 늘 벙긋벙긋 웃고 다닌다고 형님들에게 맞기도 많이 맞았지. 한 대 맞고 아얏! 하는 비명이 나올 때까지 일이 초는 걸릴 정도로 둔한 사람이었다오. 그러나 평소 그렇게 바보 취급당하는 사람일수록 미워할 수가 없는 거요.

"욧짱……"

다니구치는 심란한 목소리로 중얼거리더군. 성질 더러운 형님이라면 오히려 쉬울 텐데 말이오. 오야붕과 함께 그냥 죽여버리면 그만이니까.

잠시 욧짱을 생각하면서 술을 마시는데 문득 누님의 얼굴이 떠오르는 거요. 오야붕의 부인은 아니지만, 이혼한 후로 계속 같이 사는 여자니까 누님은 누님이었지. 스물대여섯 정도에 이목구비가 또렷한 예쁘장한 여자였어. 히가시나카노에서 당직을 서다가 화장실에 가서 자위 한번 안 해본 놈이 없을 정도였다오.

소문에 의하면 몇 년 전에는 카바레에서 넘버원이었는데, 오야붕이 억지로 꼬셔서 데려왔다고 하더군.

"누님도 있어" 하고 시마가 중얼거렸소.

"나, 용돈도 많이 받았는데……"

오야붕이 그렇다보니 누님은 젊은 애들에게 신경을 많이 써줬다오. 얼굴뿐만 아니라 마음씨도 착한 사람이었소. 열일고여덟 나이의 우리는 정에 굶주려 있었지. 욧짱을 죽이는 것도 싫지만, 누님까지 죽인다는 것은 도저히 견딜 수 없는 일이었어. 그렇지만 어쩔 수 없지. 누구든 절대로 우리의 얼굴을 봐서는 안 되니까 말이오.

또 잠시 누님을 생각하면서 말없이 술만 마셨지.

그러는 사이에 문득 또하나의 얼굴이 떠올랐소. 사실은 맨 먼저 생각했어야 할 사람이었는데, 그것만 봐도 우리가 얼마나 어렸는지를 알 수 있지.

오야붕의 집에는 반년 전부터 정체를 알 수 없는 손님이 살고 있었소. 마흔쯤 되어 보이는 약물중독자였는데, 겨울에도 내복 바람에 복대를 두르고 어슬렁거리는 수상한 남자였지.

이름은 모르고, 그냥 사람들이 '산즌 사부'라고들 하기에 우리는 '사부로 씨'라고 불렀소. '산즌'이란 이쪽 은어로 작은 포장마차를 가리키는 말이라오.

당시 약물중독이라 함은 요즘 말하는 각성제 정도가 아니라 양 조절을 조금만 잘못해도 바로 저세상으로 가버리는 헤로인 같은 마약이 주류였소. 그런 걸 상습적으로 달고 살다보니 얼굴은 거무튀튀하고 피골이 상접한데다, 눈알은 한 자리에 못박혀서 꼼짝도 하지 않았지. 그런데 가끔씩 허름한 복장에 샌들을 끌고 사무실에 나타나면 사노도 오야붕도 정중하게 대했소. 말수는 적었지만 가끔씩 흘리는 히로시마 사투리에서는, 귀에 익지 않은 탓인지 대단한 관록이 느껴졌다오.

처음에는 왜 형님들과 오야붕이 저런 약물중독자에게 꼼짝 못 하는 건지 이상하게 생각했는데, 나중에 엄청난 소문을 듣게 되었지.

산즌 사부는 젊을 때는 암시장계 야쿠자의 조직원이었는데, 어쩌다 사람을 죽이고 직종이 다른 도박계 조직에 신세를 지게 되었소. 그런데 거기서도 또 두 사람을 죽이는 바람에 마침내 관서 지역에서는 몸 둘 곳이 없어, 무슨 줄인지는 모르겠지만 마부치 파가 보살피게 되었다더군.

사람을 셋이나 죽이고도 잡혀들어가지 않았다니 믿기 힘든 이야기지. 그런 살인자는 형무소에도 없소. 아무리 야쿠자 목숨이 파리같다 해도 사람을 셋이나 죽이면 틀림없이 사형이지. 그런 놈은 재판 때부터 집행이 될 때까지 구치소에서 썩는다오. 형무소는 징역형을 집행하는 곳이니까. 사형수는 목이 매달리는 것이 집행이니 사형대가 있는 구치소에서 움직일 수 없는 거요.

나중에 생각해보았는데, 그놈의 첫번째 살인은 아마도 정당방위였지 싶소. 그렇지 않으면 직종이 다른 조직에서 굳이 감싸줬을 리 없어. 두번째 살인은 의리 때문이었겠지. 먹여주고 재워준 조직이 싸움이라도 붙으면 앞장서서 의리를 지키는 것이 신세 진 이의 임무니까.

그런 의리파를 경찰에 넘겨주었다가는 조직의 체면이 말이 아니니까 연줄로 관동 지역까지 도망치게 해주었을 거요. 있을 법한 이야기야. 그렇게 생각하면 심한 약물중독이 되어버린 것도, 오야붕의 집에서 한 발짝도 나가지 않는 것도, 형님들이 이상할 정도로 공손하게 대하는 것도 이해가 가지.

"그런데 말이야,"

문득 떠올랐다는 듯이 먼저 입을 연 것은 다니구치였소.

"그 손님, 일이 벌어지면 절대 만만하지 않을걸."

우리는 총이라고는 산 속에서 몇 번 시험 삼아 쏴본 것뿐이지만, 그 손님은 몇 번씩 생사의 갈림길을 넘나들며 사람을 셋이나 죽인 베테랑이었으니 말이오.

"약물중독자라잖아?"

시마가 힘주어 말하더군.

"그래도 무기를 가지고 있을 거야, 분명히."

그렇게 말하고 다니구치는 술을 입 안으로 부어넣었어. 총격전이 벌어져 영문도 모르는 동료에게 맞아죽는 것도 싫고, 절연당한 후빵에 들어가는 것도 싫지만, 상대의 총에 맞는 건 더 싫지. 당연한 일이오.

잠시 생각하던 다니구치가 "그렇지" 하고 혼잣말을 하더니 우리 둘을 손짓으로 불렀소.

"순서만 잘 지키면 돼. 오야붕은 무기를 안 가지고 있을 게 분명하니까, 한 사람이 욧짱을 죽이고, 두 사람이 손님을 죽이는 거야. 그런 다음에 무장하지 않은 누님과 오야붕을 죽이면 돼."

다니구치도 참 대단했어. 보통 때는 그렇게 머리가 잘 돌아가는 놈이 아니었는데 말이오. 그 순서는 습격의 상식이라오. 저격수의 기본 이론이지.

오야붕은 권총을 갖고 다니지 않소. 장기에서도 왕이 잡히면 끝장이듯이, 야쿠자 세계에서는 오야붕이 꼬투리가 잡히는 일이 없도록 세심한 주의를 기울인다오. 그 대신에 오야붕을 경호하는 놈은 반드시 권총을 소지하고 있소. 이건 여기서만 하는 이야긴데, 내 수행원들도 늘 가슴에 권총을 지니고 다니오. 지금도 바깥 복도에 하나, 주차장 차 안에 둘이 있지. 그렇지만 내겐 아무것도 없다오.

다시 말해, 어느 조직의 오야붕의 목숨을 노리려면 표적을 쏘기 전에 그 주변에서 어슬렁거리는 놈들을 먼저 처리해야 한다는 말이오. 그러므로 습격은 혼자서는 불가능하지. 사전에 반드시 주위에 몇 명이 있을지를 조사해서 최소한 같은 머릿수의 습격부대를 편성해야 한다, 이것이 이론이라오.

사노도 신중하게 생각했을 거요. 당직과 손님은 권총을 가지고 있을 테니까, 이쪽도 세 사람이어야 한다고 말이오.

그렇다고 상세한 지시를 내린 것은 아니었는데, 그 이론을 스스로 생각해낸 다니구치란 놈도 보통은 아니었지.

새삼스럽지만, 젊음이란 정말 좋은 거요. 아직 험한 꼴을 당해보지 않았으니 자신들이 앞으로 할 일이 어떤 것인지 모르지 않소. 어떻게든 되겠지, 하는 정도로 생각할 뿐이오.

살인은 정말 어려운 일이오. 나 자신이 죽는 것보다 훨씬 더 어려워. 젊음이란 그런 어려움을 모르지.

여러분, 누구든지 오륙십 년 넘게 살아오다보면 한 번쯤은 살인에 대해 생각해보았을 거요. 한두 번은 반드시.

그런데 왜 사람을 죽이지 않을 수 있었겠소?

운이 좋아서가 아니오. 당신들은 사람을 죽일 수 있는 그릇이 아니었기 때문이오.

때문에 나는, 세상 사람들 말처럼 야쿠자가 인간 쓰레기라고는 생각하지 않소. 직접적으로 손을 대지 않았으니 무슨 말이든 할 수 있다, 말이나 태도로 타인을 죽이는 건 죄가 아니다, 그렇게 말하는 놈들이야말로 인간 쓰레기가 아니오?

생각해보시오. 멍청하니까 사람을 죽이지 못하는 거요. 멍청한 데다 베짱도 없으니 그럴 수밖에.

인간은 짐승이라오. 그것도 제일 더러운 짐승.

아니오?

커피가 나오자 다쓰는 이야기를 잠시 멈추었다.

어둠이 사람들의 어깨를 무겁게 짓누르고 있었다.

"선생."

오히나다가 팔꿈치로 나를 슬쩍 밀었다.

"저한테는 저 다쓰라는 사람이 제대로 된 인간으로 보이기 시작했어요. 하는 일은 저래도 말하는 걸 들어보니 참 올곧은 사람이군요."

그 한마디에 내 가슴의 응어리가 풀리는 것 같았다.

다쓰가 야쿠자라는 것만으로 그의 고백을 다른 세상의 일처럼 듣고 있었는데, 이야기가 진행되면서 점점 세 명의 소년 자객이 남처럼 보이지 않게 되는 것이다.

우리와 별다를 바 없는 인간이라면, 소년들의 심리나 행동도 분명 정상이라는 느낌이 들었다. 그렇다면 이 이야기를 거부할 이유는 전혀 없는 것이다. 오히려 사람을 죽이지 않고 오랜 세월을 살아온 우리들의 인생이 더 억지 같다는 생각이 들었다.

"저 사람은 생명의 무게를 알고 있는 것 같군요."

나는 내 생각을 말했다.

"그래요, 그러니까 어렵지요. 평화롭게 살아온 우리는 오히려 그 생명의 무게를 모르고 있는 게 아닐까요. 사람을 죽이는 게 얼마나 어려운 일인지를 저 사람은 잘 알고 있습니다."

"다시 말해, 살아간다는 것이 그만큼 어렵다는 것이겠지요. 좀 비약일지 몰라도……"

"그럴 겁니다. 고생한 이야기는 아무리 늘어놓아봐야 결국에는 불평 불만에 지나지 않아요. 그러나 사람을 죽여본 경험은 살아가는 일이 얼마나 어려운가를 확실히 가르쳐주죠."

우리는 소설이나 텔레비전 드라마나 게임 등을 통해서만 살인을 접한다. 그러나 그 속에서 표현되는 '죽음'은 '생'과의 표리관계를 무시하고 만들어진 허구일 뿐이다. 생과 사는 실은 동의어라는 당연한 사실을 우리는 확인하지 못하고 있다.

그리고 그 사실을 몸소 겪으면서 살아온 다쓰라는 사내는 역시 정상적인 인간인 것이다.

다쓰는 휴식시간 내내 은촛대의 불빛에 얼굴을 비추며 깊은 생각에 잠겨 있었다. 이윽고 사람들의 시선을 느꼈는지, 겸연쩍은 듯 새끼손가락이 없는 왼손으로 얼굴의 흉터를 쓰다듬었다.

"나는 그때, 머리에서 볼까지 붕대를 친친 동여매고 있었소. 술을 마실 때나 음식을 먹을 때도 입을 제대로 움직일 수 없어 괴로웠지. 도박장을 습격한 불량배들과 한판 붙을 때 칼을 맞고 열다섯 바늘이나 꿰맸었거든."

어둠 속에서 웅성거리던 사람들의 목소리가 점차 가라앉았다. 마치 비가 내리는 흑백화면 속의 밤거리를 걸어들어가는 사람처럼 다쓰는 이야기를 이어나갔다.

역시 흑백으로만 떠오르는군.
아, 그래, 그해 여름은 비가 많이 내려서, 7월 중순까지도 매일 장맛비가 주룩주룩 내리고 있었소. 그 때문에 기억 속 풍경이 이렇게 칙칙한 걸 거요.
음식점의 작은 방에서 우리는 대략의 개요를 그려보았소.

히가시나카노의 집에는 몇 번 당직을 서러 간 적이 있기 때문에 구조는 대강 알고 있었다오. 오쿠보 거리의 약학대학 옆길로 들어가서 조금 걸어가면 간다 강의 제방이 나오지. 여름이 되면 구역질이 날 정도로 악취를 풍기는 시궁창이오. 왜 오야붕이 이런 데 사는지 이해가 안 될 정도로 지저분하고 통풍도 안 되는 동네였소.

히가시나카노 역으로 이어지는 길에 파란 페인트칠을 한 다리가 있고, 그 건너편 강변에서 제방 길로 접어들면 고물상 판잣집들이 늘어서 있소. 리어카 한 대가 겨우 지날 정도로 좁은 골목길이라오.

또 조금 걸어가면 중앙선 철교 가까운 곳에 작은 문이 있고, 그걸 열면 바로 현관이 나왔소. 강과 언덕 사이에 끼어 있는, 고작 열다섯 평밖에 안 되는 작은 집이었지.

구두쇠도 아니었으니 그럴듯한 집을 하나 마련할 수도 있을 텐데, 그곳이 태어나서 자란 집이라 떠날 생각이 없는 모양이었소. 그런 걸 보면 오야붕도 고생을 많이 하고 자란 사람인 게지.

현관문을 열면 사람 하나가 겨우 서 있을 만한 넓이의 봉당이 보인다오. 좁다란 현관에 칸막이까지 달려 있고, 위에는 마부치 파의 문양이 그려진 등이 걸려 있었소.

집이 좁기 때문에 당직은 하루 종일 그 자리에 앉아 있어야 했소. 잘 때도 칸막이로 바람을 막고 솜옷을 둘둘 말고는 그 자리에 누워서 잤지.

집으로 들어가서 좁다란 복도를 따라 오른쪽으로 가면 손님방과 부엌, 왼쪽으로 가면 다다미 네 장 반짜리 방이 두 개 있는데, 그곳이 오야붕과 누님의 방이었소. 즉 제방을 따라 옆으로 길쭉한 괴상한 모양의 집이었지. 이층은커녕 빨래를 널 곳도 없어서 세탁물도 제방길에 널어놓고 말렸다오. 아무리 봐도 집다운 집이 아니었지.

욕실이 없어서 가까운 목욕탕에 가서 몸을 씻는 것이 당직을 서는 사람에게 하루에 한 번 주어지는 유일한 휴식시간이었소.

오야붕은 그때 몇 살이나 되었을까…… 징역을 산 덕분에 징병에서 제외되었다고 하니, 군인 출신이었던 사노와 별 차이 없었을 거요. 고작 마흔 조금 넘은 정도? 나이에 비해 너무 겉늙은 편이었지.

당시에는 공무원 정년이 쉰이었으니까, 마흔이 넘으면 이미 노인이나 마찬가지였소. 지금으로 치면 예순 정도라 보면 된다오.

인간은 패기가 있는 한 젊소. 등잔불처럼 멍하니 아침부터 술만 마셔대면 금방 늙어버려. 게다가 그 사부로라는 손님과 함께 헤로인도 하는 모양이었고 말이지.

한번은 사무실에서 사노가 오야붕을 나무라는 소리를 들은 적이 있었소. 술은 그렇다 치더라도 약만은 그만두라고 말이오.

그때 오야붕이 한 말이 또 걸작이었지. 약이든 뽕이든 섞는 게 독이다, 내가 지금 하는 건 포도당이나 식염수를 섞지 않은 상등품이니까 중독도 안 되고 몸에도 나쁘지 않다며 웃어대더군.

이야기가 조금 옆으로 샜지만, 아무튼 오야붕의 집은 대충 그런 구조였소.

우선 다니구치가 현관문을 열고 당직을 서고 있는 욧짱을 쏘고, 그와 동시에 내가 복도 오른쪽으로 달려가서 손님 사부를 쏜다. 그 사이 다니구치와 시마가 왼쪽 방으로 뛰어들어 오야붕과 누님을 탕, 탕 쏴죽인다. 그런 다음에 제방 아래위로 나뉘어서 뿔뿔이 도망치다가 도중에 권총을 물에 버린다. 성공만 하면 누구든 불량배의 소행이라고 생각하겠지.

음식점에 앉아서 거기까지 말을 맞추었소. 개요가 세워지니까 사노의 말처럼 그리 어려운 일도 아니라는 느낌이 들더군.

그러고는 아까 말했다시피 진짜 야쿠자가 된 기분으로 여자를 사서 놀다가, 밤늦게 오쿠보의 집으로 돌아와보니 이불 속에 세 자루의 콜트가 얌전하게 누워 있었던 거요.

권총 이야기로 돌아가지. 요새 젊은 애들은 '차카'라고 하는데, 그건 관서에서 온 말이고 관동에서는 '하지키'라 해야 맞소.

우리에게 주어진 권총은 주둔군이 쓰는 콜트 거버먼트 사십오 구경 오토매틱이었다오. 이놈은 지금도 최고급 브랜드요. 난 젊은 애들이 그런 걸 가지고 있으면 야단을 치죠. 똥폼 잡지 말라고 말이오.

이 총은 방어용으로는 적절하지 못하오. 저격수는 손이 닿을 정도로 가까운 거리에 있으니까 총알 개수와 위력은 아무 소용이 없소. 오야붕의 호신용 하지키는 소구경 리볼버가 적당하지. S&W나 베레타 정도면 호주머니에 들어가니까 갖고 다니기도 편하고, 다급할 때 반격하기에도 좋소.

그에 반해 거버먼트는 애당초 서양인의 체격에 맞춰 만들어진 거라 그립이 너무 커서 손이 큰 사람이 잡아도 엄지손가락이 안전장치에 닿지 않을 정도요. 그걸 억지로 맞추면 또 집게손가락이 방아쇠에 닿지 않지. 게다가 그립 윗부분은 용수철식의 이중 안전장치로 되어 있어서, 단단히 잡지 않으면 탄알이 나가지 않소. 다시 말해 보통 체격의 일본인이라면 두 손으로 조작해야 한다는 거요.

그러나 저격수와 상대는 엎어지면 코 닿을 거리니까 하지키를 두 손으로 받쳐들 수 없지.

다만 사십오 구경의 위력만은 알아준다오. 어깨나 허벅지에 맞으면 동맥이 너덜너덜해져버리거든. 일격필살의 저격수에게 그보다 더 좋은 하지키는 없소.

좀 징그러운 이야기를 했군.

여하튼, 이불 속에서 나온 삐까번쩍한 콜트는 정말 믿음직스러웠다오. 이렇게 두 손으로 잡고 밤새도록 총 쏘는 연습을 하고는 우리 셋은 나란히 권총을 베개 위에 올려놓은 채 잠이 들었소.

아침이 되자 우리는 아무 일 없었다는 듯이 담뱃가게 앞에서 화장실까지 청소를 했죠. 잠시 후에 사노가 나오더니 "너희 오늘은 푹 쉬어" 하고는 바깥으로 나가버렸소.

어떤 지시도 없었소. 모든 것을 스스로 생각해서 결행할 수밖에 없었지.

"다녀오십쇼."

사노를 배웅하고, 우리는 전신주 뒤에 숨어서 오늘 하루를 뭘 하면서 보낼지 고심했소.

"난 여자한테 갈 거야."

다니구치에게 여자가 있다는 말은 금시초문이었지만, 만일 있다면 그날 하루를 같이 보내는 건 당연한 일이었지.

"난 영화나 보러 가야겠어. 다쓰는?"

내겐 여자가 있었소. 사귄 지 얼마 되지 않아 숨기고 있었지만. 하지만 유일하게 애인이 없는 시마에게 그런 말을 하기도 미안해서 웨이터 시절 일하던 가게에 볼일이 있다고 했소.

"너, 그러다가 도망가는 건 아니겠지?"

위협하듯이 시마가 말하더군.

"웃기지 마. 시마 너나 도망가지 말고 저녁때까지 돌아오라구."

뒷골목에는 비가 내리고 있었고, 머리 위의 비둘기 둥지에서는 비보다 더 음울한 구구구 하는 울음소리가 들려왔소.

사노의 할머니에게서 담배 한 갑을 받아서, 우리는 집을 나섰소. 할머니는 매일 아침마다 "자, 닷짱" 하고 이름을 부르면서 담배 한 갑씩을 주었거든.

다니구치가 나가고, 시마가 나가고, 붕대로 머리와 얼굴을 친친 감은 내가 가게를 나서는데, 할머니가 담배를 건네주면서 이렇게 말하는 거요.

"닷짱, 부모님을 슬프게 하는 짓은 하면 안 돼. 알겠지?"

그날따라 조금 비싼 상표의 갈색 담뱃갑을 내 손에 쥐여주면서 말이오.

그러고 나서 뭘 했더라?

희한하지. 이런 인생을 살다보면 로맨틱한 기억 따위는 잊어버리고 마니 말이오.

여자와 만난 것은 확실한데……

아, 생각났소. 마사미라는 소녀였다오. 사립여고에 다니는 여학생, 세상의 죄악 같은 것은 전혀 믿지 않을 듯한 순진한 아가씨였어.

그 시대는 부자와 가난뱅이의 격차가 눈에 보일 정도로 심했기 때문에 여학생과 야쿠자 똘마니가 사귀는 일은 있을 수 없었지만, 우리가 만난 데는 참으로 고전적인 계기가 있었소.

공중전화 부스에서 학생증을 주운 거요. 보통 사람이라면 그냥 파출소에 가져가겠지만, 나는 보통 사람이 아니니까 경찰 얼굴을 보기 싫었고, 중학교도 제대로 나오지 못한 나에게는 도쿄의 사립여고의 학생증이 목숨보다 소중한 것으로 여겨졌던 거요. 그래서 뒤에 적힌 이름과 전화번호를 보고 그날 밤 연락을 했지.

마침 본인이 전화를 받았소. 부모님에겐 학생증을 잃어버렸다는 말도 못 하고 고민하고 있었다고 하더군. 참으로 옛날 여학생다운 감성이지. 다음날 학교를 마치고 신주쿠 역 서쪽 출구에서 만나기로 했소.

당시 신주쿠 역 서쪽 출구는 마치 암시장 같은 분위기였다오. 백

화점은 고사하고 제대로 된 빌딩 하나 없이 싸구려 옷가게와 식당이 빼곡한 골목길을 내려가면, 슬레이트 지붕의 초라한 개찰구가 나왔지. 지금이야 고층빌딩 숲이지만 그때는 그냥 넓기만 한 저수지 같은 곳이었어.

마치 청춘영화의 한 장면 같았지. 화려한 알로하 셔츠의 단추를 풀고 아랫자락은 허리에 묶은 채 양팔은 어깨까지 걷어올리고 싸구려 파나마 모자를 쓴 내가 휘파람을 불면서 약속한 장소에 갔더니, 세일러복을 입은 마사미 양이 서쪽 출구에 꽃 같은 모습으로 서 있는 거요.

"여기 있어" 하고 학생증을 건네주고 그냥 돌아가려는데, 그녀가 "아, 잠깐만요" 하고 뒤를 따라오더군. 가정교육을 잘 받은 아가씨였으니 고맙다는 인사를 꼭 해야 한다고 생각한 게요.

머리를 연신 조아리면서 인사를 하는데, 아마 옆에서 보면 내가 순진한 여학생을 협박하는 걸로 보였을 거요. 그래서 서서 이야기하는 건 좀 뭣하니까 커피라도 한잔 하자고 말해버렸지. 결코 딴맘은 없었다오.

그것이 나와 마사미의 첫 만남이었소. 오드리 햅번이 나오는 영화를 보고 싶다기에 내 취향은 아니었지만 같이 가주었고, 다음 일요일엔 음악다방에 가기로 약속했지. 그후로 매주 일요일마다 데이트를 했다오.

내 여자라곤 해도 사실은 손 한 번 잡아보지 못했소. 그래도 난 그녀한테 반해 있었고 상대도 나를 좋아하는 것 같았으니 그렇게 말해도 되는 거겠지.

그날 마사미를 만난 것은 작별을 고하기 위해서였다오. 함께 있는 동안에는 즐거웠지만, 마음속으로는 죽 이래서는 안 된다는 생각을 하고 있었소. 안 그래도 그런 죄책감이 있는데, 하물며 사람을 죽인 다음에 어떻게 만날 수 있겠소.

항상 가던 커피숍에서 기다리던 나를 보자마자 마사미는 울음을 터뜨리더군. 붕대를 친친 감은 내 얼굴을 보고 말이오.

내가 야쿠자라는 건 알고 있었어도, 영화를 보는 것 같은 느낌이었을 뿐 전혀 실감은 없었을 거요. 진짜 나를 청춘영화의 주인공으로 생각했던 모양이지.

"닷짱, 위험한 일은 하지 마."

아침에 할머니의 말을 들었을 때처럼 가슴이 찡해지더군.

내일 밤이면 사람을 죽여야 하는 인간의 심리였을까. 아무도 모르는 계획인데도, 세상이 모두 알아버린 것 같은 느낌이 드는 거요. 마치 뒷이야기를 알고 있는 영화 관객처럼, 할머니도, 애인도, 경찰도, 역무원도, 커피숍 웨이터도, 손님도, 지나가는 사람들도 모두 내 얼굴을 곁눈질하며 한숨을 쉬는 것으로 보였소. 그만둬, 그만두라니까, 그렇게 말하는 것 같았지.

작별인사는 하지 않는 것이 내 성격이라오. 평소처럼 하루를 같이 보내고, 또 만나, 하고 헤어진 다음 다신 만나지 않는 거지. 십 년이나 지나 문득 생각이 났을 때도 언제 어떻게 헤어졌는지 모를 정도로. 그러면 슬픈 기억은 하나도 남지 않겠지.

그래서 그날 어떻게 해버리자는 마음은 추호도 없었소. 다만, 그녀의 얼굴을 머릿속에 새겨두자는 생각은 했다오. 헤어지는 것은 괴롭지만, 얼굴마저 잊어버리는 것은 너무 안타까운 일이니까.

"형님한테 용돈을 받았어. 오늘은 내가 낼게."

긴 머리를 뒤로 묶은 모습이 너무 귀여웠소. 이건 일본 청춘영화 주인공이 아니라 오드리 햅번이다 싶더군.

"어디 갈까?"

"동물원. 우에노 동물원에 가고 싶어."

"비가 오는데?"

"그래서 더 좋아. 사람도 없을 테니까."

괜찮은 생각 같았소. 나는 촌놈이라 쉬는 날에도 사람들이 북적대는 곳만 돌아다녔지 동물원 같은 데는 가본 적이 없었거든.

역으로 들어가 야마노테 선 전차를 기다리고 있는데 플랫폼 끝에 젊은 야쿠자 하나가 서 있는 게 눈에 들어오더군. 방금 전철이 떠난 탓에 사람들이 없어서 플랫폼 전체가 한눈에 들어왔던 거요.

가슴이 철렁했소. 커다란 해바라기 무늬의 알로하 셔츠가 다니구치의 것과 똑같았거든.

야마노테 선 전차가 멈춰서자마자 뛰어들어가서 창에 찰싹 달라붙어 누군지 확인하려 했지만, 반대편에 전차가 들어와 그만 시야를 가리고 말았소.

"왜 그래, 닷짱?"

"어, 아는 사람인 것 같아서……"

달리는 전차 안에서 나는 생각에 잠겼지. 저쪽은 분명 중앙선이 다니는 곳인데…… 혹시 다니구치가 도망치는 건 아닐까 하고 말이오.

아는 사람을 본 정도라면 별것 아니지만, 그날의 다니구치는 그냥 아는 사람이 아니라 내 목숨을 좌지우지하는 존재였지.

잘못 본 거라고 생각하기로 했소. 그러지 않으면 오늘 이 소중한 하루를 망치고 말 테니까.

우산 하나를 둘이서 쓰고 걸은 것도 그날이 처음이자 마지막이었소. 너무 어색했지만 내가 우산이 없어서 어쩔 수 없었지.

요즘 애들은 휴대폰이 없으면 아무것도 못 하는 모양이더군. 하지만 열일곱의 나는 우산은커녕 신발도 운동화 한 켤레뿐이었소. 그 운동화도 웬만해선 신지 않았고, 그날도 평소처럼 샌들을 끌고 있었소.

우에노의 식당에서 카레라이스를 먹고 동물원 안으로 들어갔소. 팔짱을 낀 마사미에게서 비에 젖은 달콤한 여자 냄새가 풍겨오더군.

분수에 맞지 않는 행복이란 정말 감미롭지. 행복 전에 고마움부터 느끼게 되오. 그때도 다른 감정에 앞서 우선 고마움 때문에 몸이 부르르 떨렸다오.

그도 그럴 것이, 스크린 속에 있어야 할 오드리 햅번이 지금 내 팔에 매달린 채 그 예쁜 얼굴을 내 어깨에 기대고 있었으니까.

이제 아무것도 필요 없다는 생각이 들었소. 목숨도 필요 없다. 이 하루의 추억만은 평생 간직할 것이다, 라고.

즐거움이 행복으로, 행복이 고마움으로 변하면서, 지금까지 좋은 일이라고는 하나도 없었던 내 인생이 한꺼번에 보상받는 것 같았소.

마사미는 나에게 마법을 건 거요. 가난뱅이에다 배운 것도 없고, 근성도 체력도 모자란 나에게 단 하루의 추억으로 평생을 살아갈 수 있는 정도의 힘을 주었소.

나는 태어나서 처음으로 사람들이 보는 앞에서 울었다오. 부모에게도 동료들에게도 버림받고 홀로 비를 맞고 있는 원숭이가 너무 불쌍했소.

"왜 그래, 닷짱?"

"아무것도 아냐."

우리의 대화는 그 이상 나아가지 못했어. 신은 마사미와 나에게 서로의 가슴에 닿을 수 있는 말을 가르쳐주지 않았던 거요.

"왜 그래?"

"아무것도 아냐."

마사미는 우산 속에서 내 어깨를 끌어안아주었지. 비에 젖은 볼이 착 달라붙더군. 하지만 그것뿐이었소.

그리고 아메요코 시장에 들러서 구두를 샀소. 내 것이 아니라, 꽃 장식이 달린 하얀 여름 구두를.

"비 오는 날은 신지 마. 곧 장마가 끝날 테니까 그때 신어."

나의 다 떨어진 샌들과 이 하얀 구두가 나란히 걸어갈 날은 영원히 오지 않을 터였지.

"닷짱 구두는 안 사?"

"난 무좀이 있어서 구두를 못 신어. 사놓은 것도 그냥 처박아뒀어."

누군가의 번쩍이는 가죽구두가 이 하얀 여름 구두와 나란히 걸어가는 모습을 상상하면서 나는 우울해졌소.

억울하다는 생각은 하지 않았지. 마사미가 내가 사준 구두를 신는 것만으로 만족했으니까.

그날은 신주쿠 서쪽 출구에서 헤어졌소. 영원히 안녕이었지.

"또 만나."

"고마워. 전화해."

마사미는 우산을 내밀었지만 나는 받지 않았소. 돌려줄 날이 오지 않을 테니까.

나는 뒤를 돌아보지 않는 성격이지만, 그때만은 그만 멈춰 서고 말았다오. 분명 "닷짱!" 하고 부르는 소리가 들렸거든.

러시아워의 개찰구에서 마사미는 내가 사준 구두가 든 쇼핑백을 가슴에 안고 손을 흔들고 있었어. 울먹이고 있는 것처럼 보인 건 기분 탓이었겠지. 나는 얼굴만 한 번 바라보고 뒤돌아 달려갔소.

이제 됐다, 라는 생각이 들면서 이상하게 마음이 편해지더군.

그러고 보니 장마철이 시작되면서 알게 되어 그 장마가 끝날 때쯤에 헤어진 셈이었어. 같이 바다에 가자는 약속은 끝내 지키지 못하고 말았지.

그 시절치고는 보기 드물게 훤칠한 아가씨였는데, 수영복 차림을 못 본 것이 유일한 아쉬움으로 남는군.

포장마차에서 술을 마시고 신주쿠 2가로 가서 여자를 산 다음 오쿠보로 돌아갔을 때는 이미 한밤중이었소.

발소리를 죽이며 뒷문을 열고 들어서니 어둠 속에 쭈그리고 앉아 있던 시마가 "아, 다행이다" 하고 한숨을 내쉬면서 맥 빠진 소리로 말하더군.

"다행이라니, 뭐가?"

"닷짱마저 도망갔으면 어떡하나 했어."

얼굴이 창백해졌지. 그날 신주쿠 역의 플랫폼에서 본 광경이 떠올랐어.

"다니짱은?"

"짐이 없어져버렸어. 할머니 말로는 대낮에 돌아와서 가방을 들고 나갔다더라구."

시마는 뒤에 보따리를 숨기고 있었소.

"뭐야, 그건? 너도 도망칠 생각이었던 거 아냐?"

"그게 아니라, 닷짱까지 안 오면 나 혼자서 어쩔 도리가 없잖아."
다시 말해 도망치려는데 우연히 문 앞에서 나와 마주친 거요.
"다행은 무슨 다행. 내가 와서 곤란해졌겠지."
내가 거칠게 쏘아붙이자 시마는 나에게 매달리며 본심을 털어놓더군.
"닷짱, 우리 도망가자. 우리 둘로는 무리야. 다니구치도 없이 너랑 나 둘이서는 불가능한 일이야. 총에 맞아 죽든지, 잘 되더라도 분명 빵에서 늙을 때까지 썩게 될 거야. 응? 우리 도망치자."
나는 시마의 멱살을 잡고 방으로 끌고 갔소.
"그러면 형님은 어떻게 되는 거야? 이 역연은 본가에서 형님에게 명령을 내린 거야. 내일 밤밖에 기회가 없어. 우리 셋 다 도망가면 형님이 죽고 말 거야."
멱살을 잡고 쓰러뜨리자 시마는 저항도 하지 않고 이불에 얼굴을 묻고 울음을 터뜨렸소.
만일 그날, 마사미와 헤어지지 않았더라면 나는 시마와 함께 도망쳤을 거요. 사노에 대한 의리보다 마사미와 헤어졌다는 사실 때문에, 나는 물러설 수 없게 되고 말았소.

"어차피 야쿠자는 붉은 옷 아니면 하얀 옷밖에 입을 수 없소."
이야기 도중에 다쓰는 수수께끼 같은 말을 했다.
"그게 무슨 뜻이죠? 붉은 옷 아니면 하얀 옷이라니?"

다쓰는 회장에게 미소를 지으며 대답했다.

"옛날 죄수들은 감으로 물들인 붉은 옷을 입었지. 야쿠자는 붉은 옷을 입고 징역을 살든지 하얀 수의를 입고 저세상으로 가든지 둘 중 하나뿐이라는 거요. 그날 밤 우리는 그 옛말이 진실이란 것을 깨달았어. 우리에게는 정말로 징역을 살든지 죽든지 두 가지 길밖에 없었소. 아니, 어느 한 쪽을 선택할 수도 없었어. 내일이 되면 두 가지 길 중의 하나가 우리를 기다리고 있을 뿐이었지."

어둠 속에서 여자의 새된 목소리가 들려왔다.

"도망가야죠, 그 길밖에 더 있겠어요?"

먼 옛날의 일이지만 지금이라도 되돌릴 수 있을 것 같은 느낌이 들었다. 그 여자뿐만 아니라 사람들 모두 소년들이 도망치기를 바라고 있었다.

"아니, 그럴 순 없었소."

"왜지?"

신사가 따지듯이 물었다. 다쓰는 어둠 속을 뚫어져라 노려보았다.

"당신, 부자와 가난뱅이의 차이를 아시오?"

"그거야 재산이 있고 없고의 차이지요."

"그게 아니오. 도망칠 길이 있느냐 없느냐의 차이라오."

사람들은 잠시 다쓰의 그 말을 새겨보고 있었다.

"모르겠다면 알기 쉽게 말해주지요. 가난한 놈은 개나 고양이처럼 주는 것을 받아먹을 뿐이오. 설령 아무리 맛없는 음식이라 해도,

배탈이 날 것 같아도, 살기 위해서는 눈앞의 음식을 먹지 않을 수 없소. 어릴 때부터 그런 생활을 하다보면 습성이 되어 다른 사람 말을 거역할 수 없게 되는 거요. 도망치려고 한 시마는 나보다 좀 나은 환경에서 자랐고, 도망쳐버린 다니구치는 그보다 좀더 좋은 환경에서 자랐던 것뿐이오. 나는 그런 생각은 꿈에도 해보지 않았소. 알겠소? 이게 바로 야쿠자라오. 눈앞에 놓인 음식이 맛이 있고 없고, 많고 적고를 따질 수 없는 가난뱅이 집단이오. 희망이란 게 없었단 말이오."

"살려고 하는 건 본능이잖아요?"

회장이 다쓰의 말을 가로막았다.

"참 말귀를 못 알아듣는 사람이로군. 그런 식으로 말하자면 죽으려는 것도 본능이 아닌가. 하기야 이렇게 어렵게 얘기한들, 태어나면서부터 꿈이니 희망 같은 걸 가지고 있었던 당신들이 이해할 수 있을 리 없지."

손가락 하나 까딱하지 않고 다쓰의 이야기에 귀를 기울이고 있던 오히나다가 내 귀에다 대고 속삭였다.

"역시 올곧은 사람이군요. 지나칠 정도로 정상적이에요."

잠시 사람들이 생각할 틈을 주었다가 다쓰는 천천히 이야기를 이어나갔다.

그날 밤, 시마와 나는 끈으로 서로의 손을 묶고 잤소.

시마를 잡아두려고 묶은 게 아니라, 그놈 스스로도 자신을 믿을 수 없다기에 그렇게 한 거요.

다음날 우리는 평소처럼 일어나 청소를 하고 할머니에게 담배 한 갑씩을 받아서 사무실로 얼굴을 비치러 갔소.

먼저 나와 있던 사노는 우리가 인사를 하자마자 "다니구치는 같이 안 왔나?" 하고 무덤덤하게 묻더군.

"어제 여자 집에서 잔 모양입니다."

내가 대답하자, 사노는 그늘진 표정으로 "그래?" 하고만 말했소.

"나는 오늘밤 본가의 도박판에 얼굴을 내밀어야 하니까 너희도 따라와서 보초를 서라."

말귀를 못 알아들은 시마가 "네? 본가에서 보초를요?" 하고 말하는 통에 나는 발을 꽉 밟아버렸지.

"손이 모자란단 말이다. 잔소리 말고 따라와!"

사노가 그렇게 말하며 눈짓을 하자 그제서야 시마도 눈치를 챈 것 같더군.

본가에서 열리는 도박판은 가시모토며 손님들이 여기저기서 모이는 아주 큰 자리요. 본가 사람들만으로는 손이 모자라다보니 우리도 몇 번 보초를 서러 간 적이 있었소. 도박판이 열릴 때는 당연히 경찰과도 내통을 해두니까, 우리가 그날 본가의 도박판에 나가는 것은 말하자면 알리바이를 만들기 위해서였지.

이놈들은 도박판의 보초를 서고 있었다고 본가의 형님들이 증언

해주면 더이상 추궁하지 않을 테니, 절대 의심받지 않는 알리바이인 셈이었소.

"밤새도록 보초 서야 하니까 쉬고 있어."

"몇시에 가면 될까요?"

나는 머뭇거리며 물어보았소. 습격시간을 물은 거였지.

"새벽 한시에 오면 돼. 너무 빨리 가도 늦게 가도 소용없어. 나는 하시모토 형님 차를 타고 갈 거니까, 너희도 합승해라."

사무실에는 대여섯 명의 형님들이 모여 있었지만 아무도 의심하지 않았지.

그것으로 사노는 모든 명령을 내린 셈이었소.

새벽 한시에 하시모토 파는 일곱 명의 불량배 조직 간부들을 죽인다. 사노와 하시모토 오야붕은 본가의 도박판에 긴다. 물론 이것은 본가가 고안한 알리바이 공작이었소. 무슨 일이 일어나든 한창 도박판에 빠져 있던 하시모토와 사노는 아무것도 모르는 거지.

그리고 같은 시각에 우리는 불량배의 보복으로 위장하고 오야붕을 쏜다. 이상이었소.

"욧짱은 히가시나카노의 당직이고, 다니구치, 시마, 다쓰는 본가에 출장을 가야 하니까 사무실 당직을 설 놈이 없군. 오늘은 그냥 열두시에 문 닫아."

사노는 근무표를 보면서 계획에 대해 전혀 모르는 형님들에게 그렇게 지시하더군. 진짜 보복부대가 사무실을 습격하면 곤란한 일이 생길 수 있기 때문이었지.

정말로 아무에게도 계획을 알리지 않은 거요. 야쿠자 세계에서 전대미문이라 할 수 있는 그 역연은 본가의 간부와 사노, 그리고 우리 둘밖에 모르는 사실이었어.

그러고 나서 시마와 나는 일단 오쿠보로 돌아와 잠시 빈둥거리다가 목욕탕에 갔다오.

이미 각오를 굳혔기 때문에 둘 다 더이상 얘기를 꺼내지 않았소. 탕에 몸을 담그고 있는데 시마가 갑자기 이렇게 사과하는 거요.

"미안해, 닷짱. 내가 너를 이런 데로 끌어들이고 말았어. 어떻게 사과해야 할지 모르겠어. 정말 미안해."

"옛날 이야기 해봤자 무슨 소용이야. 나도 억지로 끌려온 건 아닌걸."

그러자 시마는 묻지도 않은 신세타령을 늘어놓더군.

의외로 야쿠자 사이에서는 자신의 신상에 대해 밝히는 것을 절대 금하고 있다오. 쓸데없이 주절거리는 게 볼썽사납기도 하지만, 무슨 일이 생겼을 때 부모 형제를 말려들게 할 수도 있기 때문이지. 도망간다 해도 신원이 밝혀져 있으면 곤란하고 말이오.

시마는 아홉 형제 중 일곱째로, 바로 위의 형 둘은 전사한 모양이더군. 아오모리 북부에 있는 마을인데, 기후도 토지도 나쁘고, 가업이 농사인지 어업인지, 아니면 숯 굽는 건지도 잘 기억이 안 난다고 했소.

"돈은커녕 편지 한 통 보낸 적 없으니까, 당연히 무연고 시체가 되고 말 거야."

"난 몰라. 설마 뼛가루라도 고향에 보내달라는 건 아니겠지?"

"그래…… 엄마는 전쟁터에 나간 형들 뼈가 돌아오지 않는다고 맨날 울었어. 내 뼈라도 안게 해주고 싶은데, 안 될까?"

"몰라, 네가 뻗었는데 나라고 무사할 리 있겠어?"

"그럼 우리 둘 다 무연고 시체가 되겠네."

"그런 개 같은 인연이지, 뭐."

역시 사람을 죽이는 건 어려운 일이오. 죽이는 놈이나 죽는 놈이나, 지금껏 똑같이 인간으로 살아왔으니까. 영화나 게임에서처럼 갑자기 그 장소에 나타나는 게 아니오. 오랜 삶의 인연과 과정을 한순간에 전부 끊어버리고 이 세상에서 사라지게 만드는 일인 거요.

목욕탕을 나오니 바깥에는 비가 내리고 있더군.

"이건 장맛비가 아닌데. 폭풍이 오나보군."

마침 잘됐다 싶었지. 큰비가 내리면 간다 강 주위에는 탁류가 흐르니까, 빗소리와 강물 소리가 총소리를 묻어줄 것이고, 강에다 버린 권총은 바다까지 흘러가버릴 거요.

사노와 하시모토 오야붕이 검은 패커드를 타고 오쿠보에 들른 것은 밤 열한시경이었소.

요새는 열두시래야 초저녁이지만, 당시에는 산천초목이 모두 잠든 한밤중이었지. 깨어 있는 사람이라고는 노름꾼과 파출소의 경찰

뿐이오.

　패커드는 본가의 자가용이었소. 예전에 한 번 본가의 간부들이 그 차를 타고 사무실에 들른 적이 있어서 운전사의 얼굴을 기억하고 있었지.

　"다니구치는 도망쳤나보군."

　차가 빗속을 달리기 시작하자 사노가 그렇게 말했소.

　"처음부터 그놈은 위험하다고 생각했지. 그래서 미리 세 명을 뽑은 거다. 둘이서도 충분해."

　위에 서면 잘 보이는 법이오. 야쿠자 가운데는 허세만 잔뜩 부리는 놈들이 많지. 시마와 나는 그런 허세를 꿰뚫어보지 못하고 다니구치를 대단하게 생각하고 있었지만, 사노는 알고 있었던 거요.

　"표적은 집에 있어."

　전화로 소재를 확인해둔 듯, 사노가 낮은 목소리로 말했소.

　사노와 하시모토가 뒷좌석에 앉고, 우리는 조수석에 붙어앉아 있었다오.

　"한 놈이 도망치고 말았습니다. 죄송합니다."

　사노가 하시모토에게 사과하더군. 지명한 세 명 중 하나가 도망친 것은 심각한 실수임에 분명했지.

　"뭐, 마부치의 꼬붕이면 이 정도라도 다행이지. 이 애들 이름이나 알아두자구."

　하시모토 오야붕은 전 일본의 야쿠자가 벌벌 떨 정도의 거물이었소. 우리 오야붕은 전혀 자랑거리가 못 되었지만, '우리 오야붕이 하시모토 오야붕과 형제 사이'라는 것은 우리의 자랑거리였지.

사노가 우리 이름을 알려주자 하시모토는 낮게 중얼거리는 듯한 목소리로, "흠, 너희는 행운아야" 하고 말하더군.

그래, 나는 행운아였소. 지금도 진심으로 그렇게 생각한다오.

시마와 나는 오쿠보 거리의 약학대학 앞에서 내렸소.

오쿠보에서 히가시나카노의 오야붕 집까지는 걸어도 별로 먼 거리가 아니니, 습격 예정시각인 한시까지는 충분히 도착할 수 있었거든. 그래서 비를 맞으며 터덜터덜 걸어갔지.

정말 춥더군. 무릎이 떨리고 이가 딱딱 맞부딪칠 정도였소.

권총은 허리띠 안에 꽂고 안전장치도 풀어둔 상태였소. 그리고 허리에 또 한 자루, 다니구치의 권총을 꽂아놓았지.

다리 위에서 탁류를 노려보며 마지막 점검을 했어. 귀에다 대고 고함을 쳐야 겨우 알아들을 수 있을 정도로 강물 소리가 굉장했었지.

먼저 시마가 현관을 두드린다. 무슨 일이냐고 물으면 이렇게 대답한다.

"하시모토 파가 불량배 조직과 한판 붙게 돼서, 오야붕을 호신하러 가라는 다이가시의 지시를 받고 왔습니다."

당직 욧짱이 문을 연다. 그러면 바로 탕! 나는 그대로 손님방으로 뛰어들어 탕! 둘이 함께 안으로 달려가서 오야붕과 누님을 탕, 탕!

이상하게도 어쩐지 세 명이서 하는 것보다 쉬울 것 같은 느낌이 들더군.

"닷쨩, 이제 가자."

각오를 굳힌 시마는 앞장서서 제방 길을 걸어갔소. 고물상을 지나 물웅덩이를 밟고 걸어가면서 운동화 말고 샌들을 신을걸, 하고 생각했지. 진흙탕에 발목까지 빠져서 운동화가 벗겨질 것 같았거든.

도중에 붕대를 풀어버렸소. 비에 젖어 엉망이 되어버린데다 하얀 붕대를 하면 눈에 띌 것 같아서 말이오. 붕대를 강에 버리는 순간 왠지 힘이 솟더군.

시마가 걸으면서 권총을 꺼내 손을 허리 뒤로 숨기길래 나도 시마를 따라했지. 여기까지 오면 사람 눈에 띌 염려는 없으니까.

오야붕의 집은 현관에만 불이 켜져 있고, 그 양쪽은 완전히 컴컴했소. 됐다, 모두 잠들어 있으면 간단해진다.

문 앞에서 일단 숨을 골랐소. 이걸 열면 바로 현관문이 나오는 거요.

"밤늦게 죄송합니다. 시마입니다."

시마가 의외로 당당한 목소리로 말하더군.

"죄송합니다."

나도 큰 소리로 말했소.

그리고 삐걱이며 문이 열리는 순간, 솥바닥을 망치로 내리치는 듯한 커다란 소리가 나면서 시마가 그 자리에 꼬꾸라진 거요. 나는 재빨리 몸을 돌려 문 옆의 관목에 숨었소.

어지러운 발소리와 함께 검은 그림자들이 제방으로 달려가기 시작했소. 마지막으로 달리는 남자가 쓰러진 시마에게, 이 새끼, 하면서 몇 발을 더 쏘더군. 그 남자의 뒷모습을 나는 똑똑히 보았어. 검은 레인코트를 입고 중절모를 쓴 갱 같은 복장이었다오.

"이 새끼가!" 하고 나는 그 남자를 향해 방아쇠를 당겼소. 그러나 총알은 빗나가고 남자는 그대로 도망쳐버렸지.

대체 무슨 일이 벌어진 거겠소? 그래, 정말 어처구니없는 이야기야. 시마도 나도 가장 있을 법한 위험을 눈곱만큼도 고려하지 않았던 거요.

하시모토 파에게 습격당한 불량배 조직이 전광석화처럼 재빨리 보복작전을 벌인 거요. 분명 마부치 파의 짓이라 생각하고 총잡이들이 히가시나카노의 오야붕 집을 습격한 거지.

집 안으로 뛰어들어가니 현관에는 권총도 채 뽑지 못한 욧짱이 쓰러져 있었소. 나는 우선 오야붕의 방으로 들어갔지.

복도에서 부드러운 물체에 걸려 엉덩방아를 찧었는데, 미지근한 핏물이 흥건히 고여 있고, 오야붕이 방에서 머리를 내민 채 엎드려 있었소. 팔다리를 쭉 뻗은 게 꼭 말린 오징어 같더군. 목덜미 부근에서 아직도 피가 쿨럭거리며 흘러나오고 있었어.

나는 완전히 얼이 빠져서 그 피의 분수가 멈출 때까지 멍하니 바라보았소. 아마 몇 초 정도였겠지만 그 시간이 너무나도 길게 느껴졌소. 심장의 박동에 맞추어 퐁퐁 피가 솟구치다가 잠시 멈추었다가는 다시 퐁, 하고 피가 솟으며, 오야붕이 죽어가는 모습이 그대로 눈에 보였소.

그건 남자의 호기심이었겠지. 생물이 숨을 멈추는 과정을 지켜보고 싶은 욕구.

오야붕은 속옷도 입지 않은 알몸이었다오. 그러나 누님이랑 정사를 벌이다가 뒤에서 총을 맞은 건 아녔소. 입에다 총을 쑤셔넣은 거요. 구경이 큰 권총의 관통상은 입구가 작고 출구가 크거든.

물론 나중에 안 사실이지만 말이오.

"살려주세요! 살려주세요!" 하는 목소리가 들려 나는 벌벌 떨면서 어둠을 헤치고 방 안으로 들어갔소. 넘어진 칸막이 문 아래에 누님이 쓰러져 있더군. 역시 알몸이었소. 어둠 속에서 하얀 피부가 보일 뿐, 어디를 맞았는지 알 수 없었소.

"저 다쓰예요. 지금 구급차를 부를 테니 조금만 참으십시오."

전화는 현관에 있었지. 일어나려다 퍼뜩 이런 생각이 들었소. 잠깐, 정말 구급차를 불러도 될까?

지금 생각해보면 그 순간이 내 인생의 갈림길이었다오.

구급차를 불러도 누님은 어차피 살아날 수 없을 것이라는 생각이 들더군. 나는 승부를 걸었소.

그 상황을 나의 공으로 만들고 싶었던 거요.

"살려줘, 닷짱."

나는 누님이 숨을 멈출 때까지 기다렸소. 아마 몇십 초도 걸리지 않았을 거요. 이윽고 누님은 흑! 하고 크게 숨을 몰아쉬더니 어둠 속에 드러난 하얀 몸을 새우처럼 뒤집으며 숨을 거두었소.

이걸로 됐어. 아니, 아직이야. 또 한 사람, 그 손님이 있다.

눈 깜짝할 사이에 나는 네 구의 시체를 뛰어넘었소. 시마, 옷짱, 오야붕, 누님. 이상하게도 마음이 가라앉더군. 보이지 않는 것을 보고 들리지 않은 것을 들은 듯한, 마치 신이 된 기분이었다오.

그때, 현관 쪽에서 인기척이 났소. 나가보니 산즌 사부, 바로 그 손님이 언제나처럼 복대를 두른 차림으로 서 있었소.

우리는 서로 권총을 겨누었지.

"다쓰입니다. 한 발 늦었습니다."

휴, 하고 숨을 몰아쉬며 사부는 권총을 든 손을 내리더군.

사부의 셔츠와 내의에는 피 한 방울 묻어 있지 않았소. 권총을 들고 벽장에 숨어 있었는지, 아니면 불량배들이 사부의 방으로는 들어가지 않았던 건지, 어쨌든 싸운 흔적은 전혀 없었소.

"난 도망갈 거야. 지명수배중이니까."

의외의 말이었소. 이제껏 신세를 지고 있으면서도 오야붕을 보호할 생각은 아예 없었다는 생각이 들자 화가 치밀더군. 우리가 계획한 대로 습격했어도 이놈은 벽장 안에 숨었다가 도망갔을 게 분명했소.

사부의 교활한 행동보다도 우리가 놀림감이 되었다는 생각에 화가 치밀었지.

"난 이미 맛이 간 놈이니까 못 본 걸로 해둬. 알겠지?"

아무 말 하지 않기를 바랐소. 사부의 말은 풍선처럼 부풀어오른 나의 울화통에 바람을 불어넣는 꼴이었지.

"야쿠자로 사는 건 좋지만, 사람은 죽이지 마. 죽일 때마다 자기 목숨이 아까워지니까 말이야."

나는 복도에 서서 제발 빨리 어디론가 가달라고 빌었소. 어차피 이놈은 어딘가에서 객사할 때까지 쫓겨다닐 게 틀림없으니까. 사건의 처음과 끝을 모두 목격했다 해도 아무에게도 말하지 않을 테니까.

"알겠나, 사람만은 죽이지 마. 몸에 좋지 않아."

사부의 희멀건 눈동자는 내 손에 들린 권총에 고정되어 있었소. 이놈은 지금 목숨을 구걸하고 있는 거라는 생각이 들더군.

"내가 비록 오야붕이 죽는 걸 방관했다 한들, 오야붕의 원수는 아니야. 이런 나를 죽여봐야 훈장도 못 받아."

나를 어린 풋내기로 본 탓인지, 아니면 약을 너무 많이 한 탓인지, 사부는 히죽히죽 웃고 있었어.

풍선이 터져버리고 말았소. 사부의 요설이, 쏴, 빨리 나를 쏴, 하는 말로 들렸다오.

그후 상황은 슬로모션처럼 선명하게 기억하고 있소. 방아쇠를 당겼다고 생각했는데 총알이 나가지 않는 거요. 그립의 이중 안전장치가 피에 젖어 미끄러웠던 거지. 아무리 해도 격철이 움직이지 않앉어. 순간 신에게 배신당한 듯한 그 감촉은 지금도 생생하오.

탕! 하는 소리와 함께 왼쪽 팔꿈치에 총을 맞았소. 부젓가락에 덴 것 같은 느낌이 들었지. 그러곤 욧짱의 시체에 다리가 걸려 벌렁 뒤로 나자빠지자, 사부는 내 배를 타고 앉아 목에 총구를 들이댔소.

"이봐, 이제 됐지? 못 본 걸로 해둬!"

보기와 다르게 그놈은 제정신을 차리고 있었던 거요. 더이상 사람을 죽이고 싶지 않았던 거지. 사람을 죽일 때마다 자신의 목숨이 아까워진다고 말했지만, 그게 아니라, 점점 사람을 죽이는 게 어려워지는 거였소.

나는 손발을 버둥거리다가 사부의 허리에 콜트 총구를 비수처럼 들이댔소. 그랬더니 그립에 힘이 들어가서, 그만 총알이 나가버리고 만 거요.

툭, 하는 둔탁한 소리와 함께 사부의 몸에서 힘이 빠져나가고, 내 몸 위에 푹 고꾸라지더군.

이마가 부딪치고, 사부가 후욱, 하고 숨을 토해냈소.

그 몸을 밀쳐내고 총알이 떨어질 때까지 마구 쏴댔지.

모두 죽어버린 거요. 나는 억수같이 쏟아지는 빗속으로 뛰어들어 제방 길을 마구 달렸소. 한참 달리고 나서 권총을 강에 버리고, 토관에서 폭포처럼 쏟아져내리는 하수로 몸에 묻은 피를 씻었지.

똥냄새 나는 물을 덮어쓰다가 문득 발 아래를 내려다보니, 피와 진흙이 씻겨나가면서 운동화가 점점 하얗게 변하는 게 아니겠소.

마사미에게 사준 구두가 떠올랐소. 꽃장식이 달린 새하얀 여름 구두.

장마가 끝나면 그애는 그 구두를 신고 누군가의 손을 잡고 오드리 햅번이 나오는 영화를 보러 가겠지. 그럴 리 없었지만, 마사미에게는 그녀에게 잘 어울리는 연인이 있을 것 같은 느낌이 들었소.

억울하지는 않았다오. 영화나 시, 소설 이야기를 하품도 하지 않고 들어줄 놈이라면 그만이라고 생각했지.

이름을 불러보았소. 마짱, 마짱…… 백 번 정도.

"안타까운 이야기군요."

오히나다가 한숨을 내쉬며 중얼거렸다.

"저 친구, 확실히 제대로 된 인간이에요."

나는 생각한 대로 말했다. 보다 정확히 말하자면, 진실된 인간이라고 해야 할 것이다.

다쓰의 이야기에는 어떤 수수께끼도 불가사의도 없었다. 단지 현실에서 일어난 생과 사의 모습을 담담하게 전했을 뿐인데, 사람들은 이야기에 도취되어 숨도 제대로 쉬지 못하고 있었다.

이야기꾼은 모임의 규칙대로 과장이나 미화를 하지 않았다. 진실된 인간이 과장이나 미화 없이 이야기를 하면, 사람들은 무서움을 느낀다. 인간의 정체란 원래 그런 것이니까.

"그럼, 이번 모임은 이것으로 마칠까 합니다."

여장 회장이 자리에서 일어나려 하자, 다쓰는 새끼손가락이 없는 왼손을 들어 제지했다.

"오랫동안 가슴에 묻어둔 이야기라오. 마지막까지 조금만 더 들어주시오."

그로부터 꼬박 이틀 동안 나는 오쿠보의 싸구려 여인숙에서 밥도 먹지 않고 숨을 죽이고 있었다오.

사흘째 아침에 라면을 먹으러 나갔다가 사무실에 전화를 했소. 잠시 후 낯선 젊은이가 나를 데리러 와서, 옷을 갈아입게 하고는 요요기의 주택가에 있는 총장의 별장으로 데리고 갔다오.

입막음을 위해 죽이려는 건가 했는데, 그게 아니었소.

다다미 스무 장 넓이의 거실에 들어가면서 잔뜩 겁을 먹고 있는데, 총장 이하 가문의 오야붕 열 명이 단체로 우르르 나오는 거요.

"다쓰, 수고가 많았어."

뒤에 들어온 사노는 내 어깨를 두드리며 곁에 앉았소.

바닥에 넙죽 엎드려 고개도 못 들고 있는 나를 향해 총장이 이렇게 말하더군.

"네가 한 일은 역연이 아니다. 부모의 잘못을 자식이 처리한 거니까. 어려운 일을 잘 해줬어. 정말 대단해. 자네 동료는 딱하게 됐지만 말일세."

눈앞에 술잔이 날라져오고, 나의 공을 높이 평가한 총장이 직접

술을 따라주었소.

"자네는 아직 젊어서 형님이라 불리는 것도 뭣하니까 당분간 여기 살면서 수행하도록 해."

일이 너무 잘 풀려버린 거지. 겁이 날 정도로.

다들 시마와 내가 계획대로 일을 처리한 걸로 생각한 거요. 심지어 사노도 그렇게 믿고 있는 것 같았소.

그나저나 오야붕을 습격한 그 불량배들은 어디로 가버린 걸까? 그대로 어둠 속에 잠겨버렸는지, 아니면 잔당 소탕작전에 걸려 제거되고 말았는지, 그후의 일은 알 수 없었소.

나는 거짓말을 하지 않았소. 쓸데없는 말을 하지 않은 것뿐이지. 아무 말도 안 했더니 자연히 이렇게 되어버린 거요.

표면적으로는 내가 죽을힘을 다해 오야붕을 지킨 걸로 보였을 게요. 도박장을 습격한 불량배와 싸울 때 생긴 상처와 사부의 총에 맞은 왼팔의 총상이 나의 공을 대신 말해주었지. 오야붕들의 눈으로 볼 때, 나는 만신창이가 되도록 임무를 수행한 젊은이였어.

곰곰이 생각해보면 참으로 이상한 일이야. 오야붕이 죽고 꼬붕이 살았으니 벌을 받아 마땅하지. 그러나 윗사람들이 그 진상을 높게 평가하고 있으니 아무도 불평할 수 없었소. 모든 것이 착각이었지만.

대단한 놈이라고 생각했을 거요. 동료는 현관에서 바로 총을 맞아 쓰러졌는데 혼자서 네 명이나 죽였으니까.

그날부터 나는 다쓰도 닷짱도 아닌 '다쓰 형님'으로 불리게 되었다오.

술잔을 받기 전에 나는 꼭 해야 할 말이 있었소.

"오야붕들께 부탁이 있습니다. 시마의 뼈를 모아서 고향으로 보내주십시오."

일순 주위가 숙연해지고 여기저기서 한숨이 새어나왔소.

총장 곁에서 하시모토 오야붕이 말하더군.

"자네는 정말 멋진 사내야. 총장님이 눈독 들이지만 않았어도 내 후계자로 삼았을 텐데."

으음, 하고 다들 감탄의 신음을 뱉어냈다오.

시마의 뼈가 어떻게 되었는지는 모르오. 고향으로 무사히 돌아갔는지, 아니면 가문의 묘지에 묻혔는지, 어쨌든 무연고 시체는 되지 않았을 거요.

엄청난 오해로 나는 전설의 사나이가 되고 말았소. 남들이 나를 신처럼 떠받들고 두려워하는 동안 사십 년의 세월이 흐르고, 나는 마침내 삼천 명의 젊은 부하들을 이끄는 칠대 총장의 자리에 올랐지.

그 비 오는 날 밤의 진상은 내 가슴속에 깊이 묻어두었소. 오야붕들의 착각이 사실이라고, 스스로도 그렇게 생각하려 했소.

최근에 사노가 세상을 떠났다오. 병원 입원실에서 숨을 거뒀지.

며칠 남지 않았다는 말을 듣고 문병을 갔더니, 사노는 젊은이들을 물리고 둘만 남은 자리에서 이렇게 말하더군.

"어이, 칠대."

사노는 산소마스크를 벗고 내 눈을 빤히 들여다보았소.

"병상에 오래 누워 있다보니 시간이 남아돌아서 여러 일들을 생각하게 되더군."

사십 년이라는 세월이 흘러, 그날 밤의 사건에 관련된 사람은 나와 사노 둘만 남았던 거요.

"자네, 혹시 내가 빨리 죽기를 바라는 건 아닌가."

등골이 서늘해지는 느낌이었소. 무슨 말을 하려는지 알 것 같았거든.

"무슨 말을 하는 거야. 난 칠대 총장이야. 당신은 이미 내 부하야. 내가 그런 생각을 할 리 없지."

나는 반박했소.

"대체 무슨 말을 하고 싶은 건가?"

"아냐, 별것 아냐."

사노는 눈을 감고 잠시 생각하다가 혼잣말처럼 중얼거리더군.

"이봐, 난 자네가 똘마니였던 시절부터 잘 알고 있었어. 아무리 생각해봐도 자네는 그런 끔찍한 짓을 하지 못해."

"그 끔찍한 짓을 시킨 건 당신이었지 않나."

"……그건 그렇지만, 이봐."

다 쭈그러진 노인이 되어버린 사노는 한참이나 말을 찾다가 이윽고 입을 열었소.

"어쩌면 우리 모두 착각하고 있었던 건 아닌가."

어떻게 대답해야 할지 망설이다가 나는 결코 거짓말이 아닌 말을 찾아냈다오.

"나는 거짓말을 하지 않았어. 태어나서 지금까지 한 번도 거짓말을 한 적은 없어."

힘없는 눈으로 나를 바라보면서 사노는 "그래" 하고 고개를 끄덕이더니 이렇게 말했소.

"이제 가슴이 시원해졌군. 마음놓고 죽을 수 있겠어."

사노가 죽자, 그날 밤의 일을 아는 사람은 이 세상에 아무도 없게 되었소. 그러나 사노가 내 말을 어떻게 받아들인 것인지는 아직도 모르겠군.

나를 이 자리에 있게 해준 많은 사람들의 영혼을 위로하는 의미에서 이런 긴 이야기를 하게 되었소. 단지 내가 하고 싶어서 한 개인적인 이야기이니 부디 그냥 잊어주시길 바라오.

신기하지요. 한 사람 한 사람의 인간을 보면 모두 진실한데도, 그런 진실된 인간들이 모이면 어째서 이런 기묘한 일들이 일어나는 건지.

그러고 보면, 인간이란 만물의 영장이 아니라 신이 만든 가장 열등한 생물이라는 느낌도 드오.

만들어지다 만 생물이란 생각이 들지 않소?

이야기가 끝난 후에도 사람들은 침묵을 지키며 술만 홀짝이고 있었다.

공중정원에는 오래된 벚나무가 활짝 꽃을 피우고 있었다. 마치 그 꽃잎을 사방으로 흩뿌린 듯한 도심의 불빛이 저 멀리 바다 쪽까지 깔려 있었다.

"사고루, 참 묘한 이름이군요."

라운지의 기둥을 바라보면서 오히나다가 말했다.

모래로 지은 높은 누각은 무르고 위험하다. 그러나 태곳적부터 사람들은 거기에 행복이 있다고 믿고 높은 곳을 향해왔다.

뒤를 돌아보니 사고루의 어둠 속에는 오늘밤 들은 이야기의 무게에 짓눌려 일어나지도 못하고 있는 사람들이 가만히 앉아 있었다.

자신의 독을 토해내는 대신 남이 토해내는 독도 마셔야 한다. 또는, 너무 많은 독을 마셔야 하기에 자신의 독도 토해내지 않을 수 없게 되는 것이다. 사고루의 기담 클럽은 그런 원리로 존재하는 모양이었다.

사람들이 빨리 돌아가기를 재촉하는 듯, 벽난로의 잉걸불이 탁탁 튀고 있었다.

옮긴이의 말

"신기하지요. 한 사람 한 사람의 인간을 보면 모두 진실한데도, 그런 진실된 인간들이 모이면 어째서 이런 기묘한 일들이 일어나는 건지.

그러고 보면, 인간이란 만물의 영장이 아니라 신이 만든 가장 열등한 생물이라는 느낌도 드오.

만들어지다 만 생물이란 생각이 들지 않소?"

인간에게는 이야기를 하고 싶은 충동이 있다. 아무리 비밀스럽고 위험한 내용의 이야기라도 언젠가 한 번은 뱉어내야 한다. 그것을 가슴에 묻어두면 한(恨)의 덩어리가 되어 인생을 무겁게 짓누를 것이다. 그래서 사람들은 이 소설의 무대인 한 고급 빌딩 맨 위층, 공중정원이 있는 곳으로 모여들어 가슴에 간직한 비밀을 한 가지씩 털어놓는다. 그 이야기를 제조한 사람과 사람의 관계는 사고루― 모래로 쌓아올린 높은 누각―와 같아서 허망하고 애절하게 그 사람의 죽음과 함께 사라질 것이다. 그러나, 이야기는 남는다. 그 이야기도 결국은 모래 누각과 같을 테지만, 어쨌든 이야기는 남는다. 그런 이야기들이 남아서 어느 때 문득 한 사람의 의식 속으로, 또는 삶 속으로 신처럼 나타나 그의 인생에 관계할 것이다. 그런 다섯 가지 기묘한 이야기들이 펼쳐져 있다.

한 자루의 일본도를 만들기 위해 달군 쇠를 맞매질할 상대로 도검 장인은 신을 불러온다.
실전화의 여자는 어릴 적 남자친구를 스토킹한다. 스토킹 그 자체가 그녀의 인생이었다.
막부 말기의 한 사무라이가 영화 촬영장에 나타나 엑스트라 역할을 하다 칼을 맞고 안개처럼 사라진다.
정원지기는 정원의 미학을 지키고 완성하기 위해 주인을 죽인다.
자신의 오야붕을 죽이고 뜻하지 않게 영웅이 되어 야쿠자 계의 전설이 되는 사내.

이들은 모두 하나의 미학, 하나의 삶, 한 인간, 하나의 개념에 빙의되어 살아가고 있다. 집착과 빙의, 때로는 감탄스럽고 때로는 추

악하고 때로는 아름다우면서 덜떨어진 삶의 군상이다. 위에서 인용한 문장은 다섯번째 이야기 「비 오는 밤의 자객」의 야쿠자 두목이 한 말이다. 너무 부족하고 여리고 머뭇거리기만 하는 인간들의 삶을 잘 요약한 말인 것 같다.

2006년 8월
양억관

옮긴이 **양억관**
울산 출생. 현재 전문번역가로 활동하고 있다. 옮긴 책으로 『언더그라운드』 『모방범』 『프리즌 호텔』 『색채가 없는 다자키 쓰쿠루와 그가 순례를 떠난 해』 『세상의 끝, 혹은 시작』 『제로의 초점』 『고역열차』 『중력 삐에로』 『단테의 신곡』 『당신이 모르는 곳에서 세상은 움직인다』 『러시 라이프』 『달빛의 강』 『조제와 호랑이와 물고기들』 『LAST』 『자정 5분 전』 『69』 『나는 공부를 못해』 『SPEED』 『인간 동물원』 『교코』 『코인로커 베이비스』 『남자의 후반생』 『바보의 벽』 『성화 이야기』 『흑냉수』 『들돼지를 프로듀스』 『용의자 X의 헌신』 『나는 모조인간』 『내 인생, 니가 알아?』 등이 있다.

문학동네 세계문학
사고루 기담

1판 1쇄	2006년 8월 21일
1판 4쇄	2015년 12월 15일

지은이	아사다 지로
옮긴이	양억관
펴낸이	염현숙
책임편집	조연주 이상술 김송은 양수현
펴낸곳	(주)문학동네
출판등록	1993년 10월 22일 제406-2003-000045호

주소	10881 경기도 파주시 회동길 210
전자우편	editor@munhak.com
전화번호	031) 955-8888
팩스	031) 955-8855

ISBN 89-546-0207-X 03830
www.munhak.com